Die Toten vom See

Fiona Limar

Impressum

Die Toten vom See
von Fiona Limar
© 2018 Fiona Limar.
Alle Rechte vorbehalten.

ISBN: 978-1729070833

1. Version

Verlegt von:
David Salz, Niederbarnimer Str. 10, 16540 Hohen Neuendorf, Deutschland

Buchcover: Casandra Krammer / design.casandrakrammer.de
Lektorat und Korrektorat: Heidemarie Rabe

Dieses Buch, einschließlich seiner Teile, ist urheberrechtlich geschützt und darf ohne Zustimmung des Autors nicht vervielfältigt werden.

1.

An diesem verlassenen Ort war die ohnehin dunkle Neumondnacht besonders finster. Gespenstisch ragten die Silhouetten der ehemaligen Klinikgebäude in den schwarzen Nachthimmel, die leeren Fensterhöhlen wirkten wie gierig aufgerissene Schlünde.

Der Mann vom Wachdienst fluchte leise und richtete den Strahl seiner Taschenlampe auf den Weg vor sich, der mit Glasscherben übersät war. Die riesige gefleckte Dogge an seiner Seite knurrte leise.

„Verfluchte Vandalen", schimpfte der Mann. Immer wieder traf er hier auf neue Spuren der Verwüstung. Für heute war dies sein letzter Kontrollgang. Er leuchtete die Fassade des Hauptgebäudes ab und lauschte auf ein Rascheln neben sich, dem gleich darauf ein schrilles Pfeifen folgte. Ratten! Sie waren überall, vermutlich kamen sie aus der Kanalisation herauf.

Nachdem der Wachmann sich überzeugt hatte, dass die Tür unbeschädigt war, bog er um die Ecke in den schmalen Gang, der das Hauptgebäude von den anderen Häusern trennte. Inzwischen wusste er über deren frühere Funktion gut Bescheid. Der Sitz der Verwaltung war am besten erhalten, der nüchterne Bau übte die geringste Anziehungskraft auf Neugierige aus. Anders verhielt es sich mit dem Backsteingemäuer ganz hinten auf dem Gelände, in dem sich die Pathologie befunden hatte. Dort war es schon vorgekommen, dass er nachts Jugendliche aufscheuchen musste, die in den Räumen ihre okkulten Spielchen trieben. Heute schien es mal wieder so weit zu sein. Schon von Weitem bemerkte er den flackernden Kerzenschein hinter dem Fenster im Erdgeschoss. Es war großenteils von Efeu überwuchert, das sich durch die hintergründige Beleuchtung wie ein Scherenschnitt abhob. Fast wirkte der Anblick romantisch, doch dem Mann stand der Sinn überhaupt nicht nach Romantik, schon gar nicht nach morbider.

„Komm Oskar", sagte er zu der Dogge, „denen werden wir Beine machen!" Der riesige Hund begann ungeduldig an der Leine zu ziehen, er schien etwas gewittert zu haben.

„Ruhig Oskar, wir müssen erst mal schauen, wo die reingekommen sind."

Der Eingang zur Pathologie war mit Brettern vernagelt und diese schienen unbeschädigt zu sein. Die unfehlbare Nase des Hundes hatte allerdings bereits die Spur aufgenommen, die zu einem seitlichen Kellereingang führte, dessen Tür in den Angeln hing. Der Wachmann schob sie auf und der Hund schlängelte sich geschmeidig noch vor ihm hindurch. Sie durchquerten die leeren, modrigen Kellerräume und stiegen dann über die halbverfallene Treppe ins Erdgeschoss hinauf. Die Tür, hinter der sie den Kerzenschein wahrgenommen hatten, war nur angelehnt.

Der Wachmann war einer von der Sorte, die sich von niemandem die Butter vom Brot nehmen ließ. Mit seinen fünfzig Jahren und 1,85 Meter Größe war er eine imposante Erscheinung. Mit einem Ruck stieß er die Tür auf.

„So Freunde, Schluss der Vorstellung", rief er mit dröhnender Stimme, die von den gekachelten Wänden des

Raumes widerhallte. Den nächsten Satz flüsterte er allerdings nur, was überhaupt nicht seiner Gewohnheit entsprach.

„Das gibt es doch nicht."

Sogar der Hund stand wie erstarrt neben ihm, sich seiner Aufgabe in dieser Situation offenbar unsicher.

Auf einem Stahltisch lag umgeben von flackernden Kerzen eine regungslose junge Frau in einem langen weißen Hemd. Der Wachmann trat langsam näher, in seinen Zügen spiegelte sich Fassungslosigkeit. Wer war auf die kranke Idee gekommen, eine Tote an diesem schaurigen Ort aufzubahren? Er leuchtete ihr ins Gesicht und erschrak, wie jung sie war. Die Züge waren fast noch kindlich, sie hatte langes aschblondes Haar, eine Stupsnase und volle Lippen. Ihre Augen waren geschlossen, lange seidige Wimpern ruhten auf den bleichen Wangen.

Ein Laut, der wie ein Stöhnen klang, ließ den Mann zurückschrecken. Er merkte, dass er am ganzen Körper zu zittern begann und schalt sich gleich darauf töricht. Es war dieser verfluchte Ort, der einen schon aus dem Gleichgewicht bringen konnte.

Das war kein Spuk gewesen, sondern ein Lebenszeichen der jungen Frau! Er griff nach ihrem Handgelenk und versuchte den Puls zu fühlen, allerdings erfolglos. Als er es daraufhin am Hals probierte, spürte er ein deutliches Pochen.

„Hallo, aufwachen!" Ein sanfter Klaps auf die Wange blieb ohne Reaktion, das Mädchen schien entweder tief zu schlafen oder bewusstlos zu sein. Der Wachmann zog sein Handy hervor und wählte den Notruf.

2.

Die beiden Zelte am Ufer der Tonkuhle wirkten merkwürdig verloren unter den hohen Bäumen. Verloren und schutzlos. Der Mann hätte nicht erklären können, woher sich ihm dieser Eindruck aufdrängte. Eigentlich war das Zelten hier nicht erlaubt. Kurz überlegte er, ob es sich um Freunde des Angelsports handeln könnte, die hier übernachtet hatten, um ganz früh am See zu sein.

Auch er war an diesem Morgen früh aufgebrochen, noch lag die Dämmerung wie ein grauer Schleier über der spiegelglatten Oberfläche des Gewässers. Er steuerte den vertrauten Platz am Ufer an, den er bereits seit Jahren bevorzugte. Hier fiel die Böschung sanft ab und erlaubte ihm dadurch, ein gutes Stück in das Gewässer hineinzuwaten, bevor er seine Angel auswarf. Die Fliege tanzte in graziösen Bögen über das Wasser, um dann umgeben von sanften Wellenkreisen endgültig einzutauchen. Die ersten Sonnenstrahlen ließen das dunkle Nass sanft erröten. Als sie es Stunden später in gleißendes Gold verwandelten, hatte der Mann bereits einen ansehnlichen Fang erzielt und holte seine Angel zufrieden ein.

Auf dem Rückweg kam er erneut an den beiden Zelten vorbei. Nichts hatte sich inzwischen verändert, sie standen noch immer am gleichen Platz, doch es war niemand zu sehen. Vermutlich hätte er dem weiter keine Beachtung geschenkt, wenn da nicht das laute Surren gewesen wäre. Irritiert betrachtete er die schillernden Schmeißfliegen, die sich um das eine Zelt sammelten. Jetzt fiel ihm auch auf, dass der Eingang nicht verschlossen war. Er stellte seine Ausrüstung ab, trat langsam näher und schob die Zeltplane vorsichtig ein Stück zur Seite. Zunächst erkannte er nur zwei ausgestreckt daliegende Körper und nahm einen süßlichen Geruch wahr. Es schien sich um einen Mann und eine Frau zu handeln, die hier ihren Rausch ausschliefen. Angewidert wollte er sich bereits zurückziehen, als sein Blick zufällig auf das Gesicht der Frau fiel. Mit einem Laut, der nicht von ihm zu kommen schien, taumelte er zurück und stürzte dabei über die Kühltasche mit seinem Fang. Unfähig, sich wieder aufzurichten, starrte er in die Baumkronen über sich. „Oh Gott", stöhnte er, „oh, mein Gott."

3.

Kriminaloberkommissarin Sarah Sandring liebte ihren Beruf. Doch es gab Tage, an denen sie mit seinen Anforderungen haderte. Heute war ein solcher Tag. Der Anblick von zwei auf gewaltsame Weise zu Tode gekommenen Jugendlichen, das war nichts, was man mal eben so wegsteckte, Berufserfahrung hin oder her.

Der Anruf hatte sie vor einer knappen Stunde erreicht und nun standen sie und ihr Kollege Kriminalhauptkommissar Holger Hansen neben den Zelten am Ufer der Tonkuhle. Sie hatten die Situation in Augenschein genommen, sorgfältig darauf bedacht, keine Spuren zu vernichten. Auch die anderen Kollegen vom K1 waren angesichts der Schwere des hier vermutlich vorliegenden Verbrechens bereits informiert worden, als Erste nach Holger und Sarah war Eva Asmuss zur Stelle. Kriminalisten haben keinen verbrieften Anspruch auf ein ungestörtes Wochenende. Die Spezialisten von der Spurensicherung waren ebenfalls unterwegs und gerade traf die Rechtsmedizinerin ein. Frau Dr. Mangold war ihnen schon von früheren Fällen her vertraut, eine junge Frau von schlanker, fast knabenhafter Gestalt, mit kurzem dunklem Haar.

„Gut, dass Sie es gleich einrichten konnten", begrüßte Kriminalhauptkommissar Holger Hansen sie. Der schlanke, für sein gepflegtes Erscheinungsbild bekannte Mittfünfziger leitete in diesem Fall die Ermittlungen. „Uns war nicht auf den ersten Blick klar, womit wir es hier zu tun haben", sagte er. „Aufgrund der unterschiedlichen Ausprägung der Verletzungen haben wir ein Beziehungsdrama nicht völlig ausschließen wollen. Wir haben die Möglichkeit in Erwägung gezogen, dass der junge Mann erst seine Partnerin und dann sich selbst getötet haben könnte. Allerdings sind wir inzwischen davon abgerückt, es sieht eher nach der Tat eines Dritten aus. Wir möchten allerdings Ihre Meinung hören."

Frau Dr. Mangold war bekannt für ihre Professionalität und normalerweise durch nichts aus der Ruhe zu bringen. Diesmal zeigte auch sie sich erschüttert.

„Die Frau wurde regelrecht massakriert", sagte sie. „Ihr wurde mehrfach in die Brust und in den Bauch gestochen, vermutlich mit einem Messer. Ihr Gesicht wurde durch multiple Schnitte und Stiche vollständig zerstört. Der Täter muss sich in eine Art Raserei, in einen regelrechten Blutrausch hineingesteigert haben. Auffällig ist, dass sie keinerlei Abwehrverletzungen aufweist und die Blutspuren deuten darauf hin, dass sie die ganze Zeit auf dem Rücken gelegen haben muss. Auch der Mann weist mehrere Stiche im Bereich der Brust auf, einer davon muss unmittelbar tödlich gewesen sein. Ich halte eine Selbstbeibringung für unwahrscheinlich. Auch bei ihm fehlen Abwehrverletzungen. Im Gegensatz zu der Frau liegt bei ihm aber kein Akt des Übertötens vor. Für mich sieht es ganz danach aus, als wären die beiden im Schlaf überrascht worden. Eventuell waren sie so stark alkoholisiert, dass sie sich nicht wehren konnten. Darüber muss die toxikologische Untersuchung nähere Aufschlüsse erbringen. Der Tod dürfte vor etwa vierzehn Stunden eingetreten sein, plus minus zwei Stunden."

„Demnach wurden sie zwischen acht Uhr abends und Mitternacht getötet", schlussfolgerte Sarah und die Rechtsmedizinerin nickte.

„Mehr kann ich erst einmal nicht sagen, wir müssen das Ergebnis der Obduktion abwarten", ergänzte sie. „Natürlich wird der Fall vorrangig behandelt."

Inzwischen war die Spurensicherung eingetroffen und nahm ihre Arbeit auf. Sarah und Holger beobachteten, wie jeder Millimeter des Bodens um das Zelt herum akribisch abgesucht wurde. Eine Kollegin war dabei, die Sachen der Toten zu durchsuchen.

„Wir brauchen Hinweise auf die Identität", rief Holger ihr zu.

Nach einer Weile kam sie zu ihm herüber und hielt etwas in einer durchsichtigen Hülle hoch.

„Ein Schülerausweis, ausgestellt auf Merle Gerdes, fünfzehn Jahre alt", sagte sie. „Bei dem Mann haben wir einen Motorradführerschein gefunden. Demnach heißt er Nico Haske und ist siebzehn Jahre alt."

Nun hatten die beiden Toten einen Namen und Sarah wusste nur zu gut, was das für sie selbst bedeutete: Bald würde sie den ahnungslosen Eltern gegenüberstehen, würde die schreckliche Nachricht überbringen und ihre Verzweiflung und ihren Schmerz ertragen müssen. Das war für sie immer der schlimmste Moment, schlimmer noch als der Anblick der entstellten Leichen. Sie war so in diese unangenehmen Gedanken versunken, dass sie zusammenzuckte, als sich ihr eine Hand auf die Schulter legte. Kriminalhauptkommissar Jan Althöfer war eingetroffen. Obwohl sie und Jan seit einiger Zeit ein Paar waren, lebten sie noch in getrennten Wohnungen und hatten für das Wochenende unterschiedliche Pläne gehabt.

„Böse Sache", sagte er leise. „Inzwischen scheint es sich herumgesprochen zu haben, dass hier etwas passiert sein muss. Die Kollegen vorn an der Straße haben mit der Absperrung alle Hände voll zu tun."

„Wir müssen die Eltern verständigen, bevor sie es anderweitig erfahren", sagte Holger, der sich zu ihnen gesellt hatte.

„Die Identität der Toten konnte festgestellt werden?", fragte Jan. „Dann würde ich das übernehmen."

Sarah war ihm dankbar für sein Angebot und sie wusste, dass er es tat, um ihr den schweren Gang zu ersparen.

„Du solltest jemanden vom psychologischen Dienst mitnehmen", schlug Holger vor.

„Nicht nötig, ich begleite Jan." Eva Asmuss sagte es so strahlend, als würde es sich um einen Spaziergang handeln. Sie trug ein gelbes Top mit schmalen Trägern zu einer engen weißen Jeans. Beides stand der aparten Brünetten fantastisch, doch Sarah empfand ihren Aufzug angesichts der dramatischen Situation beinahe als frivol. Sie schaute den beiden nach, als sie sich auf den Weg machten und alsbald hinter den Bäumen verschwanden.

„Was ist mit dem anderen Zelt?", sprach Holger aus, was auch Sarah die ganze Zeit über beunruhigte. Die beiden Toten waren im gleichen Zelt gefunden worden, das zweite war leer gewesen, enthielt aber Hinweise, dass es ebenfalls von einer Person belegt gewesen sein musste. Deren Sachen, die sich noch darin befanden, nahm gerade ein anderer Mitarbeiter der Spurensicherung in Augenschein.

„Die Kleidung gehört einer jungen Frau", sagte er. „Ich habe ihr Handy gefunden, aber noch keinen Hinweis auf ihre Identität." Er hatte kaum ausgesprochen, als das Handy einen melodischen Klingelton von sich gab. Alle starrten es an, dann griff Sarah nach der Plastikhülle, in der es bereits verstaut war.

„Ja, hallo", meldete sie sich.

„Kim, bist du das? Ich wollte fragen, wann du zurückkommst." Es war die helle Stimme eines Jungen.

„Nein, ich bin nicht Kim, aber leg bitte nicht auf", erwiderte Sarah schnell. „Kim hat ihr Handy verloren und ich habe es gefunden. Wenn du mir sagen kannst, wo Kim wohnt, würde ich es ihr gern persönlich zurückgeben." Der Junge schien nachzudenken.

„Okay", sagte er dann und nannte eine Anschrift in Itzehoe. Sarah atmete auf, weil es geklappt hatte. Sie erfragte auch noch den Nachnamen von Kim, der Colmann lautete.

„Woher kennst du Kim, bist du mit ihr verwandt?", hakte sie nach.

Jetzt reagierte er misstrauisch. „Weshalb willst du das wissen? Kim ist meine Schwester."

Sarah hörte eine Frauenstimme im Hintergrund. Der Junge schien etwas zu antworten und dann wurde das Gespräch von der Frau übernommen. „Wer sind Sie? Weshalb fragen Sie mein Kind aus?"

„Sandring, Kriminalpolizei. Es geht um die Klärung eines Sachverhalts. Wenn Sie nichts dagegen haben, würden wir gern bei Ihnen vorbeikommen."

„Was ist los? Hat meine Tochter was angestellt?"

„Davon gehen wir nicht aus. Wir ermitteln wegen einer Straftat und haben im Zusammenhang damit das Handy Ihrer Tochter gefunden. Wir würden Ihnen nur gern ein paar Fragen stellen. In zwanzig Minuten können wir da sein, wir sollten das möglichst persönlich besprechen."

Als die Frau zögernd zustimmte, konnte Sarah die Angst in ihrer Stimme hören.

4.

Vom Haus der Haskes schallte Lachen zu ihnen herüber. Unwillkürlich verlangsamte Kriminalhauptkommissar Jan Althöfer seine Schritte, um das Unvermeidliche wenigstens noch einen Augenblick hinauszuzögern. Es war jedes Mal schlimm, wenn das Lachen erstarb und er wusste, dass die Angehörigen es für sehr lange Zeit nicht wiederfinden würden. Eva schien sein Zaudern nicht zu bemerken und schritt zügig voran. Wieder einmal fragte er sich, ob ihre Gefühllosigkeit nur Fassade war oder tatsächlich ihrem Wesen entsprach.

Die Haskes bewohnten eine Doppelhaushälfte aus den Achtzigerjahren. Der Vorgarten war mit Rasen und zwei Büschen, die ihn links und rechts begrenzten, pflegeleicht gestaltet. Auf dieser Rasenfläche tollte ein junger Mann mit einem mittelgroßen schwarzen Hund herum, der etwas im Maul trug, das er hartnäckig verteidigte. Ein Paar, beide um die fünfzig, beobachteten den ungleichen Kampf höchst amüsiert. Jedes Mal, wenn sich der Hund dem Zugriff seines Herrchens erfolgreich entzog, lachten sie laut auf, die Frau schien sich sogar die Tränen aus den Augenwinkeln zu wischen. Sie war eine vollschlanke Blondine mit rosiger Haut, ihr Mann, der sie um einen Kopf überragte, drahtig und sonnengebräunt.

„Guten Tag, Herr und Frau Haske?", fragte Jan.

„Ja, wer will das wissen?" Der Mann musterte ihn freundlich interessiert.

„Althöfer, Kriminalpolizei." Jan zeigte seinen Ausweis vor.

„Gut, wie können wir Ihnen helfen?" Es klang noch immer freundlich und ohne jeden Argwohn.

„Wir müssen Ihnen etwas mitteilen. Können wir dazu ins Haus gehen?" Die Gesichtszüge der Mutter erstarrten, sie begriff als Erste, dass etwas Schlimmes geschehen sein musste. Ihr Mann wollte es entweder nicht wahrhaben oder er überspielte seine Befürchtungen gekonnt.

„Wenn es denn sein muss. Folgen Sie mir bitte." Mit einer schwungvollen Geste unterstrich er seine Aufforderung.

Das Wohnzimmer strahlte Ruhe und Behaglichkeit aus. Ein leuchtend bunter Blumenstrauß schmückte den Couchtisch, auf einer Kommode waren Fotos aufgereiht, die eine strahlende Familie mit zwei Söhnen zeigten. Szenen aus einer glücklichen Zeit, die sich so niemals wiederholen würden.

Die Haskes waren abwartend stehen geblieben, als fühlten sie sich auf einmal fremd in ihren eigenen vier Wänden und würden auf weitere Anweisungen warten.

„Setzen Sie sich doch bitte", sagte Eva. Der Mann drückte seine wie versteinert dastehende Frau in einen Sessel und nahm dann neben ihr auf einem Stuhl Platz.

„Ist etwas mit Nico?", fragte er leise.

„Es tut mir leid, Ihnen das sagen zu müssen. Wir haben Ihren Sohn tot in einem Zelt am Ufer der Tonkuhle aufgefunden."

Die Zeit stand still. Ein Blütenblatt löste sich aus dem Strauß und fiel auf die gläserne Tischplatte, das Geräusch, das es dabei verursachte, klang unnatürlich laut. Dann stieß die Mutter einen Schrei aus, einen gequälten

Laut, der fast nichts Menschliches hatte. Ihr Mann löste sich aus seiner Erstarrung und nahm sie in die Arme. Der älteste Sohn, der unbeweglich im Türrahmen gestanden hatte, lief zu ihr hin, kniete neben dem Sessel nieder und ergriff ihre Hand.

„Was ist passiert? Kann ich zu ihm?" Der Vater fasste sich zuerst.

„Nein, das ist leider nicht möglich. Wir ermitteln noch zu den genauen Umständen des Todes, die Gegend ist abgesperrt."

„War es ein Unfall? Was ist mit seinen Freunden?"

Jan zögerte kurz. „Merle Gerdes ist ebenfalls tot. Was mit dem anderen Mädchen passiert ist, wissen wir noch nicht. Wir gehen nicht von einem Unfall aus, da es ganz so aussieht, als wären die Jugendlichen einem Gewaltverbrechen zum Opfer gefallen. Mehr kann ich Ihnen leider noch nicht sagen, aber wir werden Sie selbstverständlich auf dem Laufenden halten. Hier ist meine Karte, Sie können mich jederzeit anrufen."

Als sie das Haus verließen, lag der schwarze Hund regungslos auf dem Rasen und beachtete sie nicht. Es sah aus, als würde auch er trauern.

5.

„So, jetzt noch zu den Gerdes, dann haben wir alles erledigt", sagte Eva.

Jan ärgerte sich über ihren Tonfall, der klang, als ginge es lediglich darum, einen Punkt auf einer Liste abzuhaken. Vielleicht war er aber einfach zu empfindlich. Seit er vor acht Jahren selbst Vater geworden war, hatte er sich verändert. Fälle, in denen Kinder betroffen waren, gingen ihm seitdem verstärkt an die Nieren. Eva hatte keine Kinder. Sie war ehrgeizig und betonte bei jeder Gelegenheit ihre Professionalität. Seit sie ihre Beförderung durch eigenes Fehlverhalten torpediert hatte, war das noch stärker als früher der Fall.

Die Gerdes bewohnten eine ruhige Straße, in der sich großzügig dimensionierte Einfamilienhäuser aneinanderreihten. Das Haus der Familie Gerdes war im friesischen Stil aus rotem Klinker errichtet. An der Hauswand lehnte ein Kinderfahrrad, es schien hier noch ein jüngeres Kind zu geben. Auf das Klingeln der Kommissare rührte sich erst einmal nichts und Jan befürchtete schon, die Familie könnte das Wochenende für einen Kurztrip genutzt haben. Doch dann öffnete sich die Tür und eine Frau in einem hellen Leinenkleid erschien auf der Schwelle.

„Ja, bitte?"

Jans Bitte und die vorgezeigten Ausweise schienen sie nicht sonderlich zu beeindrucken.

„Das passt ganz schlecht. Wir wollten gerade aufbrechen."

„Es ist leider wichtig, dürfen wir reinkommen?"

Mit hochgezogenen Brauen gab sie nach. Sie hatte die Figur und die Gesichtszüge einer Frau, die ihren Körper einer harten Disziplin unterwarf, um ihn jugendlich zu erhalten. Das Ergebnis wirkte eher verkrampft.

„Was gibt es denn jetzt noch, wollten wir nicht endlich los?" Ein großer Mann mit spiegelnder Glatze trat ihnen in der Diele entgegen.

„Herr Gerdes?", fragte Jan. „Althöfer, meine Kollegin Asmuss. Wir sind von der Kriminalpolizei und müssen Sie dringend sprechen."

„Also wenn es um meine Firma geht ..."

„Es geht nicht um Ihre Firma. Es geht um Ihre Tochter Merle. Können wir uns bitte setzen?"

Der Hinweis auf die Tochter ließ ihn verstummen, er ging voran ins Wohnzimmer. Einen Moment lang saßen sie sich schweigend gegenüber, dann räusperte sich Jan.

„Ich habe Ihnen leider eine traurige Nachricht zu überbringen. Ihre Tochter Merle wurde tot aufgefunden. In einem Zelt am Ufer der Tonkuhle."

Frau Gerdes, die sich nur auf der äußersten Kante eines Sessels niedergelassen hatte, sprang auf, als wäre die Sitzfläche unter ihr in Brand geraten. „Was? Was sagen Sie da?"

„Frau Gerdes, es tut mir sehr leid." Weiter kam Jan nicht. Die Fragen der Frau prasselten nur so auf ihn ein.

„Was genau ist passiert? Was ist mit Nico Haske und mit dieser Kim? Was haben die gesagt?"

„Wir konnten die anderen Jugendlichen nicht befragen."

„Wieso konnten Sie das nicht? Ist das nicht Ihre Aufgabe?"

„Wir konnten sie nicht befragen, weil Nico Haske ebenfalls tot ist. Wo sich das andere Mädchen aufhält, wissen wir nicht."

Jetzt begann die Frau zu schreien. „Ich war gegen diesen Ausflug. Von dem Moment an, als ich gehört habe, wer dabei sein wird, war ich dagegen. Aber mein Mann musste natürlich wieder nachgeben. Diese Kim war kein Umgang für unsere Tochter, das habe ich immer gesagt." Mit verzerrtem Gesicht ging sie auf ihren Mann los. „Du bist schuld, dass ihr etwas zugestoßen ist!"

„Frau Gerdes, beruhigen Sie sich bitte." Jan legte ihr die Hand auf die Schulter, die sie sofort abschüttelte. Wütend fuhr sie zu ihm herum.

„Ich will mich nicht beruhigen. Sie sagen mir jetzt sofort, was genau mit unserer Tochter passiert ist. Hatte sie Drogen genommen?"

„Wie kommen Sie darauf?" Jan war hellhörig geworden. „War das schon öfter vorgekommen?"

„Nein, Merle nahm keine Drogen. Aber dieser Kim traue ich zu, dass sie sie dazu verleitet haben könnte. Bei dem Milieu, aus dem die stammt, und bei dem Umgang, den sie pflegte."

„Sylvia, hör auf", fuhr ihr Mann sie scharf an. „Wir wissen doch nichts Genaues über das Mädchen und es ist nicht der richtige Zeitpunkt, Gerüchte zu verbreiten. Wie ist unsere Tochter ...?" Er brachte das Wort gestorben nicht über die Lippen.

„Wir gehen von einem Tötungsdelikt aus. Näheres zu den Umständen kann ich Ihnen leider nicht sagen, da wir die Ermittlungen gerade erst aufgenommen haben."

„Aber wer, ich meine, haben Sie schon einen Verdacht?" Merles Vater warf seiner Frau einen warnenden

Blick zu, da sie schon wieder drauf und dran zu sein schien, in eine erneute Schimpftirade auszubrechen.

„Nein, dazu ist es noch zu früh. Wir hoffen natürlich, sehr schnell entsprechende Hinweise zu finden."

„Können wir Merle sehen?" Der Mann wirkte plötzlich müde, als hätte ihn das Gespräch erschöpft.

„Später vielleicht, Sie können wieder bei uns nachfragen." Jan überreichte ihm seine Karte. Das Auftauchen eines Mädchens von etwa zehn Jahren beendete die Diskussion. Verstört stand sie in der geöffneten Tür und schaute zwischen ihren Eltern und den Fremden hin und her. Jan fragte sich, wie viel von dem Vorangegangenen sie wohl mitbekommen haben mochte.

„Sie sollten sich jetzt um das Kind kümmern", sagte er leise. Als er und Eva das Haus verließen und in den sonnigen Vorgarten traten, hatte er das Gefühl, aus einer Eisgrotte zu kommen. Und das hing nicht mit der Raumtemperatur zusammen.

6.

Sarah hatte richtig geschätzt, die Fahrt zu den Colmanns dauerte zwanzig Minuten. Unterwegs diskutierten sie und Holger, wie sie vorgehen sollten.

„Wir haben keine Ahnung, was mit dem Mädchen passiert sein könnte, deshalb müssen wir uns gut überlegen, was wir der Mutter sagen wollen."

„Nur das Nötigste", legte Holger fest. „Wir dürfen kein Misstrauen erregen. Es ist einfach alles möglich. Das Mädchen ist vermutlich vor dem oder den Tätern weggelaufen. Im günstigsten Falle hält sie sich irgendwo versteckt. Im ungünstigsten ist sie ebenfalls tot. Sie kann die Täter aber auch gekannt haben."

Frau Colmann lebte mit ihrer Tochter Kim und deren jüngerem Bruder in einem schmucklosen Mehrfamilienhaus. Es war der Junge, der Sarah und Holger auf ihr Klingeln hin öffnete, ein zerzauster Blondschopf mit Sommersprossen und Himmelfahrtsnase. Seine Mutter war eine Frau, der man ansah, dass sie hart arbeitete. Sie war schlank, fast hager, ihr Gesicht wirkte verhärmt und ihr Gang war schleppend wie der einer alten Frau, obwohl sie kaum älter als vierzig sein konnte.

Sarah und Holger wurden in ein Wohnzimmer gebeten, das den Eindruck erweckte, als wäre es vor ihrem Eintreffen noch schnell aufgeräumt worden. Die Kissen auf dem Sofa waren akkurat ausgerichtet, der Couchtisch davor auf Hochglanz poliert.

„Nehmen Sie Platz", forderte Frau Colmann sie auf. „Und sagen Sie mir bitte endlich, was mit Kim ist."

„Das wissen wir leider nicht genau", erwiderte Holger. „Fest steht lediglich, dass wir die Sachen Ihrer Tochter einschließlich ihres Handys in einem Zelt am Ufer der Tonkuhle gefunden haben. Wo sie selbst sich aufhält, können wir nicht sagen."

„Ich verstehe nicht ganz, wieso ist das so wichtig?" Die Frau wirkte irritiert. „Wo sind denn ihre Freunde? Vielleicht sind sie ja alle gerade schwimmen gegangen und kommen gleich zurück."

Sarah sah Holger an, welche Anstrengung es ihn kostete, die nächsten Sätze zu formulieren.

„Frau Colmann, es ist leider etwas Schlimmes passiert. Die beiden jungen Leute, mit denen Ihre Tochter am See war, sind tot."

„Was sagen Sie da?" Frau Colmann schlug erschrocken die Hände vors Gesicht. „Wie kann das denn sein? Sind sie ertrunken? Aber nein, das geht doch nicht, der Nico ist schließlich Rettungsschwimmer."

„Sie sind nicht ertrunken. Wir ermitteln noch, was die Todesursache angeht. Nähere Einzelheiten kann ich Ihnen leider nicht mitteilen, doch Ihre Tochter ist zunächst einmal lediglich verschwunden, wir gehen davon aus, dass sie am Leben ist. Unter Umständen hat sie einen Schock erlitten und ist in Panik davongelaufen. Haben Sie eine Idee, wo wir nach ihr suchen könnten?"

Lange kam keine Antwort, man sah der Frau an, dass sie Mühe hatte, das Gehörte erst einmal zu verarbeiten.

„Ich weiß nicht, sie wäre doch sicher nach Hause gekommen oder hätte sich gemeldet." Angst flackerte in

ihren Augen auf. „Wenn sie nun verletzt ist oder auch ..."
Sie wagte das letzte Wort nicht auszusprechen.

„Frau Colmann, wir sind gerade dabei, alle verfügbaren Kräfte zu mobilisieren. Nach Ihrer Tochter wird intensiv gesucht. Sie können uns helfen, indem Sie uns alles über die jungen Leute und deren Ausflug erzählen. Woher kennen sie sich? Wann sind sie zum See aufgebrochen? Wie lange wollten sie bleiben? In welchem Verhältnis standen sie zueinander? Und hatten sie vor, sich dort mit jemandem zu treffen?"

Die Frau wirkte hilflos, ihr Blick irrte im Raum umher, als würde er irgendwo nach einem Halt suchen.

„Wissen Sie, Kim ist sehr selbstständig, sie erzählt mir nicht viel. Ich konnte auch nicht immer für sie da sein, wenn man mit zwei Kindern allein ist und arbeiten muss, dann ist das so. Sie wollte am Wochenende mit Freunden an der Tonkuhle zelten, mehr hat sie nicht gesagt. Am Samstag sind sie los, Mark, der große Bruder von Nico, soll Kim mit dem Auto abgeholt haben. Der Nico hat ja noch keinen Führerschein."

Sie brachte es nicht über sich, in der Vergangenheitsform von dem Jungen zu sprechen. „Das hat mir mein Sohn erzählt, ich selbst habe um die Zeit gearbeitet. Am Sonntagabend wollten sie zurück sein. Mehr weiß ich nicht."

„Woher kannten sich die jungen Leute?"

„Sie sind auf der gleichen Schule, auf dem Schauenburg-Gymnasium." Sarah entging der Stolz in der Stimme der Mutter nicht, als sie diese Tatsache erwähnte. Das Schauenburg-Gymnasium war eine ziemlich elitäre Einrichtung, die fast ausnahmslos von den Kindern gut betuchter Eltern besucht wurde. Dass eine alleinerziehende Mutter, die offenbar in eher bescheidenen Verhältnissen lebte, ihr Kind dort untergebracht hatte, erschien ungewöhnlich. Holger musste das auch auffallen, denn er fragte nach. „Wieso besucht Ihre Tochter keine staatliche Schule?"

„Das würde besser zu uns passen, nicht wahr? Einmal unten, immer unten, so soll es doch sein", erwiderte die Frau hitzig.

Holger hob abwehrend die Hände. „Frau Colmann, meine Frage war ganz gewiss nicht abwertend oder kränkend gemeint. Es gibt ausgezeichnete Gymnasien hier in der Stadt, die Jugendlichen eine gute Perspektive eröffnen. Hat es einen besonderen Grund, dass Sie eine private Einrichtung gewählt haben?"

Kims Mutter wirkte noch nicht völlig versöhnt. „Sie wissen sicher so gut wie ich, dass ausgezeichnete Leistungen nicht ausreichen. Was heute zählt, das sind auch Kontakte und Verbindungen. Wer ein Gymnasium wie das Schauenburg absolviert hat, der steht doch gleich ganz anders da. Ich will, dass meine Kinder es mal besser haben." Es war nicht zu übersehen, dass sie dafür sogar bereit war, sich kaputt zu arbeiten.

„Ihre Tochter hat dort jedenfalls Freundschaften schließen können." Sarah schlug einen versöhnlichen Ton an. „Das ist ja sehr wichtig für junge Menschen. Ihr Sohn hat Ihre Tochter und die anderen Jugendlichen bei der Abfahrt als Letzter gesehen. Haben Sie etwas dagegen, wenn wir auch ihn befragen?"

„Nein, natürlich nicht." Sie sprang auf und lief zur Tür. „Kevin, komm doch mal bitte."

Der Blondschopf schien gerade anderweitig beschäftigt zu sein, seine Mutter musste ihre Aufforderung wiederholen. Dafür erwies er sich dann aber als sehr aufgeweckt und auskunftsfreudig.

„Stimmt, der Mark hat Kim abgeholt", sagte er. „Nico und Merle saßen schon hinten im Auto, Kim ist vorn eingestiegen. Im Kofferraum hatten sie die Zelte und ihre Taschen drin, der war so voll, dass die Tasche von Kim kaum noch reinpasste. Dass Mädchen auch immer so viel Zeug mitschleppen müssen", setzte er abschätzig hinzu.

„Was hat dir deine Schwester über den Ausflug erzählt? Was hatten sie vor?", fragte Sarah.

Der Knirps zuckte mit den Schultern. „Nichts Besonderes, sie wollten schwimmen, Picknick machen und so."

„Wollten sie am See jemanden treffen?"

„Kann sein, dass Jonas noch dazukommen wollte. Aber das wusste Kim nicht genau, sie hatten sich gestritten."

„Aha, wer ist denn dieser Jonas? Weißt du auch seinen Nachnamen?" Sarahs Interesse war geweckt.

„Der geht mit Kim in die gleiche Klasse und ist ihr Freund. Jonas Diemer heißt er. Ich fand den Nico ja cooler, der kennt sich ganz toll mit Angeln aus und hat sogar schon Preise gewonnen."

„Du angelst wohl auch gern?"

Kevin nickte eifrig.

„Na, das hast du mit meinem Kollegen hier gemeinsam, der kann dir bestimmt Tipps geben." Sarah wies lächelnd zu Holger hinüber. „Aber erst einmal möchte ich wissen, wie das mit Nico und Kim war. War der früher ihr Freund?"

Kevin schielte ein wenig verunsichert zu seiner Mutter hinüber, die das Gespräch mit einem Ausdruck von Erstaunen und Ratlosigkeit verfolgte. Sie schien über die Liebeleien ihrer Tochter nicht so gut Bescheid zu wissen wie deren kleiner Bruder.

„Kevin, beantwortest du bitte meine Frage?", hakte Sarah nach. „Wir verraten deiner Schwester auch nicht, was du uns erzählt hast. Und deine Mutti wird das auch nicht tun. Nicht wahr?" Sarah schaute Frau Colmann an, die mechanisch nickte.

„Ja, erst war sie mit Nico zusammen", bestätigte der Junge. „Der hat mich auch ein paar Mal mit zum Angeln genommen."

„Und seit wann nicht mehr?"

„Weiß ich nicht so genau. Als ich nach ihm gefragt habe, hat sie nur gesagt, dass Jonas jetzt ihr Freund sei."

„Danke Kevin, du hast uns wirklich geholfen", sagte Sarah.

„Aufgeweckter Bursche", sagte Holger, als sie wieder draußen standen. „Jetzt haben wir die Namen von zwei Personen, mit denen wir sprechen sollten, Mark Haske und Jonas Diemer. Mit welchem wollen wir anfangen?"

7.

Sarah und Holger hatten sich entschieden, zuerst Mark Haske aufzusuchen. Inzwischen mussten seine Eltern die Nachricht vom Tod ihres jüngeren Sohnes bereits erhalten haben und es würde kein einfaches Gespräch werden.

Vor dem Haus stand ein PKW und Sarah bemerkte sogleich die Plakette hinter der Windschutzscheibe, die auf einen Arzt im Dienst hinwies. Sie wusste, was das bedeutete. Der Arzt, ein älterer Mann, kam ihnen an der Eingangspforte entgegen.

„Sie sind von der Polizei?", fragte er, nachdem er den Dienstwagen bemerkt hatte. „Das ist kein guter Zeitpunkt, der Frau geht es ziemlich schlecht. Kein Wunder, was für eine Tragödie. Wissen Sie schon, wer dafür verantwortlich ist?"

„Leider nicht", erwiderte Holger. „Deshalb dürfen wir bei den Ermittlungen keine Zeit verlieren, so schmerzlich das für die Angehörigen sein mag. Eine schnelle Aufklärung ist auch in deren Interesse."

„Natürlich, da haben Sie recht. Viel Erfolg." Er eilte an Sarah und Holger vorbei zu seinem Auto.

Der Mann, der ihnen die Tür öffnete, war blass unter seiner Sonnenbräune.

„Herr Haske?", fragte Sarah. „Wir sind von der Polizei und hätten ein paar Fragen."

„Was für Fragen denn? Ihre Kollegen waren schon hier und haben uns mitgeteilt, dass unser Sohn tot ist. Was gibt es da noch zu reden?" Es klang zutiefst resigniert.

„Herr Haske, wir wissen, wie schrecklich das für Sie ist. Aber unsere Aufgabe ist es nun mal, die genauen Umstände aufzuklären. Wir haben erfahren, dass Ihr ältester Sohn die Jugendlichen gestern zum See gefahren hat. Wir würden deshalb gern mit ihm sprechen."

„Kommen Sie." Herr Haske bat sie nicht herein, sondern führte sie um das Haus herum zu einer offenstehenden Garage. Dort hockte ein junger Mann reglos neben einem Motorrad. Auf einer Decke daneben waren Werkzeug und Ersatzteile verstreut, die er jedoch nicht anrührte. Es wirkte, als hätte ihn die Nachricht vom Tod des Bruders hier überrascht und erstarren lassen.

„Mark, die Polizei möchte mit dir reden." Der junge Mann gab nicht zu erkennen, ob er verstanden hatte.

„Lassen Sie, wir machen das schon", sagte Sarah leise, worauf sich der Vater wieder ins Haus zurückzog.

„Sind Sie Mark Haske? Mein Beileid zum Tod Ihres Bruders."

Langsam hob er den Blick, ein hübscher blonder Junge mit graugrünen Augen, die vor Trauer wie verschleiert wirkten.

„Das ist Nicos Motorrad", sagte er leise. „Er hatte mich gebeten, es zu reparieren, aber ich bin einfach noch nicht dazu gekommen." Er griff nach einem Schraubenschlüssel und machte sich hektisch an der Maschine zu schaffen, als könnte er auf diese Weise auch das grausame Schicksal, das seine Familie getroffen hatte, wieder in Ordnung bringen.

Sarah griff behutsam nach seiner Hand und veranlasste ihn, sein Bemühen zu unterbrechen.

„Wir wissen, wie schwer das für Sie sein muss", sagte sie.

„Nichts wissen Sie. Ich kann es nicht begreifen, ich will wissen, was mit Nico passiert ist. Wer ihm etwas angetan hat."

„Um das herauszufinden, sind wir hier. Vielleicht können Sie uns ja dabei helfen. Sie haben Ihren Bruder und seine Freunde gestern zum See gefahren. Ist Ihnen da irgendetwas aufgefallen?"

„Nein, was sollte mir auffallen? Sie hatten sich eine Stelle am bewaldeten Ufer ausgesucht, ein bisschen versteckt und abseits von der Badestelle. Außer ihnen war dort niemand."

„Das wäre unsere zweite Frage gewesen. Ob Ihnen irgendwelche verdächtigen Personen aufgefallen sind."

„Nein, überhaupt nicht. Wir haben die Sachen ausgeladen und ich habe ihnen beim Aufstellen der Zelte geholfen. Das hat eine knappe Stunde gedauert, danach bin ich zurückgefahren."

„Ich nehme an, dass Ihre Eltern das bestätigen können."

„Ja, natürlich. Sie glauben doch wohl nicht etwa, dass ich meinen Bruder und seine Freundin umgebracht habe?"

„Herr Haske, das ist reine Routine und keine Verdächtigung. Merle Gerdes war die Freundin Ihres Bruders?"

„Ja, sie waren erst seit ein paar Wochen zusammen. Deshalb hatten sie ja auch das romantische Wochenende am See geplant."

„War Nico nicht zuvor mit Kim Colmann zusammen gewesen?"

„Ja, war er. Fast ein Jahr lang. Merle war die Freundin von Kim, dadurch hat mein Bruder sie überhaupt erst näher kennengelernt."

„Und Kim Colmann hat das einfach so hingenommen, dass sie gegen Merle ausgetauscht wurde?"

Mark Haske zuckte mit den Schultern. „Nicht gleich, die Mädchen hatten sich deswegen gestritten, dann aber wieder versöhnt. Kim hat in Jonas Diemer schnell einen neuen Freund gefunden und nun wollten sie sogar zu viert das Wochenende verbringen. Es war alles wieder in bester Ordnung."

„Hatte Ihr Bruder Streit mit jemandem?"

„Ach, hören Sie auf." Die Lippen von Mark begannen zu zittern, er war kurz davor in Tränen auszubrechen. „Nico hatte mit niemandem Streit, er war sehr beliebt und hatte viele Freunde." Eine Träne lief ihm über die Wange.

„Danke für Ihre Hilfe, Herr Haske, das war es erst einmal. Rufen Sie uns bitte an, wenn Ihnen noch etwas einfallen sollte." Holger überreichte ihm seine Karte.

„Was sollte mir dazu noch einfallen? Das muss ein Verrückter gewesen sein. Finden Sie ihn bitte schnell."

8.

Die Mutter von Jonas Diemer teilte ihnen mit, dass ihr Sohn schlafen würde. Sarah und Holger sahen sich erstaunt an. Es war mittlerweile fast vier Uhr nachmittags.

„Er hat wieder mal die Nacht zum Tage gemacht", erklärte die Frau. „Ist erst gegen Morgen nach Hause gekommen. Außerdem brütet er eine Erkältung aus."

Sie hatte die Kriminalisten nicht hereingebeten, sondern lehnte aus dem Fenster ihres Hauses, eine füllige Frau mit roten Wangen und krausen Haaren, der man anmerkte, dass sie sich nicht so leicht aus der Ruhe bringen ließ.

„Das tut uns leid, aber wir müssen Ihren Sohn dennoch sprechen", sagte Holger bestimmt.

„Aber wieso denn überhaupt? Hat er etwa was ausgefressen?"

Die Nachricht von dem Doppelmord am See schien sich noch nicht bis zu ihr herumgesprochen zu haben. Holger, der durch ihre Bemerkung über das nächtliche Fernbleiben des Sohnes alarmiert war, hatte nicht vor, sie darüber aufzuklären.

„Das muss sich erst herausstellen", erwiderte er. „Wenn Sie uns jetzt bitte hereinlassen und ihn wecken würden?"

Mit einem Seufzer, als würde es sie unerhörte Anstrengung kosten, richtete die Frau sich auf und entfernte sich vom Fenster. Kurz darauf wurde der Schlüssel in der Haustür herumgedreht und die beiden Kriminalisten mit einer wortlosen Geste hereingebeten. Sie mussten im Flur einem Staubsauger und einem Putzeimer ausweichen. Das Wohnzimmer, in dem sie Platz nehmen durften, machte allerdings nicht den Eindruck, als wäre es bereits mit den Reinigungsutensilien in Berührung gekommen. Zeitschriften lagen auf dem Boden umher und die Glasplatte des Couchtisches wurde von diversen undefinierbaren Flecken verunziert.

„Die Putzfrau war noch nicht da, sie hat sich krank gemeldet", erklärte sie. „Warten Sie einen Moment, mein Sohn kommt gleich." Seine Mutter setzte sich in einen Sessel und ließ erkennen, dass sie bei dem Gespräch dabei sein wollte. Kurz darauf betrat ein schlaksiger Fünfzehnjähriger den Raum, der tatsächlich einen kränklichen Eindruck machte. Seine Augen waren verquollen, das Gesicht geisterhaft blass.

„Sie sind Jonas Diemer?", fragte Holger. „Wir möchten gern, dass Sie uns ein paar Fragen beantworten. Wie Ihre Mutter uns bereits erzählt hat, sind Sie heute erst gegen Morgen nach Hause gekommen. Wo waren Sie in der Zeit zwischen gestern Abend um 18:00 Uhr und heute früh?" Holger hatte den Zeitrahmen bewusst großzügig gewählt. Zu seiner Überraschung begann der Junge zu zittern, er schwankte leicht und erweckte den Eindruck, als würde er gleich ohnmächtig werden. Seine Mutter sprang auf, packte ihren Sohn an den Schultern und drückte ihn auf den Sessel.

„Das ist der Kreislauf. Ich habe Ihnen doch gesagt, dass er krank ist. Weil ich ihn unbedingt wecken musste, ist er viel zu schnell aufgestanden. Das haben Sie nun davon."

Sarah erhob sich ebenfalls, schob einen Hocker vor den Sessel und lagerte die Beine von Jonas hoch. „Holen Sie bitte ein Glas Wasser für Ihren Sohn", wies sie seine

Mutter an, die sich widerspruchslos entfernte und gleich darauf mit dem Wasser zurückkam.

„Geht es wieder?", fragte Sarah, nachdem Jonas das Glas geleert hatte. „Können Sie jetzt unsere Frage beantworten?"

Der Junge nickte. „Ich war gestern Abend mit ein paar Freunden bei Finja. Wir haben erst gegrillt und dann eine lange Filmnacht veranstaltet."

„Wann haben Sie mit dem Grillen angefangen?"

„Das muss so gegen sechs gewesen sein, eher noch etwas früher."

„Und Sie waren die ganze Zeit dort?"

„Ja, sagte ich doch. Wir haben bis um halb vier Filme geguckt, dann hat mich Marvin auf dem Motorrad mitgenommen und zu Hause abgesetzt."

„Das stimmt", bekräftigte seine Mutter. „Ich habe das Motorrad gehört."

„Ihre Freunde können das sicher bestätigen", sagte Sarah und ließ sich die Namen und Anschriften geben.

„Eine Frage hätte ich noch", fügte sie hinzu. „Wollten Sie nicht ursprünglich mit Kim Colmann zum Zelten fahren?"

Jonas riss die Augen auf, sichtlich verblüfft darüber, dass die Kommissarin darüber im Bilde war.

„Ich hatte keine Lust mehr, weil ich mich erkältet hatte. Da war schwimmen nicht das Richtige", sagte er nur. Er schien erleichtert zu sein, als Sarah und Holger die Befragung für beendet erklärten und er in sein Bett zurückkehren durfte. Seine Mutter dagegen ließ sich nicht so leicht abspeisen.

„Was hatte das denn zu bedeuten?", fragte sie. „Braucht mein Sohn etwa ein Alibi? Dann möchte ich wissen, wieso."

„Einzelheiten können wir Ihnen nicht mitteilen", erwiderte Holger. „Wir arbeiten an der Aufklärung eines

Gewaltverbrechens, das sich gestern in den Abendstunden abgespielt hat. Näheres werden Sie bald der Presse entnehmen können."

Holgers Handy klingelte, er verließ das Haus und nahm das Gespräch entgegen. Sarah verabschiedete sich von Frau Diemer und folgte ihm.

„Suchen wir gleich noch die anderen Jugendlichen auf?", fragte sie.

„Damit werden wir jemand anderen beauftragen. Es sieht so aus, als wäre Kim Colmann gefunden worden. Wir fahren nach Hamburg."

9.

Während der Fahrt erzählte Holger, was er gerade erfahren hatte. „Das Mädchen soll in der vergangenen Nacht in die Hamburger Universitätsklinik eingeliefert worden sein. Über ihren Zustand hat man nichts weiter mitgeteilt, doch sie soll ansprechbar sein und ihren Namen genannt haben."

„Wir wissen also noch nicht genau, ob sie verletzt ist. Aber wie ist sie nach Hamburg gekommen?", wunderte sich Sarah.

„Gute Frage", stimmte Holger ihr zu. „Gelaufen dürfte sie kaum sein. Hoffentlich ist sie vernehmungsfähig und kann Angaben dazu machen, was in der vergangenen Nacht am See passiert ist."

Der Klinikkomplex war riesig, sie mussten sich erst zur Station für Innere Medizin durchfragen. Dafür wurden sie dort bereits erwartet, zu ihrer Überraschung nicht nur von der Stationsärztin, sondern auch von zwei Kollegen von der Hamburger Polizei.

„Timmermann, das ist meine Kollegin Steuer, wir sind vom LKA 4", stellte sich der Mann vor. Die zierliche Blondine wirkte neben seiner imposanten Männlichkeit nahezu kindlich.

„Ein eigenartiger Fall. Wir haben erfahren, dass das Mädchen bereits gesucht wird. Vielleicht bringt uns das weiter."

„Was meinen Sie mit eigenartig?", fragte Holger irritiert. Noch waren keine Verlautbarungen über die Toten am See herausgegeben worden, die Kollegen konnten demnach auch nichts darüber wissen. Statt des Kriminalbeamten antwortete ihm die Stationsärztin, die sich als Dr. Rühe vorgestellt hatte.

„Die junge Frau wurde in der Nacht gegen halb zwei bei uns eingeliefert, sie war zu dem Zeitpunkt zwar bei Bewusstsein, wirkte aber schläfrig und verwirrt. Der Notarzt, der die Erstversorgung vorgenommen hat, informierte uns über die Situation, in der er sie vorgefunden hatte. Demnach lag sie aufgebahrt in der Pathologie einer ehemaligen Klinik südlich von Hamburg. Es hätte ausgesehen, als wäre ein makaberes Ritual an ihr vollzogen worden. Deshalb hat er die Polizei benachrichtigt."

„Wir waren anschließend vor Ort und haben Aufnahmen gemacht", ergänzte Kommissarin Steuer. „Hier bitte, schauen Sie sich das mal an. Auf diesem alten Stahltisch hat sie gelegen, rundherum brannten Kerzen."

„Wer hat den Arzt gerufen?", fragte Sarah.

„Das war ein Wachmann, der sie auf seinem Rundgang entdeckt hat. Wir haben ihn ausführlich vernommen. Er hat keine anderen Personen gesehen, nimmt aber an, dass sie rechtzeitig vor ihm geflüchtet sein könnten."

„Wies sie Verletzungen auf?", wollte Sarah wissen.

„Nein, und sie wurde auch nicht vergewaltigt. Allerdings fanden sich in ihrem Blut Spuren von GHB, besser bekannt als Liquid Ecstasy oder K.o.-Tropfen. Da der Nachweis im Blut nur bis zu sechs Stunden nach Einnahme möglich ist, kann es ihr nicht allzu lange zuvor verabreicht worden sein. Jedenfalls ist sie inzwischen wach, voll orientiert und kann morgen entlassen werden. Sie dürfen gern mit ihr sprechen."

Der Pager der Ärztin piepte, sie entfernte sich mit einer kurzen Entschuldigung, nachdem sie ihnen noch die Zimmernummer genannt hatte. Kriminalhauptkommissar Holger Hansen setzte die Hamburger Kollegen in Kenntnis, in welchem Zusammenhang nach Kim Colmann gesucht wurde.

„Mit gleich zwei Tötungsdelikten in Ihrem Zuständigkeitsbereich haben Sie es zu tun? Ich nehme an, dass Sie unter diesen Umständen die weiteren Ermittlungen übernehmen werden", sagte Kommissar Timmermann und Holger stimmte dem zu. Sie einigten sich darauf, dass Holger und Sarah Kim allein befragen sollten. Die Hamburger Kollegen würden einen Bericht erhalten, damit sie ihren Teil der Ermittlungen abschließen konnten.

Kim Colmann war in einem Einzelzimmer untergebracht worden. Als Sarah und Holger eintraten, saß sie aufrecht im Bett und schaute aus dem Fenster. Der Himmel war wolkenlos blau, ein Tag wie geschaffen für unbeschwerten Freizeitspaß am See. Ob ihr das jetzt wohl durch den Kopf ging? Sie wandte sich erst um, als Sarah unmittelbar neben ihr stand. Holger blieb absichtlich ein Stück zurück, sie hatten sich darauf verständigt, dass Sarah die geeignetere Gesprächspartnerin für eine junge, vermutlich traumatisierte Frau wäre.

„Guten Tag, ich bin Sarah Sandring von der Kriminalpolizei Itzehoe und würde mich gern mit Ihnen unterhalten. Darf ich Kim sagen?"

Kim Colmann wirkte, als wäre sie noch immer in einem Traum gefangen. Sie war ein hübsches Mädchen mit großen blaugrauen Augen und vollen, weich geschwungenen Lippen. Bekleidet war sie mit einem Krankenhausnachthemd, das ihr viel zu groß war. Sarah nahm sich vor, gleich nach dem Gespräch zu fragen, was aus ihren anderen Sachen geworden war.

„Ja, was wollen Sie wissen?" Im Gegensatz zu ihrem verträumten Äußeren klang Kims Stimme erstaunlich fest.

Sarah zog sich einen Stuhl neben das Bett, während Holger stehen blieb.

„Können Sie mir sagen, was passiert ist, bevor Sie hierhergekommen sind?"

„Ich war mit Freunden an der Tonkuhle zelten", begann sie ohne Umschweife zu erzählen. „Vormittags sind wir los, wir haben die Zelte aufgebaut und sind eine Runde geschwommen. Gegen Abend haben wir dann zusammengesessen, geredet und gegessen. Auch was getrunken, aber nicht viel."

„Sie meinen, dass Sie Alkohol getrunken haben?", fragte Sarah.

„Ja, aber wenig und nichts Hochprozentiges. Wir hatten eine Flasche Longdrink dabei, aus der wir jeder gerade mal ein Glas getrunken haben. Dann tauchten die Leute auf."

„Was für Leute?"

„Ein Mann und eine Frau. Der Mann fragte, ob wir uns am See auskennen würden. Er wäre zum Nachtangeln hergekommen, hat er gesagt. Nico war sofort in seinem Element, er ist ein begeisterter Angler. Jedenfalls haben die beiden, also Nico und der Mann, ausführlich miteinander geredet und der Mann war ganz hingerissen von Nicos Kenntnissen. Schließlich haben er und seine Freundin sich zu uns gesetzt. Er hatte so eine Art Seesack dabei, aus dem hat er eine Flasche geholt und gesagt, wir müssten auf unsere Begegnung anstoßen. Das haben wir dann gemacht und von da an kann ich mich nicht mehr erinnern. Ich bin erst hier wieder aufgewacht."

„In Ordnung Kim, gehen wir das noch mal der Reihe nach durch. Können Sie den Mann und die Frau beschreiben? Wie alt waren die beiden ungefähr?"

„Sie waren noch nicht alt, so zwischen zwanzig und dreißig, würde ich mal sagen. Beide waren ziemlich groß, der Mann mindestens 1,90 m die Frau über 1,70 m. Sie war schlank und hatte lange blonde Haare. Er hatte dunkle Augen, dunkles Haar und einen Dreitagebart."

„Sehr gut, wie waren sie bekleidet?"

„Beide hatten Jeans und T-Shirts an, ihres war weiß, das von ihm blau oder schwarz, so genau kann ich das nicht sagen, es wurde schon dämmrig. Außerdem trugen sie helle Sneaker."

„Ist Ihnen sonst irgendetwas an den beiden aufgefallen? Narben oder Tätowierungen beispielsweise? Trug einer von den beiden auffälligen Schmuck?"

Kim schien angestrengt nachzudenken. „Nein, mir ist nichts in der Art aufgefallen", sagte sie dann.

Sarah war trotzdem zufrieden. Kim schien eine gute Zeugin zu sein und man würde sie auf jeden Fall bitten, beim Erstellen eines Phantombildes von den beiden verdächtigen Personen zu helfen.

„Wissen Sie, wie die beiden zum See gekommen sind? Haben Sie ein Fahrzeug bemerkt?", fragte Sarah weiter.

Kim zuckte mit den Schultern. „Sie sind zu Fuß auf uns zugekommen. Man kommt ja mit dem Auto nicht bis an den See ran, schon gar nicht zu der Stelle, die wir uns ausgesucht hatten. Wir mussten das Auto auch in einer Straße parken und unser Gepäck ein Stück weit schleppen."

„Sie erwähnten schon, dass der Mann eine Art Seesack bei sich hatte. Wie sah der aus?"

„Grau oder oliv, ich hab nicht so genau hingeschaut."

„Das macht nichts. Wie ging es dann weiter?"

„Na ja, erst haben nur der Mann und Nico miteinander geredet. Da habe ich auch nicht weiter drauf geachtet, ich mache mir nichts aus angeln. Sie haben darüber gesprochen, welche Fische man im See fangen kann und welche Köder man dafür braucht. Dann haben sie sich zu uns gesetzt und gleich die Flasche rausgeholt."

„Haben die beiden sich auch vorgestellt, ihre Namen genannt?"

Kim zögerte mit der Antwort. „Ich glaube schon, aber daran kann ich mich nicht erinnern. Als sie mit uns angestoßen haben, da könnten sie was gesagt haben. Aber es ist von dieser Stelle an alles irgendwie verschwommen."

Sarah fand das nicht weiter tragisch. Selbst wenn das dubiose Paar sich vorgestellt haben sollte, dürften wohl kaum die richtigen Namen genannt worden sein. Etwas anderes erschien ihr viel interessanter.

„Wie ging das mit dem Trinken vor sich?", fragte sie. „Haben Sie aus der Flasche getrunken?"

„Nein, wir hatten Becher mit, aus denen wir schon den Longdrink getrunken hatten. In die haben sie uns was eingegossen."

Ob das Paar selbst etwas getrunken hatte, daran konnte Kim sich ebenfalls nicht erinnern.

„Gut, das soll für den Anfang genügen. Wir werden Sie aber auf jeden Fall noch einmal befragen müssen und Sie auch bitten, uns bei der Erstellung von Phantombildern der beiden Personen zu helfen", sagte Sarah. Sie reichte Kim zum Abschied die Hand und als diese sie ergriff, rutschte das Nachthemd von ihrer Schulter und gab den Blick auf einen Verband unter ihrer linken Achsel frei.

„Was ist das denn für eine Verletzung?", fragte Sarah erstaunt.

„Das ist nichts." Kim zog hastig das Nachthemd hoch. „Nur eine Hautreizung, die habe ich schon länger." Sie wirkte verlegen und abweisend zugleich.

Sarah bestand nicht auf einer weiteren Erklärung, sie würde die Stationsärztin danach fragen. Diese war gerade noch in einem anderen Patientenzimmer beschäftigt und Sarah und Holger mussten auf dem Flur auf sie warten.

„Kann ich noch etwas für Sie tun?", erkundigte sich Dr. Rühe.

„Ja, wir benötigen die Sachen, die Kim Colmann trug, als sie eingeliefert wurde."

„Na, dann kommen sie mal mit." Kurz darauf betrachtete Holger ratlos ein langes weißes Baumwollhemd. Am Hals war es hochgeschlossen und mit einer zarten Spitze verziert, ebenso an den Ärmeln.

„Das hatte sie an?", fragte er verwundert. „Was ist das denn? Ein Nachthemd?"

Die Ärztin schüttelte den Kopf. „Das ist kein Nachthemd, sondern ein Totenhemd. Erkennt man übrigens schon an der Länge. Rumlaufen könnte man damit nicht."

„Das muss ihr derjenige angezogen haben, der sie in der alten Pathologie aufgebahrt hat. Passend zum Ambiente. Das ist wirklich makaber." Sarah fand, das Ganze hätte als geschmackloser Streich angesehen werden können, wenn es nicht im Umfeld des Geschehens zwei Tote gegeben hätte.

Sie sah Holger an, dass er bereits überlegte, ob sich die Herkunft des Totenhemds vielleicht ermitteln lassen würde. Zunächst würde es jedoch der KTU übergeben werden, obwohl durch das Entkleiden von Kim im Krankenhaus Spurenmaterial hinzugekommen sein dürfte.

„Eine Frage hätte ich noch, nämlich was das für eine Verletzung unter der Achsel von Kim Colmann ist", sagte Sarah.

„Ach, die ist schon älter, deshalb habe ich sie nicht erwähnt. Es handelt sich um ein entzündetes Tattoo." Die Ärztin winkte ab.

„Unter der Achsel? Ist das nicht schmerzhaft?", wunderte sich Holger.

„Allerdings, das ist eine empfindliche Stelle. Dennoch sind solche Tattoos momentan groß in Mode. Bei der Patientin wurde es nicht professionell gestochen, sondern offenbar in Heimarbeit."

Die Ärztin verzog das Gesicht. „Auch wurde eine ungeeignete Tinte verwendet, daher die Reizung. Wir haben eine entzündungshemmende Creme aufgetragen und vorsichtshalber ein Antibiotikum verabreicht."

„Um was für ein Motiv handelt es sich?"

„Um eine blaue Rose."

Sarah hätte selbst nicht erklären können, weshalb ihr diese Information wichtig erschien.

Als sie und Holger zu ihrem Wagen gingen, schauten sie nicht zurück, sonst wäre ihnen aufgefallen, dass Kim ihnen vom Fenster aus nachsah.

„Merkwürdig, sie hat sich nicht erkundigt, was mit ihren Freunden passiert ist", sagte Holger.

„Andererseits aber auch gut so", erwiderte Sarah. „Hättest du sie in ihrem Zustand mit der Wahrheit konfrontieren wollen?"

10.

Die Pinnwand in der Abteilung K1 war mit Fotos und Namen gespickt, farbige Pfeile, die Verbindungen verdeutlichen sollten, bildeten ein wirres Geflecht. Das Ganze wirkte wie ein makaberer Schnittmusterbogen. Mordmuster.

„Fassen wir also zusammen, was wir bisher über diesen Fall wissen", sagte Holger. Trotz der sommerlichen Wärme, die schon am Morgen herrschte, trug er einen Kaschmirpullover mit V-Ausschnitt und darunter ein blütenweißes Hemd.

„Vier Schüler des Schauenburg-Gymnasiums planen ein gemeinsames Wochenende an der Tonkuhle, drei von ihnen brechen am Samstagvormittag tatsächlich dorthin auf."

Holger wies nacheinander auf die Fotos. Merle Gerdes, fünfzehn Jahre alt, hatte lockiges rotbraunes Haar und ein breites, offenes Gesicht. Kim Colmann, ebenfalls fünfzehn, mit langem aschblondem Haar, wirkte ernst auf ihrem Foto und älter, als sie Sarah bei ihrer Begegnung im Krankenhaus erschienen war. Der fünfzehnjährige Jonas Diemer war ein farbloser, unfertig wirkender Junge. Die drei besuchten die gleiche Schulklasse. Nico Haske, siebzehn Jahre alt, war zwei Klassen über ihnen in der elften gewesen, ein hübscher blonder Junge mit grünen Augen.

„Merle und Kim waren Freundinnen", fuhr Holger fort. „Nico war erst mit Kim, dann mit Merle liiert. Kim hatte sich daraufhin mit Jonas getröstet."

„Schlechter Tausch", warf Eva ein.

Holger ließ sich dadurch nicht aus dem Konzept bringen. „Jedenfalls planen die vier einen gemeinsamen Ausflug, den Jonas dann allerdings wegen einer Erkältung nicht antritt. Eventuell hat es auch eine Verstimmung zwischen ihm und Kim gegeben. Er verbringt stattdessen einen Grillabend und eine Filmnacht mit drei anderen Freunden, die das inzwischen bestätigt haben."

„Demnach kann seine Erkältung nicht so schlimm gewesen sein", bemerkte Till. Sarah dachte an seinen Zusammenbruch bei der Befragung und fand, dass er ziemlich angegriffen gewirkt hatte.

„Wie dem auch sei", fuhr Holger fort, „der Grillabend und die Filmnacht fanden bei Finja Belling statt, einer Klassenkameradin von Merle und Kim. Ebenfalls anwesend waren Lasse Clerk und Marvin Eckel, beide siebzehn und Elftklässler. Marvin Eckel hat Jonas am Sonntagmorgen gegen vier Uhr mit dem Motorrad nach Hause gebracht."

Holger räusperte sich. „Zurück zum Samstag. Mark Haske, der ältere Bruder von Nico, bringt die Jugendlichen zum See. Merle steigt bei den Haskes zu, gemeinsam holen sie dann Kim ab. Das Auto parken sie in einer Nebenstraße, tragen das Gepäck zum See und bauen mit Unterstützung von Mark die beiden Zelte auf, der danach zurück nach Hause fährt, wie seine Eltern bestätigen können. Kim, Merle und Nico verbringen den Tag mit Schwimmen und einem Picknick. Beim Baden werden sie von mehreren Personen gesehen, die den Nachmittag ebenfalls an der Tonkuhle verbracht haben. Nach deren

Aussagen sollen sie ausgelassen und fröhlich gewirkt haben. Die weiteren Ereignisse kennen wir nur aus den Schilderungen von Kim. Als die drei Jugendlichen am Abend vor ihren Zelten sitzen, taucht ein unbekanntes Pärchen auf."

Holger deutete auf zwei Phantombilder, die ebenfalls an die Pinnwand geheftet waren. „Der Mann beginnt ein Gespräch übers Angeln, dann setzen er und seine Begleiterin sich mit in die Runde. Der Mann holt eine Flasche heraus und schenkt den Jugendlichen ein Getränk ein, dem vermutlich Liquid Ecstasy beigemischt war. An die weiteren Ereignisse kann sich Kim Colmann nicht erinnern, weil sie kurz darauf das Bewusstsein verliert. Erst im Krankenhaus kommt sie wieder richtig zu sich. Was genau ist am See passiert? Ich bitte um eure Meinung, jeder Gedanke kann uns weiterhelfen."

Holger lehnte sich zurück und Sarah fiel auf, dass er erschöpft wirkte.

Jan machte den Anfang. „Das Paar hat den drei Jugendlichen ein Getränk verabreicht, davon können wir mit Sicherheit ausgehen. Doch mit welcher Absicht? Bei Liquid Ecstasy hängt die Wirkung von der Dosis ab. In geringer Dosierung wirkt die Droge euphorisierend und sexuell stimulierend, doch schon ein halbes Gramm mehr kann zu Schläfrigkeit und Bewusstlosigkeit bis hin zum Atemstillstand führen. In Verbindung mit Alkohol ist die Wirkung besonders schwer kalkulierbar. Wir müssen uns also fragen, welche Wirkung beabsichtigt war."

„Du meinst, das Paar wollte die Jugendlichen eventuell nur in Stimmung bringen, um dann Party mit ihnen zu machen?", fragte Till. Er war der jüngste in der Abteilung und noch nicht lange dabei.

„Zum Beispiel", stimmte Jan zu. „Als sie dann merkten, dass sie sich in der Dosierung vertan hatten, haben sie sich aus dem Staub gemacht."

„Jetzt machst du es aber ganz kompliziert", stöhnte Eva. „Sie lassen ihre schlafenden Opfer zurück und dann kommt der große Unbekannte, sieht seine Chance und vollendet das Werk? Oder waren es sogar mehrere? Ein sadistischer Serienmörder, der Merle und Nico niedermetzelte, und ein Romantiker, der Kim aufbahrte wie das schlafende Schneewittchen." Sie blies die Backen auf, um anzudeuten, wie absurd sie diese Vorstellung fand.

„Eva, wir lassen in dieser Phase jede Idee zu, mag sie auch noch so abwegig erscheinen. Schließlich haben wir es hier auch mit einer außergewöhnlichen Tat zu tun." Holger hatte diese Form des Brainstormings vor einiger Zeit eingeführt und es hatte ihnen schon zu so manch gutem Einfall verholfen.

„Okay", wiegelte Jan ab, „die Hypothese mehrerer unabhängig voneinander handelnder Täter mag wirklich etwas weit hergeholt sein. Feststehen dürfte allerdings, dass wir es mit mehreren Tätern zu tun haben. Einer allein hätte zwar die Morde ausführen können, schwerlich jedoch den Abtransport der bewusstlosen Kim."

„Dass es zwei waren, wissen wir ja bereits", bemerkte Eva spitz. „Dazu bedarf es keiner scharfsinnigen Analyse mehr."

„Also gut", fasste Holger zusammen. „Auf die Suche nach diesen beiden Personen werden wir jetzt all unsere Kräfte konzentrieren. Sobald wir sie gefunden haben, was sicher bald eintreten sollte, werden wir hoffentlich klarer sehen."

Leider sollte sich seine optimistische Vorhersage nicht erfüllen.

11.

Obwohl Holger wie immer Ruhe ausstrahlte, merkten die Kollegen ihm an, dass seine Stimmung nicht die beste war. Er war von einer schnellen Aufklärung des Falls ausgegangen, was sich nun aber nicht zu bewahrheiten schien. Inzwischen war eine Woche vergangen, ohne dass sie auf eine heiße Spur gestoßen waren. Dabei wurde ein erheblicher Ermittlungsaufwand betrieben, die SOKO „Zelt", die Holger leitete, war auf fünfzig Personen aufgestockt worden. Im Moment hatte sich allerdings nur das Kernteam des K1 im Beratungsraum zusammengefunden.

„Schauen wir mal, was wir haben", sagte Holger gerade. „Die Phantombilder, die mithilfe von Kim Colmann erstellt werden konnten, sind wirklich gut. Trotz der sofort eingeleiteten Fahndung gibt es bis jetzt aber keine Spur von den Gesuchten. Mehr noch: Es gibt auch keine Zeugen, die sie in der Nähe der Tonkuhle beobachtet haben. Tatsache ist doch, dass sie mit einem Fahrzeug unterwegs gewesen sein müssen. Schließlich können sie das Mädchen nur so in die Klinikruine bei Hamburg gebracht haben. Den Zug werden sie ja wohl kaum genommen haben. Auch können sie das Auto eigentlich nur in der Nähe des Sees abgestellt haben. Sie werden nicht das Risiko eingegangen sein, ihr bewusstloses Opfer über eine weite Strecke zu Fuß zu transportieren. Doch niemand will etwas beobachtet haben."

Es war heiß im Raum, die sommerliche Hitze schien sich mit den Ausdünstungen der angestrengt vor sich hin brütenden Menschen zu verbinden und dadurch an Intensität zu gewinnen. Alle schwitzten, trotz der leichten Kleidung, die sie trugen. Nur Holger schien die Wärme nichts auszumachen, er hatte sich sogar seinen Pullover über seinem Hemd um die Schultern gelegt.

Eva Asmuss griff nach den Phantombildern der Gesuchten und fächelte sich damit lässig Luft zu.

„Es ist schon eigenartig", sagte sie. „Miss World und Mister Universum begehen gemeinsam das perfekte Verbrechen, indem sie sich danach in Luft auflösen."

Niemand ging auf ihre Bemerkung ein, doch Sarah erkannte den Funken Wahrheit, der darin enthalten war. Die beiden Gesuchten waren außerordentlich schön, fast zu schön, um real zu sein. Die Frau hatte ein perfektes Gesicht mit großen Augen, gerader Nase und vollen Lippen, das von langem Blondhaar umrahmt wurde. Das Gesicht des Mannes war markanter, doch mit den dunklen Augen, dem schön gezeichneten Mund und der leicht gebogenen Nase nicht weniger anziehend. Sein Haar war wellig, der Dreitagebart gab ihm etwas Verwegenes. Plötzlich hatte Sarah das Gefühl, die beiden schon einmal gesehen zu haben. War das nicht das Traumpaar aus irgendeiner Werbung? War ihre Zeugin etwa einer falschen Erinnerung aufgesessen?

„Sarah, was meinst du?" Holgers Frage brachte sie in die Wirklichkeit zurück.

„Entschuldige, ich habe gerade nicht zugehört. Mich beschäftigt noch, was Eva gesagt hat."

„Die Frau Oberkommissarin geruht eine Bemerkung von mir nachdenkenswert zu finden", murmelte Eva so leise, dass nur Sarah es hören konnte. Sie ignorierte es, inzwischen hatte sie sich an die Spitzen ihrer Kollegin gewöhnt. Eva hatte hart daran zu knabbern, dass Sarah vor ihr befördert worden war.

„Das Aussehen des gesuchten Paares hat etwas Idealtypisches", fuhr Sarah unbeirrt fort. „Deshalb frage ich mich, ob die Phantombilder dem tatsächlichen Aussehen der gesuchten Personen entsprechen oder von Kim unbeabsichtigt geschönt worden sind."

„Das ist durchaus möglich", stimmte Jan ihr zu. „Liquid Ecstasy führt in entsprechender Dosierung oft zu Gedächtnisstörungen in Form einer retrograden Amnesie. Wenn Kim sich nicht genau erinnern konnte, hat sie die Lücken in ihrem Gedächtnis möglicherweise unbewusst mit anderen Bildern gefüllt, die ihr in den Sinn kamen. Das können wir leider nicht ausschließen. Andererseits dürften die gesuchten Personen tatsächlich über eine gewisse Attraktivität verfügen. Es ist nun einmal so, dass schöne Menschen weniger Argwohn erzeugen. Sie wirken automatisch sympathischer und vertrauenswürdiger. Deshalb haben die Jugendlichen arglos mit ihnen angestoßen. Von einem abgerissenen Penner hätten sie sicher kein Getränk angenommen."

Das mit der Wirkung der Schönheit stimmte zweifellos. Sarah schaute zu Eva hinüber, die mit ihrem schwarzen Haar und den Veilchenaugen wie das leibhaftige Schneewittchen aussah, obwohl ihr Charakter eher dem der eifersüchtigen Stiefmutter nahekam.

„Nach wie vor ist die Frage ungeklärt, ob die Jugendlichen Zufallsopfer waren oder ob sie gezielt ausgesucht worden sind", sagte Holger. „Kim Colmann hat angegeben, den Mann und die Frau noch nie zuvor gesehen zu haben. Das hätte auch auf Merle und Nico, die beiden getöteten Jugendlichen zugetroffen. Trotzdem können wir nicht sicher ausschließen, dass es doch einen Zusammenhang gibt."

„Ich frage mich schon die ganze Zeit, welche Logik hinter diesem Fall steckt", meldete sich Volker Bram, der dienstälteste Kollege des K1 zu Wort. „Da wollten zwei Freaks ein Mädchen entführen, schlimm genug. Warum schlagen sie nicht in einer Situation zu, in der sie es allein antreffen? Stattdessen ermorden sie zwei Menschen, und das offenbar nur, um sie als Zeugen ihrer Tat auszuschalten. Warum gehen sie mit einer derartigen Skrupellosigkeit vor?"

„Das frage ich mich auch", stimmte Jan zu. „Ging es ihnen tatsächlich um irgendein Mädchen oder speziell um Kim Colmann?"

„Auch die Eltern aller drei Betroffenen konnten nichts mit den Phantombildern anfangen", wandte Eva ein. „Und weshalb sollten sie es ausgerechnet auf Kim abgesehen haben? Deren Mutter ist alleinerziehend mit zwei Kindern und hat außerdem mehrere Arbeitsstellen. Diese Frau hat keine Zeit für irgendwelche Intrigen, die Racheakte auslösen könnten. Als Opfer einer Erpressung kommt sie wohl auch nicht infrage."

„Um Erpressung oder Rache geht es hier offensichtlich auch nicht, sondern um irgendwelche okkulten Spinner." Volker schüttelte den Kopf und verzog dabei angewidert den Mund. „Für die waren die Morde wahrscheinlich ein zusätzlicher Nervenkitzel. Blutopfer für den Satan."

„Nein Volker, da muss ich dir widersprechen." Jan beugte sich zu dem Kollegen hinüber. „Es gibt keinen Hinweis auf okkulte oder satanische Praktiken."

„Ja, liegt das denn nicht auf der Hand? Der Wachmann, der das Mädchen gefunden hat, musste schließlich schon öfter mal irgendwelche Freaks verscheuchen, die dort ihre schwarzen Messen veranstaltet haben."

„Das schon, die sind sogar aktenkundig und wurden von den Hamburger Kollegen überprüft. Ohne Ergebnis. Zur Ausschmückung ihrer Rituale gehören umgedrehte Kreuze, Pentagramme und Kerzen in Menschenform. Nichts in der Art wurde in unserem Fall gefunden."

„Vielleicht war das nur deshalb so, weil sie vorzeitig gestört worden sind?" Volker war nicht so leicht von seiner Idee abzubringen.

Jan schüttelte den Kopf. „Sie müssen Hals über Kopf geflohen sein. Damit, dass sie Kim zurücklassen mussten, haben sie sich der größten Gefahr ausgesetzt, der Gefahr der Entdeckung. Kim hatte sie schließlich gesehen. Wir müssen davon ausgehen, dass sie ihren Tod ebenfalls beschlossen hatten."

„Ein sadistisches Killerpärchen also?" Eva schlug mit einem Kugelschreiber rhythmisch gegen ihre makellose obere Zahnreihe. „Den Mord an Kim wollten sie zelebrieren, die anderen beiden waren nur ein kleiner Vorgeschmack."

„Auffällig ist dabei, dass die Tötung der beiden Opfer mit unterschiedlicher Intensität erfolgte", ergänzte Sarah. „Nur die Frau wurde übertötet. Ihr Gesicht wies fünfzehn Stichverletzungen auf, in Brust und Bauch waren es sogar zwanzig. Bei dem Mann waren es lediglich drei gezielte Stiche in die Brust."

Sarah war bei der Obduktion anwesend gewesen und dachte mit leisem Schaudern an den Anblick der entstellten Leiche. Sie hatte mit Merles Eltern einen harten Kampf ausfechten müssen, um sie davon zu überzeugen, sich den Anblick besser zu ersparen.

„Das liegt vermutlich ganz einfach daran, dass wir es mit zwei Tätern zu tun haben. Einer von beiden ist brutaler vorgegangen", meinte Eva. „Das muss nicht mal unbedingt der Mann gewesen sein."

„Leider ist die Suche nach der Tatwaffe erfolglos geblieben", fügte Holger hinzu. „Doch die Rechtsmedizin ist sich sicher, dass beide Opfer mit dem gleichen Messer getötet wurden. Es handelte sich um ein Küchenmesser mit 20 cm langer Klinge. Die Dosierung des Liquid Ecstasy lag bei Merle und Nico übrigens deutlich höher als bei Kim Colmann."

„Logisch. Die beiden sollten nur schnell wehrlos gemacht werden, mit Kim hatten die Täter dagegen noch etwas vor. Gut, dass es nicht dazu gekommen ist", sagte Jan. „Das ist eine weitere Auffälligkeit in diesem bizarren Fall. Die Täter müssen den Ort, an den sie das Mädchen verschleppt haben, vorher ausgekundschaftet haben. Wieso wussten sie dann nicht, dass dort täglich zwischen 24 und 1 Uhr ein Wachmann seine Runde macht? Sie gehen hohe Risiken ein und scheitern an so einer Kleinigkeit, das ist seltsam."

„Du unterstellst logisches Handeln, wo vielleicht gar keines stattgefunden hat", meinte Volker schulterzuckend. „Eventuell waren das zwei Typen mit von Drogen zerfressenen Gehirnen, die sich einfach in einen Blutrausch hineingesteigert haben."

„Nein, so sehe ich das nicht", sagte Sarah. „Das war eine geplante Tat, dafür spricht das Totenhemd, das sie dem Mädchen angezogen haben. Sie müssen es bereits bei sich gehabt haben."

Holger nickte zustimmend. „Dieses Totenhemd macht es uns wahrhaftig nicht leichter. Wir konnten keine relevanten Spuren daran feststellen. Auch seine Herkunft war bisher nicht zu ermitteln. Die Kleidung, die Kim Colmann vorher getragen hatte, ist verschwunden. Auch an den beiden Leichen und den Zelten gibt es bisher keine Spur, die uns weiterbringt. Da will uns jemand ein Rätsel aufgeben."

„Wie machen wir jetzt weiter?", fragte Jan.

„Diese Frage aus deinem Munde?", bemerkte Eva spitz. „Du bist doch unser Fachmann für ungelöste Rätsel, hast du noch kein Täterprofil erstellt?"

„Ich versuche es gerade, stoße aber immer wieder auf seltsame Widersprüche", gab Jan unumwunden zu. „Was hat dieses mysteriöse Paar angetrieben? Wie haben sie ihre Auswahl getroffen? Warum sind sie mit Kim derartige Risiken eingegangen, um am Ende zu scheitern? Haben sie allein gehandelt oder sind sie Teil einer größeren Gruppe?"

„Wir werden Kim Colmann vorsichtshalber weiterhin im Auge behalten", sagte Holger. „Dadurch, dass sie die Täter gesehen hat, ist sie auf jeden Fall gefährdet. Und falls es eine Verbindung zwischen ihr und den Tätern geben sollte, werden wir das auf die Art hoffentlich auch herausfinden."

Jan nickte zustimmend. „Eine andere Idee hätte ich im Moment auch nicht. Übrigens findet morgen die Beisetzung der beiden Opfer statt."

„Ja, ich weiß. Du und Sarah, ihr solltet euch dort unauffällig umsehen."

„Die reinste Pärchenwirtschaft", murmelte Eva.

„Hast du ein Problem damit, Eva?", fragte Holger.

„Aber nein, ich doch nicht", erwiderte sie mit einem strahlenden Lächeln.

12.

Sie waren unpassend gekleidet und würden dadurch unnötig auffallen. Sarah und Jan waren nicht darauf vorbereitet, dass für die beiden Mordopfer Merle und Nico eine weiße Beerdigung stattfand. Weiß waren nicht nur die beiden Särge und die Blumengebinde darauf, weiß war auch bis auf wenige Ausnahmen die Kleidung der Trauergäste. Jan konnte immerhin seine Jacke ausziehen und hob sich im weißen Hemd weniger von der Masse der Trauernden ab. Sarah dagegen musste sich mit ihrem schlichten schwarzen Kleid abfinden.

Es waren so viele Trauergäste gekommen, dass die Kapelle unmöglich alle fassen konnte. Jan ergriff Sarahs Hand und zog sie durch die Menschenmenge hindurch die Stufen hinauf. Es war ihr peinlich, sich so rücksichtslos nach vorn zu drängeln, doch sie waren nun einmal nicht nur aus Gründen der Pietät, sondern dienstlich hier. Es war immerhin denkbar, dass sie hier eine Beobachtung machen konnten, die ihnen bei den Ermittlungen weiterhelfen würde. In der Kapelle angekommen nahmen sie direkt hinter der letzten Stuhlreihe Aufstellung, wodurch sie einen guten Überblick hatten. Von vorn lachte ihnen das Porträt von Merle entgegen, es strahlte so eine unbändige Lebensfreude aus, dass Sarah bei dem Anblick fast die Tränen kamen. Merle war ein Mädchen mit krausem rotbraunem Haar, hellen Augen und einer mit Sommersprossen gesprenkelten Haut gewesen. Gewaltsam unterdrückte Sarah den Gedanken an ihr von Messerstichen entstelltes Gesicht. Das Porträt von Nico wirkte ernst, die Ähnlichkeit des hübschen blonden Jungen mit seinem Bruder war unverkennbar. Vorn in der ersten Reihe sah Sarah Mark neben seinen Eltern sitzen, die Schultern der Mutter bebten ununterbrochen. Zwischen den Eltern von Merle saß ein Mädchen, das nicht älter als zehn sein konnte und ebenso krauses rötliches Haar hatte wie seine ermordete Schwester. Dahinter hatten Freunde und Verwandte der Familien Platz genommen, das Lehrerkollegium bildete einen geschlossenen Block. Von den Mitschülern der Getöteten hatten die meisten draußen bleiben müssen.

Die Trauerfeier wurde zu gleichen Teilen von einem Pfarrer und einem weltlichen Redner abgehalten. Offenbar war die weltanschauliche Orientierung der beiden Familie unterschiedlich und man hatte sich deshalb auf diesen Kompromiss geeinigt.

Während ihr der Redner gut gefiel, war Sarah das Auftreten des Pfarrers eine Spur zu salbungsvoll. Er sprach von der jungen Liebe der beiden Toten, die nun für ewig weiter bestehen würde. Was für eine Ironie, dachte Sarah unwillkürlich. Liebeleien unter Schülern hatten normalerweise eine kurze Halbwertzeit, Nico hatte sich erst kürzlich von Kim getrennt und auch Merle wäre vermutlich nicht seine letzte Freundin geblieben. Doch nun stellte der Pfarrer es so dar, als würde er eine himmlische Hochzeit zelebrieren.

Eine der Frauen aus den Reihen des Lehrerkollegiums drehte sich immer wieder nach den beiden Ermittlern um. Es war eine ältere Frau mit schulterlangen grauen Haaren, die sie zu einer schwungvollen Außenrolle frisiert trug.

Als die Särge hinausgetragen wurden und die Trauergäste sich anschlossen, drängte sie sich an Sarahs Seite.

„Sie sind von der Kriminalpolizei, nicht wahr?", fragte sie leise.

„Ja, Oberkommissarin Sandring. Und Sie sind?"

„Ellen Uphaus, Lehrerin für Musik und Kunsterziehung. Ich habe beide unterrichtet. Dieser Mord ist zutiefst erschütternd, unsere Schüler sind dadurch traumatisiert. Wir bekommen das täglich im Unterricht zu spüren. Es machen sich auch Angst und Unsicherheit breit, weil der Täter noch nicht gefasst ist. Haben Sie inzwischen eine Spur?"

Normalerweise hätte Sarah die neugierige Fragerin mit ein paar Floskeln abgewimmelt, doch eventuell konnte sie ihr nützlich sein. Deshalb flüsterte sie ihr ein paar Details aus den Ermittlungen zu, die ohnehin allgemein bekannt waren. Ellen Uphaus schien sie jedoch begierig aufzusaugen.

Inzwischen war der Trauerzug an den ausgehobenen Gräbern angekommen. Merle und Nico würden nebeneinander beigesetzt werden. Immer mehr Menschen hatten sich unterwegs angeschlossen, die Menge war nicht zu überblicken. Wenn ein Täter hier unbemerkt untertauchen wollte, hätte er leichtes Spiel, allerdings nur in dem Falle, dass sein Gesicht nicht bekannt wäre. Sarah glaubte nicht daran, dass einer der Gesuchten, deren Phantombilder veröffentlicht worden waren, hier auftauchen könnte. Jan hatte allerdings die Vermutung geäußert, dass eine größere Gruppe hinter dem Verbrechen stecken könnte. Er hatte sich weit zurückfallen lassen, bis ans Ende des Trauerzuges, um dort nach verdächtigen Personen Ausschau zu halten. Sarah blieb an der Seite von Ellen Uphaus. Plötzlich entdeckte sie Kim Colmann, die ganz vorn direkt neben den Gräbern stand. Sie fand es erstaunlich, dass die junge Frau die Kraft aufbrachte, hier anwesend zu sein. Ihre Mutter war nirgends zu sehen, Kim wurde von einem auffallend schönen Mädchen gestützt, das ihr leise Mut zuzusprechen schien.

„Wer ist das neben Kim Colmann?", fragte Sarah die Musiklehrerin.

„Das ist Finja Belling." Sie schaute ebenfalls zu dem Mädchen hinüber und in ihrem Blick glaubte Sarah Missbilligung zu erkennen.

„Ist Finja Kims Freundin?", wollte Sarah wissen.

„Finja hat keine Freundinnen. Sie geruht gnädig, ausgewählte Personen in ihrem Umfeld zu dulden, aber nur, solange sie nach ihrer Pfeife tanzen. Trotzdem reißen sich alle förmlich darum."

Sarah musterte das Mädchen, dem dieser wenig wohlwollende Kommentar galt, gründlicher. Finja war ziemlich groß und hatte eine absolut modeltaugliche Figur. Ihr weißes Kleid, das ihre Formen vorteilhaft hervorhob, war von jener raffinierten Schlichtheit, die ihren Preis hat. Sie hatte schulterlanges braunes Haar, das schimmerte, als wären Goldfäden darin eingewoben. Keine noch so teure Tönung konnte eine solche Haarfarbe hervorbringen.

Sarah erinnerte sich, dass Finja das Mädchen war, bei dem Jonas Diemer einen Filmabend verbracht hatte, statt mit Kim zum Zelten zu fahren. Wo war er überhaupt, wieso stand er nicht neben seiner Freundin? Schließlich entdeckte sie ihn hinter den beiden Mädchen, er wurde von einem anderen Jungen verdeckt, einem dunkelhaarigen, der offensichtlich den Schulterschluss mit Finja suchte.

Zu den Klängen eines traurigen Flötensolos wurden die beiden Särge nun in die Erde gesenkt. Ringsum erklang Schluchzen, viele der Jugendlichen weinten. Sarah fiel ein Mädchen in ihrer Nähe auf, das so betroffen wirkte, als würde es unter Schock stehen. Als sie dem Blick seiner weit aufgerissenen Augen folgte, bemerkte sie jedoch, dass der nicht auf die Gräber, sondern auf Finja und den Jungen neben ihr gerichtet war. Noch einmal bemühte Sarah Ellen Uphaus, um den Namen des Mädchens zu erfahren.

„Hanna Otting", erwiderte sie zerstreut. „Eine Außenseiterin, sie ist ein wenig merkwürdig. Außerdem müsste sie einfach mehr aus sich machen."

Sarah behielt Hanna im Auge, auch als sich die Trauergesellschaft aufzulösen begann. Während alle sich zum Gehen wandten, blieb Hanna stehen wie ein Brückenpfeiler, der das Wasser eines Flusses zwingt, sich vor ihm zu teilen. Einige Male wurde sie angerempelt, doch den heftigsten Rempler versetzte ihr der dunkelhaarige Junge, dem die ganze Zeit ihre Aufmerksamkeit gegolten hatte. Fast wäre sie gestürzt, doch er ging weiter, ohne sich darum zu scheren.

„Was für ein Rüpel, wer ist das?", fragte Sarah. Ellen Uphaus hatte die Szene ebenfalls beobachtet.

„Marvin Eckel, der treueste Ritter und glühendste Verehrer von Finja", sagte sie. „Sogar bereit, einen Meineid für sie zu schwören."

„Wie meinen Sie das?"

„Ich meine überhaupt nichts, ich habe schon zu viel gesagt." Auf einmal hatte es Ellen Uphaus eilig, sie blieb Sarah die Antwort schuldig.

13.

Als sich Hanna Otting nach dem Rempler wieder gefangen hatte, blieb sie noch eine Weile wie erstarrt stehen und schaute Finja und Marvin mit brennenden Augen hinterher. Marvin legte seinen Arm locker um Finjas Schulter und geleitete sie durch die Menschenmenge hindurch. Die Geste wirkte beschützend und zärtlich zugleich. Was hätte Hanna dafür gegeben, ein einziges Mal so von ihm berührt zu werden. Finja bewegte sich mit der Grazie einer Tänzerin, ihr Kleid betonte ihre schmale Taille. Hanna kam sich plötzlich wie ein schwitzendes Nilpferd vor. Ihr weißes T-Shirt, in das sie sich am Morgen gezwängt hatte, war ihr zu eng und unter den Armen durchgeschwitzt. Sie hatte schon wieder zugenommen, eigentlich hätte sie etwas Neues zum Anziehen gebraucht. Aber sie hatte nicht gewagt, ihre Mutter daraufhin anzusprechen, hatte ihren boshaften Kommentar gefürchtet. *Was kannst du dich auch nicht zusammenreißen und musst ständig Essen in dich hineinstopfen? Ich werde bald ein Vorhängeschloss am Kühlschrank anbringen. Außerdem kann ich dir nicht ständig neue Klamotten kaufen. Wenn du so weitermachst, passt du ohnehin bald nur noch in einen Mehlsack.*

Hanna war ziellos durch die Kaufhäuser gestreift und mehrfach versucht gewesen, einfach ein Kleidungsstück einzustecken. Letztendlich hatte sie es aber doch nicht gewagt. Der Gedanke, was sie von ihren Eltern zu hören bekommen würde, falls man sie erwischen sollte, hatte sie zurückgehalten. Sie war sich sicher, ertappt zu werden, ihr fehlte die kühle Selbstsicherheit von Finja, die ab und zu in Geschäften etwas mitgehen ließ und dabei eine Unbekümmertheit an den Tag legte, als würde sie nur ihr gutes Recht wahrnehmen. Alle bewunderten Finja für ihr cooles Auftreten und ihre Cleverness. Dabei hatte sie es wahrhaftig nicht nötig zu stehlen, ihr Vater gab ihr genug Geld und finanzierte klaglos jede ihrer Launen. Allein das Kleid, das sie heute trug, dürfte mehr gekostet haben, als Hannas Mutter mit ihrem Job als Verkäuferin in einer Woche verdiente.

Obwohl alle Mädchen sie beneideten, rissen sie sich um die Freundschaft von Finja. Kim hatte es geschafft, sich den Platz an ihrer Seite zu erobern. Jetzt, da sie das tragische Opfer eines geheimnisvollen Verbrechens geworden war, schien ihr dieser Platz noch sicher zu sein. Dadurch genoss sie auch den Schutz von Marvin, der immer an Finjas Seite war. Hanna wünschte innig, an Kims Stelle zu sein. Wenn sie es recht überlegte, beneidete sie sogar Merle, die jetzt kalt und stumm in ihrem Grab lag. Doch immerhin hatten alle um sie getrauert und sie hatte zuvor fünf herrliche Wochen mit Nico verleben dürfen. Hanna wäre bereit, ihr Leben für nur einen einzigen Tag mit Marvin zu geben.

Vertieft in diese Gedanken, die sie wie eine düstere Wolke umhüllten, kam Hanna zu Hause an. Sie lebte mit ihren Eltern auf einem Resthof, den sie sich mit einer anderen Familie teilten. Die Wohnung war klein, die Zimmer niedrig und dunkel. Doch Hanna hatte ihr eigenes Domizil, ihr Vater hatte ihrem Drängen schließlich nachgegeben und ihr im ehemaligen Stallgebäude ein Zimmer mit einem winzigen Bad ausgebaut. Das Gebäude war schlecht isoliert und im Winter war es oft erbärmlich kalt, doch das nahm Hanna gern in Kauf.

Sie begab sich sofort in ihr Reich und fuhr den Computer hoch. Dann stellte sie sich vor den Spiegel, raffte ihr T-Shirt nach oben und drückte den Bauch heraus. Was für eine Wampe, die hing schon richtig über den Hosenbund. Hanna machte mit dem Handy mehrere Fotos. Sie öffnete ihre persönliche Seite und stellte die Fotos online. *Ich bin schon wieder dicker geworden,* schrieb sie dazu.

Bereits drei Minuten später erschien der erste Kommentar: *Du fette Sau, bei deinem Anblick kommt mir mein Frühstück wieder hoch.* Kurz darauf folgten weitere.

Echt eklig.

Kotz!!!

Ich war auf der Beerdigung einer Klassenkameradin, schrieb Hanna, *ich habe sie beneidet.* Sie wartete auf die Kommentare.

Bring dich doch endlich um, dann müssen wir dein Gejammere nicht mehr lesen.

Hanna zog die Schublade ihres Schreibtisches auf und nahm eine Rasierklinge heraus. Sie entblößte ihren Oberschenkel und suchte nach einer freien Stelle. Das Fleisch war mit Narben übersät, alten und frischen. Hanna drückte die Klinge hinein und zog sie langsam hindurch. Der brennende Schmerz war eine Erlösung. Als das Blut zu fließen begann, verspürte sie endlich Erleichterung.

14.

Die Kollegen hörten sich an, was Sarah und Jan von der Beerdigung zu berichten hatten. „Die Stimmung war eigenartig, zeitweise hatte man das Gefühl, einer Hochzeit beizuwohnen", sagte Sarah gerade.

„Ach, kennt ihr den schon?" Eva, heute in einem kirschroten Kleid mit farblich abgestimmtem Lippenstift, sah alle der Reihe nach an. „Da kommt ein verlobtes Paar, das es leider nicht mehr geschafft hat, vor dem Tod zu heiraten, in den Himmel. Sie fragen Petrus, ob er ihre Trauung, auf die sie sich so gefreut hätten, nicht nachholen könnte."

„Nein, Eva, den kennen wir nicht und wir wollen ihn auch nicht hören." Holger sagte es in einem ruhigen Ton, doch an seinen zusammengekniffenen Lippen war seine Verärgerung abzulesen. Er war dafür bekannt, keine Pietätlosigkeit zu dulden, schon gar nicht, wenn es die Opfer eines Verbrechens betraf.

Eva rollte mit den Augen und tauschte einen Blick mit Till, dem Greenhorn der Abteilung. Er lächelte ihr verschwörerisch zu. Sarah achtete nicht auf die beiden und fuhr mit ihrem Bericht fort. „Ich fand es erstaunlich, dass Kim bei der Beisetzung anwesend war", sagte sie. „Das muss doch eine schreckliche Belastung für sie gewesen sein."

„Umso befremdlicher ist, dass ihre Mutter nicht dort war", fügte Jan hinzu.

„Ich weiß nicht, ob ich das befremdlich oder eher besorgniserregend finden soll." Holger runzelte die Stirn. „Irgendwie scheint die Stimmung zu kippen. Da wir noch keine Täter dingfest machen konnten, verbreiten sich Gerüchte, die sich gegen die Familie von Kim richten. Frau Colmann hat mich gestern angerufen und klang ziemlich verzweifelt. Es wird hinter vorgehaltener Hand erzählt, ihre Tochter könnte eine falsche Aussage gemacht haben, um die Täter zu decken. Möglicherweise gäbe es sogar eine Verbindung zwischen ihr und den Tätern, schließlich hätten die sie als Einzige am Leben gelassen."

„So etwas war leider zu erwarten." Jan rieb sich nachdenklich sein Kinn. „Natürlich taucht in solchen Fällen die Frage auf, wieso ein anderes Kind noch am Leben ist, während das eigene sterben musste. Da kommen neben der Trauer auch Gefühle von Neid und Misstrauen hoch. Man will unbedingt einen Schuldigen finden und nicht selten wird ein Opfer dazu gemacht, nur weil es das Glück hatte, glimpflich davongekommen zu sein."

„Natürlich liegt eine Ursache dafür in unserer zurückhaltenden Informationspolitik. Wir haben die Details, in welcher Situation Kim aufgefunden wurde, nicht öffentlich gemacht, um kein Täterwissen preiszugeben. Auch das nährt Spekulationen. Jedenfalls hat Frau Colmann in der vergangenen Woche eine ihrer Arbeitsstellen verloren, man hat ihr ohne Angabe von Gründen gekündigt. Wir können nicht zulassen, dass die Frau noch mehr unter der Situation zu leiden hat, als es ohnehin bereits der Fall ist." Einen Plan, was man dagegen tun könnte, hatte Holger allerdings auch nicht.

„Weiß man, von wem die Gerüchte ausgehen?", fragte Volker.

Holger zuckte mit den Schultern. „Das weiß man bei Gerüchten nie, die schmutzige Quelle sprudelt in der Regel tief im Verborgenen. Doch die Familie von Merle Gerdes soll kein gutes Haar an Kim und ihrer Familie lassen."

Jan stieß geräuschvoll die Luft aus. „Das kann ich mir gut vorstellen. Schon als ich ihnen die Nachricht vom Tod ihrer Tochter überbracht habe, war die Reaktion der Mutter darauf recht ungewöhnlich. Sie ist sofort über Kim hergezogen, hat behauptet, das Mädchen hätte nicht zu ihrer Tochter gepasst und sie sei gegen den gemeinsamen Ausflug gewesen."

„Hat sie das näher begründet?", fragte Eva.

„Sie hat eine Andeutung gemacht, dass Drogen im Spiel gewesen sein könnten."

„Womit sie nicht ganz falsch lag", warf Eva ein. „Liquid Ecstasy ist eine Partydroge. Könnte es nicht tatsächlich sein, dass Kim das Zeug besorgt und die geheimnisvollen Fremden nur erfunden hat?"

„Wenn du auch noch erklären kannst, wie sie dann ihre Freunde umgebracht, sich in ein Leichenhemd gehüllt hat und unbemerkt nach Hamburg in die alte Pathologie gereist ist, wäre das eine Erklärung. Nein, ich glaube bei den Gerdes spielen ganz einfach Vorurteile eine Rolle. Sie sind gut situiert, wenn man boshaft wäre, könnte man sie als typisch neureich bezeichnen. Sie stellen ihren Wohlstand demonstrativ zur Schau und pflegen entsprechende soziale Kontakte. Da passte die Tochter einer alleinerziehenden Mutter, die sich mit Putzen etwas dazuverdienen muss, nicht hinein. Ganz schön borniert, aber so etwas gibt es leider."

„Das verstehe ich nicht ganz", warf Volker ein. „Wenn die Frau so mit dem Geld rechnen muss, weshalb schickt sie ihre Tochter dann auf ein privates Gymnasium?"

„Weil sie glaubt, ihr dadurch einen besseren Start ins Leben zu ermöglichen", erwiderte Sarah.

„Wenn sie sich da mal nicht täuscht. Manche privaten Gymnasien sind Sammelbecken für schwierige Jugendliche", brummte Volker. „Die drücken eher ein Auge zu als staatliche Schulen, weil sie auf das Geld aus sind. Da werden dann sogar Zöglinge aufgenommen, die schon von anderen Schulen verwiesen wurden. Und wenn sie erneut über die Stränge schlagen, können die Eltern das mit einer großzügigen Spende aus der Welt schaffen."

„Gut, sonst noch irgendwelche Beobachtungen im Zusammenhang mit der Beisetzung?" Holger hatte noch mehrere Punkte auf seiner Liste stehen und wollte die Diskussion abkürzen.

„Eine Sache beschäftigt mich noch." Sarah war unschlüssig gewesen, ob sie es ansprechen sollte, hatte sich nun aber dafür entschieden. „Ich habe mich kurz mit einer Lehrerin unterhalten, einer Frau Uphaus. Sie machte so eine merkwürdige Andeutung in Bezug auf Finja Belling, das ist das Mädchen, bei dem der Freund von Kim eine lange Filmnacht verbracht haben will, statt Kim, wie ursprünglich verabredet, zum Zelten zu begleiten. Frau Uphaus sagte wörtlich, für Finja würden ihre Mitschüler sogar einen Meineid schwören, besonders die männlichen. Wer hat eigentlich das Alibi von Jonas Diemer überprüft?"

„Ich habe es überprüft und es ist absolut wasserdicht." Eva funkelte Sarah feindselig an. „Überhaupt verstehe ich den Zusammenhang nicht. Die Bemerkung der Lehrerin würde nur Sinn machen, wenn Finja diejenige wäre, die ein Alibi braucht."

„Eva, ich wollte deine Überprüfung ganz gewiss nicht in Zweifel ziehen. Nur erschien mir die Aussage der Lehrerin ein Hinweis auf eine gewisse Kumpanei unter den Schülern zu sein, was in dem Alter sicher nicht ungewöhnlich ist. Deshalb muss man die Angaben der Jugendlichen mit Vorsicht genießen."

„Auch das habe ich durchaus getan. Ich bin schließlich keine Anfängerin."

Eva war sichtlich sauer und Sarah ärgerte sich bereits, nicht einfach den Mund gehalten zu haben. „An der besagten Filmnacht bei Finja haben neben Jonas Diemer auch Marvin Eckel und Lasse Clerk teilgenommen. Marvin hat Jonas morgens auf dem Motorrad heimgefahren. Die Angaben der Jugendlichen wurden von Finjas Großvater bestätigt. Ein sehr charmanter alter Herr ist das übrigens."

„Und wo waren Finja Bellings Eltern?", wollte Holger wissen.

„Finja lebt bei ihrem Großvater, ihr Vater mit seiner neuen Freundin in Hamburg. Zwischen der Freundin und Finja läuft es wohl nicht so gut, deshalb wurde dieses Arrangement gewählt."

Sarah fand die Lösung, eine Fünfzehnjährige zum Großvater abzuschieben, nicht besonders glücklich. Wie das Mädchen wohl damit zurechtkam? Die Lehrerin hätte unter diesen Umständen ruhig ein wenig mehr Verständnis für die Heranwachsende zeigen können.

Holger war inzwischen dazu übergegangen, Aufgaben zu verteilen.

„Wir haben heute einen neuen telefonischen Hinweis bekommen, eine Frau will in der Tatnacht in der Nähe der Tonkuhle eine Beobachtung gemacht haben", sagte er.

„Nett von ihr, dass sie uns das jetzt schon mitteilt", knurrte Volker. Allerdings war das nichts Ungewöhnliches. Oft machten Personen Beobachtungen, die sie zunächst nicht für so wichtig hielten. Erst nach einer Weile entschlossen sie sich, doch mit der Polizei darüber zu reden. Manchmal auch, weil ihnen jemand dazu geraten hatte.

„Wir wollten die Frau zur Zeugenvernehmung einbestellen, doch es hat sich herausgestellt, dass sie das Haus aus gesundheitlichen Gründen nicht verlassen kann. Deshalb muss jemand sie aufsuchen."

Holger schaute in die Runde und sein Blick blieb an Sarah hängen.

„In Ordnung, ich kann gleich hinfahren", sagte sie und ließ sich die Adresse geben.

„Wenn es recht ist, begleite ich Sarah." Jan erhob sich ebenfalls. „Bleibt es wegen morgen dabei?"

„Das geht in Ordnung", bestätigte Holger mit einem Kopfnicken.

Es versetzte Sarah einen Stich, dass Jan offenbar bereits feste Absprachen getroffen hatte, ohne das ihr gegenüber überhaupt zu erwähnen.

15.

Sarah tat Jan nicht den Gefallen, ihm eine Frage zu stellen. Schweigend setzte sie sich ans Steuer des Dienstwagens. Ihr war klar, dass Jan die Fahrt nutzen wollte, um sie über seine Pläne aufzuklären. Sie würde ihm dabei nicht entgegenkommen. Zunächst einmal musterte er sie nur schweigend von der Seite.

„Du bist sauer auf mich", stellte er fest.

„Wieso, gibt es dafür einen Grund?" Sie schaute stur auf die Straße und wich einem Radfahrer aus, der sich zu weit in die Mitte der Fahrbahn gewagt hatte.

„Ja, den gibt es. Wir sollten uns dringend mal wieder richtig Zeit füreinander nehmen. Ich vermisse das genauso sehr wie du. Aber statt mit dir werde ich dieses Wochenende mit meinem Sohn verbringen."

„Ich habe überhaupt nichts dagegen einzuwenden, dass du dich um deinen Sohn kümmerst. Nur hättest du es mir rechtzeitig sagen können."

„Sarah, ich bin selbst überrascht, dass Holger mir in der gegenwärtigen Situation freigegeben hat. Darauf hatte ich kaum zu hoffen gewagt. Immerhin habe ich wegen unseres aktuellen Falls das Besuchswochenende schon zweimal verschieben müssen. Benny war furchtbar enttäuscht und Leonie macht mir die Hölle heiß. Sie hat gesagt, wenn ich kein Interesse mehr daran habe, mein Umgangsrecht wahrzunehmen, dann muss ich ihr das nur mitteilen. Ich will keinen neuen Krieg mit ihr, nicht gerade jetzt."

Wie Sarah wusste, machte Jans Ex-Frau ihm auch noch aus ganz anderen Gründen die Hölle heiß. Seit sie von seiner neuen Beziehung wusste, setzte sie alles daran, diese zu unterminieren. Sie hatte Jan verboten, gemeinsam mit Sarah und seinem Sohn etwas zu unternehmen. Als er sich darüber hinweggesetzt hatte, war es zu fürchterlichen Szenen gekommen, unter denen der Junge letztendlich am stärksten gelitten hatte. Jan hatte resigniert nachgegeben, dem Kind zuliebe. Sarah hatte ihn einerseits verstanden, sich andererseits aber gefragt, wie sie beide auf diese Art eine gemeinsame Zukunft haben konnten. Leonie würde nie aufhören, gegen ihre Beziehung zu kämpfen und das Kind dabei als Waffe einsetzen.

Sarah, sie ist krank, hatte Jan sie um Verständnis angefleht.

Und mich macht es krank, hätte sie am liebsten geschrien.

„Es ist in Ordnung, hab ein schönes Wochenende mit Benny", sagte sie stattdessen. „Vielleicht kannst du dabei ein wenig abschalten."

Das würde ihm guttun, er sah abgespannt aus. Alle setzten in diesem mysteriösen Fall ihre Hoffnungen auf seine Fähigkeiten als Fallanalytiker. Da nagte es natürlich an ihm, dass er damit überhaupt nicht weiterkam.

„Hier müsste es sein. Das ist ein ganzes Stück weg von der Tonkuhle." Sarah bog in eine kleine Seitenstraße ein. Jan las die Hausnummern ab.

„Das letzte Haus auf der rechten Seite ist es", sagte er.

Sarah parkte den Wagen und schaute sich nach dem Aussteigen erst einmal um. Das Haus mit dem spitzen Giebel und den grünen Fensterläden stand ziemlich einsam da. Auf dem Nachbargrundstück wurde gerade ein

Neubau errichtet, der noch nicht über das Fundament hinausgekommen war. An dem Bau schien sich schon seit geraumer Zeit nichts getan zu haben. Gegenüber vom Haus der Zeugin befand sich ein großer verwilderter Garten mit einer windschiefen Laube darauf.

„Wollen wir?" Sarah drückte auf die Klingel.

Kurz darauf ertönte ein Knacken aus der Türsprechanlage und eine heisere Frauenstimme fragte: „Wer ist dort?"

„Frau Bendzko? Hier ist die Polizei, Sie haben uns angerufen, weil Sie eine Aussage machen wollten."

„Gut, kommen Sie rein. Der Schlüssel liegt unter dem Stein direkt neben der Tür."

Sarah seufzte leise, als sie sich danach bückte. Es handelte sich um einen handelsüblichen Schlüsselstein, der eine Aussparung aufwies, die man mit einem Korken verschließen konnte. So direkt neben dem Eingang platziert war er alles andere als ein sicheres Versteck.

Frau Bendzko saß im Rollstuhl und erwartete sie im Wohnzimmer. Jan und Sarah stellten sich vor und durften auf dem Sofa zwischen einer Sammlung von Plüschtieren Platz nehmen. Auf dem Tisch davor lagen eine aufgeschlagene Zeitung und eine Brille mit auffällig dicken Gläsern. Sarah schätzte die Frau auf über achtzig, sie war von zerbrechlicher Statur und hatte schlohweißes Haar.

„Frau Bendzko, dann erzählen Sie uns doch bitte mal, was Sie beobachten konnten."

Es war eine bewährte Taktik, Zeugen erst einmal frei reden zu lassen. Fragen konnten eine Aussage schnell in eine bestimmte Richtung lenken und unter Umständen wurden wichtige Details dann überhaupt nicht erwähnt.

„Also, das war in der Nacht, bevor da unten am See die jungen Leute tot aufgefunden wurden. Eine schreckliche Sache, ich habe davon in der Zeitung gelesen. Jedenfalls konnte ich in der Nacht nicht schlafen. Das passiert mir oft, wissen Sie, in meinem Alter braucht man nicht mehr so viel Schlaf. Aber die Nacht kann dadurch ganz schön lang sein und ich merke dann, wie mir der Rücken wehtut, wenn ich zu lange liege. Deshalb setze ich mich manchmal ans Fenster."

„An welchem Fenster haben Sie gesessen?", fragte Sarah.

„Nebenan, in meinem Schlafzimmer. Es geht auf die Straße raus, genau wie dieses hier." Sie zeigte auf das Wohnzimmerfenster.

„Wissen Sie auch, wie spät es war?"

„Nein, ich weiß nur, dass es Nacht war. Nachts schaue ich absichtlich nicht auf die Uhr, sonst vergeht die Zeit noch langsamer."

Das war bedauerlich, aber nicht zu ändern. Sarah bedeutete Frau Bendzko, dass sie fortfahren sollte.

„Also auf einmal kam ein großes dunkles Auto die Straße lang. Drüben vor dem Garten hat es gehalten und dann ging das Licht aus. Ich habe mich gewundert, wo die wohl hinwollen. Dann sind schwarze Gestalten ausgestiegen. Man konnte sie gar nicht richtig erkennen, weil sie so dunkel waren, sie sahen aus wie Schatten. Irgendwie unheimlich."

Ein leichter Schauder überlief die zarte Gestalt der Zeugin und Sarah wurde klar, dass die alte Dame sich in ihrem Haus einsam fühlte und fürchtete.

„Wie ging es dann weiter?", fragte sie.

„Sie sind verschwunden. Als hätten sie sich in Luft aufgelöst. Aber das Auto stand immer noch da. Ich habe den Notfallknopf vom Pflegedienst gedrückt. Die haben auch zurückgerufen, aber nichts unternommen. Die kommen erst, wenn man ermordet in der Wohnung liegt. Ich habe das Auto weiter beobachtet, was sollte ich machen? Nach langer Zeit, es könnte eine Stunde gewesen sein, kam ein Schatten zurück und huschte in das Auto. Nach fünf

Minuten noch einer und nach ein paar Minuten noch einer. Das ging mehrmals so, ich weiß nicht, wie oft. Dann sind sie weggefahren."

„Haben Sie gesehen, ob sie etwas transportiert haben?"

„Sie meinen Diebesgut? Nein, das konnte ich nicht erkennen. Ich hatte ja auch gleich auf eine Diebesbande getippt, die von hier aus die Häuser der Umgebung ausrauben will. Doch nun scheinen es sogar Mörder gewesen zu sein. Was ist, wenn sie zurückkommen?"

„Machen Sie sich bitte keine Sorgen, unsere Kollegen von der Schutzpolizei fahren verstärkt Streife und haben ein Auge auf verdächtige Personen", versuchte Jan sie zu beruhigen. Seine Versuche, die Aussage durch Nachfragen zu präzisieren, waren nicht von Erfolg gekrönt.

Von der Eingangstür her war ein Geräusch zu hören und dann stand plötzlich eine junge Frau im Zimmer, die die beiden Kriminalbeamten verwundert musterte.

„Ach, Sie sind heute aber früh dran", begrüßte Frau Bendzko die junge Frau freundlich. „Das ist Schwester Carolin vom Pflegedienst. Die Herrschaften hier sind von der Kriminalpolizei" setzte sie hinzu. Sarah bemerkte, dass die Schwester daraufhin eine resignierte Geste andeutete und die Augen zur Decke hin verdrehte.

„Ich müsste mich jetzt um Frau Bendzko kümmern", sagte sie mit einem Blick auf ihre Armbanduhr.

„Selbstverständlich, wir waren ohnehin gerade fertig." Sarah und Jan erhoben sich.

„Ich begleite Sie hinaus", erbot sich die Pflegekraft sogleich und schloss sich ihnen an.

„Hören Sie", sagte sie, kaum dass sie draußen waren, „Sie dürfen nicht alles glauben, was die alte Dame Ihnen erzählt. Sie wirkt zwar noch gut beieinander, aber wenn sie nachts allein ist, dann fängt sie an, Gespenster zu sehen. Was glauben Sie, wie oft sie schon den Notknopf gedrückt hat, weil irgendwelche finstern Gestalten um ihr Haus schleichen würden. Oder weil sie ein Geräusch gehört hat. Wenn es nach ihr ginge, müssten wir jede zweite Nacht nach ihr sehen. Sie hat früher auch des Öfteren bei der Polizei oder der Feuerwehr angerufen. Das hat sie sich ein wenig abgewöhnt, seit sie belehrt worden ist, dass Missbrauch zu Geldstrafen führen kann."

„Wieso lebt sie ganz allein, hat sie keine Kinder?", fragte Sarah mitfühlend.

Die junge Frau lachte bitter. „Sogar vier, alle gut situiert. Aber für die Mutter ist bei keinem Platz." Sie verabschiedete sich und kehrte ins Haus zurück.

„Mit der Aussage können wir leider wenig anfangen", sagte Jan. „Wir haben keinen Autotyp und keine Farbe, wir wissen von den Personen weder Geschlecht noch Alter, nicht mal die Anzahl. Wer weiß, ob sie sich nicht sogar im Tag geirrt hat. Damals war Neumond und nun schau dir mal an, wie weit weg die nächste Laterne steht. Sie kann wirklich nicht viel erkannt haben."

„Den Versuch war es wert." Sarah stieg ins Auto. Sie fühlte sich müde und sie dachte mit Unbehagen an das einsame Wochenende, das ihr mal wieder bevorstand.

16.

Frau Thießen goss die Blumenkästen vor dem Haus. „Unglaublich, wie schnell die austrocknen", sagte sie. „Ich muss morgen unbedingt zum Friedhof, da sieht es bestimmt nicht besser aus."

Sarahs Vermieterin war schon lange Witwe.

„Wenn Sie wollen, kann ich das erledigen", bot Sarah an.

„Heißt das, Sie werden am Wochenende hier sein?", fragte Frau Thießen hoffnungsvoll. „Aber dann haben Sie doch bestimmt was Besseres vor."

Sarah hörte den lauernden Unterton heraus, verspürte aber keine Lust, sich zu Jans abweichenden Plänen zu äußern. Was Sarahs Beziehung zu Jan anging, befand sich die gute Frau Thießen in einem Zwiespalt. Einerseits freute sie sich darüber und begrüßte es, dass ihre nette junge Untermieterin ihr Glück gefunden hatte. Was dessen Dauerhaftigkeit anging, hatte sie jedoch ihre Zweifel. Jans Zerrissenheit zwischen Ex-Frau und Sohn einerseits und neuer Liebe andererseits war ihr nicht verborgen geblieben. Immerhin war dadurch erst einmal die Gefahr gebannt, dass Sarah das Mietverhältnis kündigen und mit Jan zusammenziehen könnte. Denn nichts fürchtete Frau Thießen mehr, als wieder in ihrem abgelegenen Häuschen allein zu sein. Mit Sarah verstand sie sich nicht nur prächtig, sie fühlte sich mit der Polizistin im Haus auch sicherer. Durch den Doppelmord am See hatte ihre ohnehin vorhandene Ängstlichkeit neue Nahrung erhalten.

„Haben Sie denn immer noch keine Spur von den Tätern?", fragte sie.

Sarah konnte das nur verneinen. Zwar kamen täglich Meldungen von Zeugen herein, die das gesuchte Paar gesehen haben wollten, viele an weit entfernten Orten, einige sogar im Ausland. Es verursachte enormen Aufwand, den zahlreichen Hinweisen nachzugehen, die letztendlich alle im Sande verliefen.

Frau Thießen zupfte verwelkte Blätter von den Pflanzen ab. „Diese armen jungen Leute", klagte sie. „Weshalb mussten sie nur sterben? Etwa weil sie glücklich und verliebt waren? Das andere Mädchen ist schließlich davongekommen."

Die Gedanken ihrer Vermieterin bewegten sich damit in eine Richtung, die auch in den Besprechungen mit Sarahs Kollegen eine Rolle gespielt hatten. Holger pflegte regelmäßig Ideenkonferenzen einzuberufen, bei denen jeder seine Meinung äußern sollte, auch wenn sie auf den ersten Blick noch so abwegig erschien. Die Hypothese vom Liebespaarmörder hatte dabei durchaus eine Rolle gespielt. Es gab einschlägig bekannte Fälle, doch niemals waren die Taten von einem Paar verübt worden.

„Wie ist das Mädchen in der Nacht nur bis nach Hamburg gekommen?"

Frau Thießen schien keine Antwort zu erwarten und mehr mit ihren Blumen als mit Sarah zu reden. Bisher war in der Öffentlichkeit nur mitgeteilt worden, dass man Kim in einem hilflosen Zustand aufgefunden hatte. Sarah wunderte sich, dass bisher nichts weiter durchgesickert war. Das sollte sich am Wochenende leider ändern.

Frau Thießen war ganz aufgeregt, als sie Sarah am nächsten Morgen die Zeitung nach oben brachte.
„Schauen Sie sich das mal an, ich bin richtig erschrocken. Ich dachte, das ist echt. Sie haben nur ganz unten im Kleingedruckten darauf hingewiesen, dass es sich um ein nachgestelltes Foto handelt. Stimmt es, dass man die junge Frau so gefunden hat? Mein Gott, das muss dem Mädchen doch einen Schock fürs Leben versetzt haben." Frau Thießen konnte sich überhaupt nicht wieder beruhigen.
Sarah beugte sich über die auf dem Tisch ausgebreitete Zeitung und versuchte sich erst einmal zu orientieren. Allein die Überschrift nahm eine halbe Seite ein: DIE TOTE BRAUT.
Das Foto darunter schien tatsächlich in der alten Pathologie aufgenommen worden zu sein. Sarah erkannte die Örtlichkeit, die sie bereits auf Tatortfotos gesehen hatte, wieder. Das waren die gleichen brüchigen Fliesen, das nur noch halb an der Wand hängende Waschbecken und der Stahltisch auf Rollen. Nur dass auf diesem Tisch jemand lag, eine junge, bleiche blonde Frau in einem langen weißen Hemd. Sie hatte sogar eine gewisse Ähnlichkeit mit Kim. Flackernde Kerzen, die rund um den Tisch aufgestellt waren, verbreiteten ein gespenstisches Licht.
Sarah machte sich daran, den Text zu lesen. Darin wurde auf die Beobachtungen des Wachmanns Bezug genommen, ohne ihn namentlich zu erwähnen. Ob er der Zeitung sein Wissen verkauft hatte? Möglich war es, doch es konnte auch anders gewesen sein. So ein Erlebnis behält man nicht für sich, man teilt es mit Freunden, die wiederum Freunde haben. Wer sich sein Wissen dann letztendlich hatte vergolden lassen, war bei dieser Gemengelage oft nicht mehr auszumachen.

Jedenfalls gab sich der Autor des Artikels sehr sicher, was den Hintergrund der Tat betraf: Hier ging es um Nekrophilie! Einer verschworenen Gruppe, die diese Vorliebe teilte, sollte an dem schaurigen Ort die Illusion vermittelt werden, Sex mit einer Toten zu haben. Natürlich hatte sich auch gleich ein Experte gefunden, der diese These unterstützte und über das Wesen der Nekrophilie aufklärte. „Nekrophile werden von allem, was tot, ja sogar was verwest ist, leidenschaftlich angezogen. Gepaart sei das nicht selten mit dem Drang zu töten und zu zerstören", dozierte er. So habe es Fälle gegeben, in denen Männer töteten, um danach Sex mit der Leiche zu haben, die sie oft noch tagelang versteckten und wiederholt missbrauchten. Der selbst ernannte Experte kam dann auf den Doppelmord am See zu sprechen, für den er selbstredend ebenfalls eine Erklärung hatte. Seiner Ansicht nach hatte dabei eine Gruppe agiert, deren Mitglieder unterschiedliche Präferenzen ausleben wollten. Während einige sich mit der gewaltsamen Zerstörung der Körper zweier Jugendlicher Befriedigung verschafft hatten, war das dritte Opfer für die Ausübung subtilerer Praktiken, die vermutlich ebenfalls in seiner Ermordung gipfeln sollten, in die Pathologie gebracht worden.

Sarah vernahm die schweren Atemzüge von Frau Thießen an ihrem Ohr und sah sich genötigt, etwas Besänftigendes zu sagen.

„Das ist alles unbewiesenes Zeug und reine Panikmache." Sie stellte sich bereits die Aufregung der Kollegen vor, vor allem die von Jan, dem ein windiger Journalist seine Arbeit erklären wollte. Noch mehr beunruhigte es sie aber, wie der Artikel wohl in der Bevölkerung aufgenommen werden würde. Denn um alles noch schlimmer zu machen, wurde von dem Experten auf die extreme Gefährlichkeit der angeblichen Nekrophilen hingewiesen, von denen die Polizei noch immer keine Spur hätte.

17.

„Also für mich klingt das ganz schlüssig. Vor allem ist es doch endlich mal ein Hinweis auf ein Motiv." Till, der den reißerischen Zeitungsartikel vor sich auf dem Tisch liegen hatte, schaute nach Zustimmung heischend in die Runde.

„Das ist totaler Blödsinn, nur gut für die Auflage und schlecht für das Image der Polizei. Außerdem wird dadurch auch noch Panik in der Bevölkerung geschürt." Jan war seine Verärgerung deutlich anzumerken.

„Also ich kenne mich natürlich nicht mit Nekrophilie aus", ruderte Till zurück. „Ist euch eigentlich mal so ein Fall untergekommen?"

„Ein einziges Mal in meiner gesamten Laufbahn." Holger schaute zu Volker hinüber, der bestätigend nickte. Sie hatten den Fall damals gemeinsam bearbeitet.

„Es handelte sich um einen jungen Mann, der in Leichenhallen einbrach und Särge öffnete. Wir haben damals mehrere Friedhöfe über längere Zeit observiert, bevor wir ihn fassen konnten."

„Und was ist dann mit ihm passiert?", fragte Till.

„Er wurde in die geschlossene Psychiatrie eingewiesen."

„Ganz schön harte Maßnahme. Sind Nekrophile nicht im Grunde nur arme Schweine, die wegen irgendwelcher geistiger oder körperlicher Einschränkungen keine lebende Freundin finden können?" Ausgerechnet Eva zeigte einen Anflug von Mitleid.

„Nein, so einfach ist es dann doch nicht", erwiderte Jan. „Es handelt sich dabei um eine Störung der sexuellen Präferenz, deren Ursachen nicht völlig geklärt sind. Es gibt zu wenige Forschungsergebnisse dazu. Den meisten Betroffenen kann man letztendlich nur Störung der Totenruhe vorwerfen. Doch es gibt auch einige, bei denen das Verlangen nach Sex mit einer Leiche so groß wird, dass sie dafür töten. So geschehen im Falle einer jungen Frau, die ihren älteren Ehemann aus diesem Grunde umbrachte."

„Oh Gott, und ich dachte, so etwas passiert nur aus Habgier." Till schüttelte sich. „Aber ihr habt doch neulich sicher auch über den Fall des Russen gelesen, der mit 26 Frauenleichen, die er auf Friedhöfen ausgegraben hatte, zusammen in seiner Wohnung lebte. Sie waren sein Harem, er hat ihnen sogar Kleider gekauft."

„Bestimmt musste er eine Menge Geld in Deos und Parfüm investieren", meinte Eva.

„Schluss jetzt." Holger schlug mit der flachen Hand auf den Tisch. „Wir haben einen Fall zu lösen, Gruselgeschichten können wir uns abends am Lagerfeuer erzählen. Jan sollte uns allen noch einmal seine Meinung zu dem Artikel darlegen."

„Also gut." Jan räusperte sich. „Wir haben es zweifellos mit mehreren Tätern zu tun, das darf als gesichert gelten. Über ihre Motive sind wir uns im Unklaren. Nekrophilie scheidet für mich aus mehreren Gründen aus. Nekrophile sind Einzelgänger, die sich niemandem offenbaren. Die gesellschaftliche Stigmatisierung ihrer Störung ist so groß, dass sie es einfach nicht wagen können. Dass sie sich zu Gruppen zusammenschließen, ist mehr als unwahrscheinlich. Der Mord an den beiden Jugendlichen lässt in keinem Detail eine derartige Neigung erkennen. Von der ganzen Ausführung her würde man viel eher eine auf Wut und Rachegefühlen basierende Beziehungstat vermuten. Wäre die Entführung von Kim Colmann nicht hinzugekommen, hätten wir sofort und ausschließlich in diese Richtung ermittelt. Die Auffindesituation des Mädchens verführt dazu, auf nekrophile Neigungen der Täter zu schließen. Sie wurde wie eine Tote aufgebahrt. Es gibt eine Variante, die man als romantische Nekrophilie bezeichnet. Die basiert auf Rollenspielen, bei denen sich die Partnerin tot stellt und durch den Sexualakt wieder zum Leben erweckt wird."

„Typisch männliche Allmachtsfantasie", bemerkte Eva schnippisch. „Mein Zauberstab weckt Tote auf."

„Es gibt Prostituierte, die Erfahrungen mit derartigen Kundenwünschen haben", fuhr Jan fort. „Wäre lediglich Kim entführt worden, hätte ich angeregt, einschlägig bekannte Freier unter die Lupe zu nehmen. Aber durch die vorangegangenen Morde ergibt sich ein anderes Bild. Diese Taten wurden so zielgerichtet und überlegt ausgeführt, dass wir keine Spuren finden konnten. Merle und Nico sollten sterben, um sie ging es. Die Entführung von Kim und die mysteriöse Auffindesituation stellen ein Ablenkungsmanöver dar. Wir sollen uns an diesem Rätsel die Zähne ausbeißen."

„Was schlägst du also vor?", fragte Sarah.

„Wir müssen in den Familien von Merle und Nico nach dem möglichen Motiv suchen."

„Nach jemandem, der ihnen so feindlich gesinnt ist, dass er ihre Kinder umbringt?"

Diese Hypothese erschien Sarah als sehr gewagt. Sie wollte sich gerade dazu äußern, als die Tür geöffnet wurde und eine junge uniformierte Polizistin um die Ecke schaute.

„Hier ist jemand für euch. Eine Zeugin, die eine Aussage machen möchte."

18.

Sarah erkannte das Mädchen sofort wieder. Deutlich stand ihr die Szene bei der Beerdigung vor Augen. Die Mitschülerin der Ermordeten hatte den attraktiven dunkelhaarigen Jungen angestarrt, der sie im Anschluss rüpelhaft angerempelt hatte, ohne sich dafür zu entschuldigen. An den Namen konnte sie sich nicht erinnern, doch den bekam sie jetzt auf ihre Nachfrage hin genannt: Hanna Otting. Fünfzehn Jahre alt.

Was hatte die Kunstlehrerin in Bezug auf Hanna gesagt? Sie müsste mehr aus sich machen. Die Bemühungen waren durchaus zu erkennen, doch gingen sie allesamt in die falsche Richtung. Das schulterlange Haar war in einem karottenroten Ton gefärbt und dadurch trocken und stumpf wie Werg, das aus einer schadhaften Matratze hervorquillt. Brauner, für ihren Teint zu dunkler Puder ließ Hannas Haut fleckig erscheinen und ihr schwarzes viel zu enges T-Shirt betonte ihre Rundungen, statt sie zu kaschieren. Sarah tat das Mädchen leid. An Hannas gebeugten Schultern war abzulesen, dass sie sich am liebsten unsichtbar machen würde.

„Gut Hanna", sagte Sarah in aufmunterndem Ton, „was wollen Sie uns mitteilen?"

„Ich habe die Frau gesehen", erwiderte Hanna stockend. „Die blonde Frau, nach der gesucht wird. Sie hat mich auch gesehen und gemerkt, dass ich sie erkannt habe. Sie ist mir bis nach Hause gefolgt, nicht allein, sondern zusammen mit dem Mann, dessen Bild auch in der Zeitung war. Sie wissen jetzt, wo ich wohne. Deshalb habe ich Angst."

„Jetzt mal der Reihe nach. Wann genau war das?"

„Gestern, gegen 15 Uhr."

„Und wo?"

„Auf dem Friedhof, bei den Gräbern von Merle und Nico. Ich bin noch mal hingegangen. Auf der Beerdigung waren so viele Menschen, da konnte ich nicht in Ruhe Abschied nehmen."

„In Ordnung. Sie sind also zu den Gräbern gegangen. Wo genau haben Sie die Frau gesehen?"

„Sie stand direkt dahinter. Also hinter den Gräbern, halb von einem Baum verdeckt."

„Stand sie schon da, oder kam sie erst, als Sie schon dort waren?"

„Ich weiß nicht genau. Ich habe plötzlich hochgeschaut und sie gesehen." Hanna war nervös, sie knetete ihre Finger. Als sie kurz mit der Hand die Tischplatte berührte, blieb ein feuchter Abdruck darauf zurück.

„Waren Sie sicher, dass es sich um die Frau auf den Phantombildern handelte?"

„Ja, sie sah genauso aus. Sie hat sich auch erschreckt, als ich sie angeschaut habe."

„Können Sie beschreiben, was sie anhatte?"

„Eine Hose und ein T-Shirt, ich glaube, beides blau. Ich habe nur kurz hingeschaut."

„Was ist dann passiert?"

„Ich bin losgelaufen, ganz schnell. Ich hatte Angst, weil die Frau doch eine Mörderin ist und weil sie wusste, dass ich sie erkannt habe."

„Ist die Frau Ihnen gefolgt?"

„Ja, ich habe ihre Schritte hinter mir gehört und bin immer schneller gelaufen. Vorn am Ausgang hatte ich mein Rad abgestellt, damit bin ich dann rasch losgefahren. Nach einer Weile habe ich bemerkt, dass mir ein großes schwarzes Auto folgt."

„Konnten Sie erkennen, wer in dem Auto saß?"

„Ja, es waren die Frau und der Mann, nach denen Sie suchen. Beim Abbiegen habe ich mich umgedreht und sie beide deutlich erkannt. Sie sind mir bis vor die Haustür gefolgt. Ich bin schnell rein und habe mich eingeschlossen."

„Warum haben Sie nicht sofort die Polizei angerufen?"

„Ich hatte solche Angst. Ich dachte, die werden mich jetzt auch umbringen. Weil sie doch wissen, wo ich wohne."

„Das wäre ein Grund gewesen, erst recht die Polizei zu informieren."

Hanna Otting begann zu zittern. „Ich dachte, wenn sie merken, dass ich sie nicht verraten habe, lassen sie mich vielleicht in Ruhe."

Ihre braunen Augen schimmerten feucht und wirkten riesig vor Angst.

„Schon gut", beruhigte Sarah sie, „das sollte kein Vorwurf sein." Plötzlich fiel ihr auf, dass Hanna in ihrer ganzen Verletzlichkeit im Grunde hübsch war.

„Waren gestern noch andere Personen in der Nähe, die die Frau und das Auto ebenfalls gesehen haben könnten?", fragte sie weiter.

„Ich weiß nicht, ich habe nicht darauf geachtet."

Was den Autotyp betraf, war Hanna ebenfalls unsicher. Till setzte sich im Anschluss mit ihr zusammen und ging Automodelle mit ihr durch. Doch mehr, als dass es sich um einen Van gehandelt haben könnte, war nicht von ihr zu erfahren.

19.

„Das Mädchen lügt! Sie sollten sich fragen, welche Gründe sie dafür hat. Oder besser, in wessen Auftrag sie handelt. Das ist ein abgekartetes Spiel, um von den wahren Schuldigen abzulenken. Und Sie fallen darauf herein und vergeuden wertvolle Zeit damit, Phantomen hinterherzujagen."

Auf dem Hals von Frau Gerdes hatten sich hektische rote Flecke gebildet. Ihre schwarze Kleidung ließ sie noch hagerer wirken.

„Frau Gerdes, wir sind verpflichtet, jedem Hinweis nachzugehen. Es hat sich ja ziemlich schnell herausgestellt, dass die Angaben von Hanna Otting nicht stimmen können."

Sarah hatte Mühe, überhaupt zu Wort zu kommen. Selbstverständlich hatten sie und ihre Kollegen die Angaben von Hanna Otting überprüft und waren schnell auf Ungereimtheiten gestoßen. Zu der fraglichen Zeit, als sie die blonde Frau an den Gräbern ihrer Mitschüler gesehen haben wollte, hatten sich sowohl die Eltern von Merle Gerdes als auch die von Nico Haske dort aufgehalten, um verwelkte Blumen zu entfernen. Sie hatten übereinstimmend ausgesagt, dort weder Hanna noch die Gesuchte gesehen zu haben. Damit konfrontiert, war das Mädchen dann schnell von seiner Geschichte abgerückt.

„Hat Sie Ihnen wenigstens gesagt, wer sie dazu angestiftet hat?" Frau Gerdes führte sich auf, als wäre es an ihr, die Befragung durchzuführen.

„Frau Gerdes, Sie sollten dem Mädchen nichts unterstellen", erwiderte Sarah. „Hanna hat Probleme und der Tod ihrer Mitschüler hat sie zweifellos tief berührt. Aus dem Wunsch heraus, helfen zu wollen, ist die Fantasie mit ihr durchgegangen. Sicher hat auch Geltungsbedürfnis eine Rolle gespielt, das ist in dem Alter keine Seltenheit."

„Nehmen Sie die Göre doch nicht noch in Schutz." Die Stimme von Merles Mutter schraubte sich in für die Ohren schmerzhafte Tonlagen hinauf. „Meine Tochter wurde ermordet und alle, die etwas darüber wissen könnten, erzählen Märchen. Mein Mann und ich, wir werden die Aufklärung ab sofort selbst in die Hand nehmen."

„Frau Gerdes, davor kann ich Sie nur warnen." Sarahs Bemerkung verhallte ungehört, die wütende Frau schlug bereits die Tür hinter sich zu.

„Na, die war ja in einer Bombenstimmung." Jan hatte den Abgang mitbekommen. Sarah winkte nur ab.

„Halb so wild. Mich beunruhigt nur ihre Ankündigung, ab sofort selbst Ermittlungen anstellen zu wollen."

„Passt irgendwie. Die Gerdes scheinen einen gewissen Hang zu privaten Ermittlungen zu haben."

„Wie meinst du das?", fragte Sarah verblüfft.

„Wir haben uns den Hintergrund der Familie näher angesehen und sind dabei auf etwas Interessantes gestoßen. Eventuell liegt da sogar ein Motiv verborgen."

„Ein Motiv wofür?"

„Dafür, dass sich jemand an ihnen rächen wollte."

20.

Sarah studierte die Akte, die Jan herausgesucht hatte. Der Fall lag über zehn Jahre zurück und es war um eine Serie von Vergewaltigungen gegangen. Schließlich wurde ein junger Mann verhaftet. Zu seiner Ergreifung hatte die Aussage von Frau Gerdes geführt, die beobachtet haben wollte, wie er an einem Tatabend einem der späteren Opfer gefolgt war. Er kam daraufhin in Untersuchungshaft und nahm sich dort tragischerweise das Leben. Bald darauf konnte der wirkliche Täter gefasst werden. Der von Frau Gerdes beschuldigte junge Mann war definitiv unschuldig gewesen.

„Hatte Frau Gerdes sich mit ihrer Aussage einfach nur geirrt?", fragte Sarah.

„Man konnte ihr das Gegenteil nicht nachweisen, doch die Sache hat einen üblen Beigeschmack." Jan hatte bereits weitere Recherchen angestellt. „Die Mutter des Beschuldigten, eine Frau Irmgard H., lebte in einem Mietshaus, das den Gerdes gehört, deren Geld stammt nämlich aus Immobiliengeschäften. Damals planten sie, das Haus einer Luxussanierung zu unterziehen, und wollten die alten Mieter loswerden. Der Sohn von Frau H. organisierte den Widerstand der Mieter, er besorgte ihnen einen Rechtsbeistand und informierte die Presse.

Dadurch machte er sich bei den Gerdes extrem unbeliebt."

„Aber wenn er unschuldig war, wieso dann der Suizid?"

„Er war manisch-depressiv, das hat sich erst hinterher herausgestellt, da es sich um eine leichte Form der Erkrankung handelte. Er schien lediglich unter Stimmungsschwankungen zu leiden. Zeitweise war er überaktiv, bürdete sich eine Menge Arbeit auf und machte die Nacht zum Tage. Darauf folgten regelmäßig Phasen der Erschöpfung, in denen er kaum aus dem Bett kam. Niemand wunderte sich darüber, es schienen die natürlichen Folgen einer permanenten Überanstrengung zu sein."

„Ich verstehe", sagte Sarah. „Ausgerechnet, als er inhaftiert wurde, geriet er in eine depressive Phase, die durch die Umstände besonders heftig ausfiel."

War das eine Spur? Eine Mutter hatte durch eine falsche Aussage den einzigen Sohn verloren. Aber war das ein Grund, zehn Jahre später die Tochter der Zeugin zu ermorden und deren Freund gleich mit? Frau H. kam kaum als Täterin in Betracht, sie musste inzwischen über siebzig sein. Könnte sie jemanden mit der Tat beauftragt haben? Sarah wusste, dass so etwas durchaus denkbar war. Das Verbrechen folgte seiner eigenen Logik. Manchmal mussten Bitterkeit und Rachegedanken über viele Jahre reifen, bevor sie sich Bahn brachen. Manchmal war es auch ein besonderes Ereignis im Leben des Täters, das den Impuls zur Tat gab. Trotzdem war diese Spur für sie keine, die es vorrangig zu verfolgen galt.

Der Auftritt von Merles Mutter nagte noch immer an ihr. Sie hatte Hanna beschuldigt, mit ihrer falschen Aussage jemandem helfen zu wollen. Was, wenn es tatsächlich so war? Die Außenseiterin würde für ein wenig Beachtung so einiges tun, davon war Sarah überzeugt. Sie musste einfach mehr erfahren, mehr über die Beziehungen der Schüler untereinander, mehr über Hanna. Die

Kunstlehrerin Frau Uphaus kam ihr in den Sinn. Sie war bei der Beerdigung zum Schluss recht abweisend gewesen, doch ihre kryptische Bemerkung spukte Sarah noch immer im Kopf herum. Einen Versuch war es wert, sie würde sie aufsuchen.

21.

Hanna hatte sich in die hinterste Ecke des Schulhofes zurückgezogen. Niemand hatte etwas zu ihr gesagt, doch die anzüglichen Blicke sprachen Bände. Natürlich hatte sich die Nachricht von ihrer falschen Aussage längst herumgesprochen. Sogar in den Augen der Lehrer konnte sie die Verachtung lesen.

Die Polizei absichtlich in die Irre führen, das ist doch wohl das Letzte, hatte ihre Mutter sie angebrüllt und sie mal wieder einen Nagel zu ihrem Sarg genannt. Was sie sich dabei gedacht habe? Ob ihr klar wäre, dass die Familie eventuell sogar die Kosten für den nutzlosen Polizeieinsatz aufbringen müsste? *Wenn das passiert, verschwindest du ins Heim!*

Vielleicht wäre das gar nicht mal die schlechteste Lösung. Jeden Tag musste sie das Gekeife und die Beleidigungen ihrer Mutter ertragen. Der Vater kam immer erst sehr spät von der Arbeit und ging dann bald schlafen. Seine Arbeit auf der Werft war anstrengend, doch Hanna hatte den Vater im Verdacht, absichtlich so wenig Zeit wie möglich mit der Familie zu verbringen. Im Grunde ihres Herzens konnte sie ihn verstehen.

Vorsichtig ließ sie ihre Blicke über den Schulhof schweifen. Finja stand mit Kim in der Nähe der Tischtennisplatte, Lasse und Marvin flankierten sie wie zwei Schildwachen. Man könnte annehmen, dass Finja ihre Beschützer nach dem äußeren Erscheinungsbild ausgewählt hatte. Marvin und Lasse waren die attraktivsten Jungen der Schule, dabei aber völlig verschieden. Lasses blondes Haar leuchtete fast weiß, seine blauen Augen waren hell wie ein wolkenloser Sommerhimmel. Marvin wirkte mit seinem dunklen Teint, den tiefbraunen Augen und den schwer zu bändigenden schwarzen Locken wie ein wilder Pirat. Hanna stand auf Piraten.

Die anderen Schüler bewegten sich in kleinen Gruppen über das Gelände. Von ihrer Position aus konnte Hanna beobachten, wie sie sich in konzentrischen Kreisen um die Tischtennisplatte bewegten. Als wäre Finja die Sonne, um die sich alle drehten, wobei sie einen gebührenden Abstand einhielten. Doch auch Kim zog Aufmerksamkeit auf sich. Seit der Zeitungsartikel erschienen war, schien sie in eine magische Aura eingehüllt zu sein. Auch Hanna hatte das Bild lange betrachtet, die Frau darauf hatte Ähnlichkeit mit Kim gehabt. Unheimlich war es gewesen, aber auch schön, geheimnisvoll und erotisch. Das schlafende Dornröschen, von dem sich jetzt mancher heimlich wünschte, es wachküssen zu dürfen. Ja, Kim war in der Gunst und Wertschätzung der gesamten Schülerschaft steil aufgestiegen. Ihre Freundschaft mit Finja war so etwas wie die Krönung dieser Entwicklung. Vorher war ihr Umgang ein ganz anderer gewesen. Hanna dachte an den tätowierten Mann, der sich oft in Kims Nähe herumgedrückt hatte. Angeblich war er der Freund von Kims Mutter, doch er schien der Tochter wesentlich näher zu stehen. Hanna hatte die beiden auch des Öfteren gesehen, wenn sie allein unterwegs waren. Sehr vertraut hatten sie dabei miteinander gewirkt. Freilich war der Mann zu alt für Kim, Hanna schätzte ihn auf Ende dreißig. Er wirkte immer ein wenig ungepflegt und verströmte einen leicht beißenden süßlichen Geruch. Erst durch die Lästereien ihrer Klassenkameraden hatte Hanna mitbekommen, dass es sich um den Geruch von Haschisch handelte. Der Mann war ein Kiffer, doch auf eine verwegene Art wirkte er interessant. Seit das mit Kim passiert war, hatte er sich nicht mehr in der Nähe der Schule blicken lassen.

Hanna zuckte zusammen, als sie ein Räuspern in ihrer Nähe vernahm. Jonas Diemer stand plötzlich da, wie aus dem Nichts materialisiert. In der Tat sah er einem Geist nicht unähnlich, so bleich wie er wieder war. Irgendwas schien mit seinem Magen nicht zu stimmen, er rannte manchmal sogar im Unterricht raus, um die Toilette aufzusuchen.

„Hanna, warum hast du der Polizei gesagt, du hättest die Frau gesehen?"

Seine Frage traf Hanna völlig unvorbereitet. Unsicher wich sie zurück, stellte aber fest, dass er nicht aggressiv wirkte, im Gegenteil. Er atmete flach und schaute sich gehetzt um. Hanna folgte seinem Blick zu Finja und ihrem Gefolge, doch die waren mit sich beschäftigt.

„Ich, ... ich weiß nicht", stammelte sie unsicher.

„Hanna, lass dich da in nichts reinziehen", flüsterte er. „Du hast keine Ahnung, mit wem du es sonst zu tun bekommst. Die sind gefährlich, richtig gefährlich."

Nach diesen Worten drehte es sich um und ging zu Kim hinüber. Gerade rechtzeitig, denn jetzt schien sie ihn mit den Blicken zu suchen. Als er bei ihr ankam, wechselten sie ein paar Worte, Kim wirkte ungehalten, Jonas abweisend. Hanna fand, dass sie überhaupt nicht wie ein Liebespaar wirkten. Aber was verstand sie schon davon.

Die unerwartete Freundlichkeit von Jonas hatte ein warmes Gefühl in ihrer Brust aufblühen lassen. Doch seine Warnung sorgte für ein dumpfes Grummeln tief in ihren Eingeweiden.

22.

Ellen Uphaus war alles andere als abweisend, sie bat Sarah mit ausgesuchter Freundlichkeit herein und bot ihr sogleich Tee an. Während sie ihn in der Küche zubereitete, sah Sarah sich im Wohnzimmer um. Offenbar malte die Kunstlehrerin und hatte eine ganze Wand mit ihren Bildern gestaltet. Es waren Acrylmalereien in frischen Farben und klaren Formen, hauptsächlich Landschaften und maritime Motive. Bei der übrigen Einrichtung herrschten sanfte Beigetöne vor, auf dem breiten Fensterbrett lagen einige schöne Muscheln zwischen Töpfen mit Grünpflanzen.

Sarah ging Ellen Uphaus entgegen und nahm ihr die Tassen ab, während ihre Gastgeberin die Teekanne auf einem Stövchen platzierte und einen Teller mit Gebäck dazustellte. Das wirkte, als würde sie sich auf einen längeren Plausch einstellen. Sarah hatte nichts dagegen, vorausgesetzt, es würde ihr helfen, in einigen Fragen klarer zu sehen.

Ellen Uphaus begann auch sofort mit der Konversation.

„Also es ist vielleicht nicht das richtige Thema, um es bei einer Tasse Tee zu besprechen, aber dieser Artikel über Nekrophilie hat mich schon entsetzt. Was für kranke Menschen es doch gibt. Meinen Sie, die werden sich weitere Opfer suchen? Hier, in unserer unmittelbaren Umgebung?"

Sarah schüttelte den Kopf. „Diese Gefahr sehe ich ehrlich gesagt nicht. Sie wissen, dass wir ihnen auf der Spur sind, da werden Sie sich eher bedeckt halten."

„Das wäre zu hoffen." Ellen Uphaus griff nach ihrer Teetasse. „Allerdings ist es doch eigenartig, dass es immer noch keine Spur von ihnen gibt. Die Phantombilder sind schließlich schon eine ganze Weile in Umlauf und darauf sind sie wirklich gut zu erkennen."

„Wir haben auch unzählige Hinweise erhalten", sagte Sarah. „Jedem einzelnen sind wir nachgegangen, was viel Zeit gekostet hat. Nur der entscheidende Tipp war leider nicht dabei. Oft war nur eine Ähnlichkeit mit den Gesuchten vorhanden, manchmal melden sich auch Leute, die sich einfach nur wichtigmachen wollen."

„So wie Hanna Otting."

„Ja, so wie Hanna", stimmte Sarah zu, froh, dass ihre Gastgeberin das Thema selbst angeschnitten hatte. „Wie geht es ihr? Ich nehme an, sie hat mit einigen Problemen zu kämpfen. Ihre falsche Aussage dürfte ihre Position unter ihren Mitschülern nicht gerade verbessert haben."

„Das können Sie laut sagen. Allerdings war ihr Versuch, Aufmerksamkeit zu erlangen, auch sehr unglücklich gewählt. Sie ist neidisch auf Kim Colmann und wollte etwas von deren Glanz auf sich selbst umlenken."

„Sie ist neidisch, sagen Sie. Kann man jemanden beneiden, weil er entführt wurde?" Sarah gab sich absichtlich ahnungslos.

„Und ob man das kann. Seit das mit Kim passiert ist, ist sie so etwas wie eine Heilige. Die Schüler starren sie ehrfürchtig an, Finja hat sie zu ihrer ständigen Begleiterin erkoren und ihre Ritter Lasse und Marvin beschützen sie. Wobei Hanna besonders an Marvin gelegen sein dürfte. Alle wissen, dass sie in ihn verschossen ist."

„Da kann sie einem schon irgendwie leidtun. Die Sache wird jedenfalls kein Nachspiel für sie haben. Es kommt vor, dass pubertierende Jugendliche sich einfach wichtigmachen wollen. Hatten Sie nicht selbst so etwas angedeutet? In Bezug auf Mitschüler, die einen Meineid für Finja schwören würden?"

Frau Uphaus wirkte plötzlich nervös, sie stellte ihre Tasse so energisch ab, dass etwas Tee auf die Untertasse schwappte.

„Ich weiß nicht, wann ich das gesagt haben soll."

„Das war auf der Beerdigung von Merle und Nico. Ich bin überzeugt, dass Sie es nicht einfach so dahergeredet haben, sondern einen Grund dafür hatten."

Frau Uphaus presste die Lippen aufeinander und schwieg.

„Hören Sie", fuhr Sarah fort, „was wir hier bereden, bleibt unter uns. Aber alles, was die Jugendlichen und deren Beziehungen untereinander betrifft, kann sehr wichtig für unsere weiteren Ermittlungen sein."

„Hat es einen konkreten Vorfall gegeben?", fragte Sarah weiter, als immer noch keine Reaktion erfolgte. „Wir haben natürlich die Möglichkeit, das auch auf anderem Wege herauszufinden. Aber das würde Unruhe erzeugen. Und Unruhe gibt es doch im Moment auch so genug."

„Es war dumm von mir, Ihnen etwas anzudeuten." Ellen Uphaus starrte in ihre Tasse, als könne sie aus dem Tee die Zukunft lesen. „In der Schule redet niemand darüber, die Sache wird einfach totgeschwiegen. Das ist es ja, was mich daran so aufregt."

Sarah wartete ab und unterbrach sie nicht.

„Also gut, es gab einen Vorfall. Finja hat einen Lehrer bezichtigt, sie unsittlich berührt zu haben. Es handelte sich um einen sehr angesehenen Kollegen, der kurz vor der Pensionierung stand. Trotzdem hat man dem Mädchen geglaubt und ihn entlassen."

„Und Sie meinen, der Vorwurf war nicht stichhaltig?"

„Das meine ich nicht nur, es war nicht das Geringste dran. Finja mochte den Kollegen nicht, weil er ihr nicht wie die meisten anderen auf den Leim kroch und sie auch mal kritisierte. An dem besagten Tag trug sie eine Kette mit dem Eisernen Kreuz um den Hals. Er machte sie darauf aufmerksam, dass er das unpassend finden würde. Weiter nichts. Aber sie hat behauptet, er hätte ihr in den Ausschnitt gegriffen."

„Dann stand doch Aussage gegen Aussage."

„Nur bis Lasse und Marvin Finjas Version bestätigten. Die sind ihr so hörig, die würden sich glatt einen Finger für sie abhacken lassen. Und sie führt sie beide an der langen Leine spazieren. Dieses Mädchen ist eiskalt."

„Soweit ich gehört habe, soll Finjas familiäre Situation nicht ganz einfach sein. Sie lebt bei ihrem Großvater, das ist für so ein junges Mädchen sicher keine ideale Lösung."

Frau Uphaus machte eine wegwerfende Handbewegung. „Ich habe den Eindruck, dass sie ganz gut damit klarkommt. Von ihrem Vater bekommt sie Geld, so viel sie nur will. Hauptsache sie stört ihn nicht, damit er in Ruhe seine Karrierepläne vorantreiben und seine Liebschaften pflegen kann. Und ihr Großvater vergöttert sie und lässt ihr jede Freiheit."

„Aber so ein junger Mensch braucht doch Orientierungen", warf Sarah ein.

„Die bekommt sie durchaus. Allerdings dürften das kaum die richtigen sein." Frau Uphaus erweckte nicht den Eindruck, als ob sie dem noch etwas hinzufügen wollte.

23.

Hanna trat immer schneller in die Pedale. Sie würde zu spät kommen, das war leider nichts Neues. Eigentlich brachten diese Termine überhaupt nichts. Die Ärztin würde wieder ein sorgenvolles Gesicht ziehen, sie auf die Gesundheitsrisiken hinweisen, die ihr Übergewicht mit sich brachte, und sie zur Ernährungsberatung schicken. Oder schlimmer noch: zum Gesundheitssport. Sie sollten sie doch verdammt noch mal alle in Ruhe lassen. Wenn es ihr richtig schlecht ging, waren Chips und Schokolade der einzige Trost, den sie sich vorstellen konnte.

Schlimmer als im Moment konnte es eigentlich kaum noch werden. Seit ihrer falschen Aussage straften sie alle mit noch mehr Verachtung. Hanna war wütend auf sich selbst. Weshalb hatte sie es auch so ungeschickt angestellt? Sie hätte damit rechnen müssen, dass zu der von ihr angegebenen Zeit Leute auf dem Friedhof waren. Als wenn sie es darauf angelegt hätte, ertappt zu werden.

Ein Motorengeräusch hinter ihr erregte ihre Aufmerksamkeit. Wo wollte der Jeep denn hin? Eigentlich war der Feldweg zu schmal für Autos, Hanna benutzte ihn mit dem Rad regelmäßig als Abkürzung. Sie fuhr, so weit es ging, nach rechts und verlangsamte das Tempo. Doch der

Jeep fuhr nicht vorbei, sondern stoppte unmittelbar hinter ihr.

Dann ging alles furchtbar schnell. Sie wurde vom Rad gestoßen und landete mit dem Gesicht nach unten in einem morastigen Graben neben dem Weg. Jemand war über ihr und bearbeitete sie mit den Fäusten, sodass ihr die Luft wegblieb. Sie wollte sich umdrehen, wurde jedoch an den Haaren gepackt und nach unten gedrückt. Brackiges Wasser drang in ihren Mund, Kälte breitete sich in ihr aus. Hanna war überzeugt, sterben zu müssen. Sie rührte sich nicht, auch nicht, als der Griff gelockert wurde und der Druck von ihrem Körper wich. Erst als sie das Geräusch des davonfahrenden Fahrzeugs hörte, wagte sie es, sich aufzurappeln. Sie hockte im Graben, würgte und spuckte, erbrach erst Wasser und dann bittere Galle. Tränen liefen ihr übers Gesicht und Rotz lief aus der Nase. Ganz langsam richtete sie sich auf, ihr rechter Fuß knickte um und sie spürte einen stechenden Schmerz im Knöchel. An einem Grasbüschel, dessen Halme ihr in die Hand schnitten, zog sie sich nach oben. Immerhin konnte sie stehen, es schien nichts gebrochen zu sein. Ihr Fahrrad lag quer über dem Weg, die Tasche hing noch am Lenker. Hanna zog eine angebrochene Packung Papiertaschentücher daraus hervor und säuberte sich notdürftig. Angeekelt stellte sie fest, dass sich ihre Blase vor Angst entleert hatte. Der gröbste Schmutz ließ sich einigermaßen entfernen, bloß gut, dass sie wie meistens schwarze Kleidung trug. Den Arzttermin konnte sie trotzdem vergessen. Was war da eben eigentlich mit ihr passiert? Sie hatte weder das Fahrzeug genau gesehen noch den Angreifer. Vorsichtig stieg sie aufs Rad, der rechte Knöchel schmerzte beim Fahren, doch es war erträglich. Für den Heimweg brauchte sie länger als gewöhnlich.

Sie bog nicht in ihre Straße ein, sondern näherte sich dem Hof von hinten. Auf keinen Fall wollte sie jemandem begegnen. Ihr Fahrrad versteckte sie in dem alten Fliederbusch, der sich seitlich an das Stallgebäude schmiegte. Wie oft hatte sie als Kind in seinen Zweigen gehockt, hatte vor sich hin geträumt oder sich ihren Kummer von der Seele geweint. Vorsichtig spähte sie durch den grünen Vorhang aus Laub. Als sie feststellte, dass die Luft rein war, huschte sie hastig zur Stalltür, hinter der sich ihr kleines Reich befand. Sie war nur mit einem einfachen Kastenschloss gesichert, doch wer sollte hier schon einbrechen? Hanna drehte den Schlüssel um und atmete auf, als sie ihr Zimmer betrat. Sie riss sich die Sachen vom Körper und steckte sie in einen Korb. Dann betrachtete sie sich im Spiegel. Viel war nicht zu erkennen, ein paar Rötungen nur, die sich allerdings mit Sicherheit zu blauen Flecken entwickeln würden. Sie schlüpfte in ihren Jogginganzug und fuhr den Computer hoch. Auf ihrer Seite hatte sich in den vergangenen Tagen nicht viel getan.

Ich bin überfallen und verprügelt worden, tippte sie. *Ich konnte den Angreifer nicht erkennen, es ging zu schnell. Niemand wird mir glauben, weil ich schon einmal bei der Polizei eine falsche Aussage gemacht habe.*

Hanna starrte wie gebannt auf den Bildschirm und wartete auf die ersten Reaktionen.

Bist du sicher, dass du nicht schon wieder lügst? Wer soll dich schon überfallen?

Hanna überlegte. *Jemand, der mich hasst,* tippte sie dann.

Alle hassen dich, du fette Kuh. Aber weshalb sollte jemand sich so viel Mühe mit dir machen?

Hanna zog die Schublade auf und griff nach den Rasierklingen. Als sie ihren Oberschenkel entblößte, entdeckte sie eine breite Schmutzspur, die sich vom Knie bis zur Leiste hinaufzog. Flüchtig kam ihr der Gedanke, dass sie vielleicht erst duschen sollte. Wenn Schmutz in die

Wunde geriete, könnte sie sich entzünden. Und wenn schon, umso besser. Entschlossen setzte sie die Klinge an und drückte sie fest in ihr geschundenes Fleisch. Sie war schlecht, schlecht, schlecht, Ströme von Blut würden nicht ausreichen, um sie von ihrer Schlechtigkeit reinzuwaschen.

24.

Eine kleine Schafherde graste friedlich auf der Weide inmitten des Schlichtinger Moores. Die Tiere achteten nicht auf die Gestalten, die sich tief geduckt anschlichen und dabei die wenigen in der weiten Landschaft verstreuten Büsche und Bäume als Deckung nutzten. Es waren ungefähr zwanzig Männer und Frauen, angeführt von einem Mann, der sie mit Handzeichen dirigierte. Mal bedeutete er der Gruppe innezuhalten, dann wieder trieb er sie mit energischen Ruderbewegungen beider Arme vorwärts. Es handelte sich um merkwürdige Gestalten, ihre Kleidung war zerrissen und blutbefleckt. Totenbleich waren ihre Gesichter und die meisten wiesen Wunden auf. Eine Frau hatte ein klaffendes Loch mitten auf der Stirn, ein Mann bewegte sich trotz durchgeschnittener Kehle geschmeidig vorwärts. Besonders grauenerregend wirkte jedoch der Anführer, seine offene Schädeldecke gab den Blick auf blutige Hirnmasse frei.

Ihr Ziel war eine unscheinbare Hütte, die inmitten der Moorlandschaft aufragte. Fast hatten sie den Eingang erreicht, als ein vielstimmiger Schrei ertönte, der aus der Tiefe der Erde zu kommen schien. Männer, die mit Eisenstangen, Äxten, Fleischermessern und Wurfsternen bewaffnet waren, kamen aus dem Eingang der Hütte gestürzt und gingen auf die Untoten los. Es entspann sich im Nu eine wilde Schlacht. Ein Mann mit einer Axt versuchte, den Anführer anzugreifen, doch bevor er ihn erreicht hatte, wurde er von einem Schwall einer grünen Flüssigkeit getroffen. Einen Moment lang verharrte er wie erstarrt, dann zuckte er mit den Schultern wie jemand, der sein Schicksal resigniert zur Kenntnis nimmt, und sank zu Boden. Zwei seiner Kameraden teilten kurz darauf sein Los.

Die Zombies waren nun auf dem Vormarsch, der Kampf verlagerte sich in die Hütte, die gar keine war, sondern der Eingang zu einer riesigen unterirdischen Bunkeranlage. Es ging eine hölzerne Treppe hinab, unten stand das Wasser knöcheltief. Alle trugen Gummistiefel, doch wer während des Kampfes zu Boden ging, war darüber wenig amüsiert. Die Zombies waren jetzt klar im Vorteil, sie drängten die Verteidiger immer tiefer in den Bunker hinein.

„Stop, Out Time!", brüllte jemand. „Wir haben einen Verletzten!"

Einer der Zombies griff sich stöhnend an den Kopf, Kunstblut mischte sich mit echtem. Ein Mann mit einem Metallrohr in der Hand stand vor ihm und glotzte ihn mit offenem Mund an. Der Anführer mit der klaffenden Schädeldecke tauchte neben ihm auf und entwand dem verdutzten Angreifer die Waffe.

„Du verdammter Idiot, das ist keine LARP-Waffe", brüllte er, „das ist ein massives Metallrohr. Wieso hast du Arsch das hier reingeschmuggelt?"

„Das ..., das war mir runtergefallen", stotterte der Unglücksrabe. „Ich muss beim Aufheben das falsche gegriffen haben. Man sieht das ja nicht in der Dreckbrühe."

„Die Location hast du ausgesucht, dafür bist du verantwortlich", stöhnte der Verletzte. Er schaute den Anführer anklagend an.

„Jetzt macht mal alle halblang", erwiderte der. „Wir brechen hier ab und ihr zwei geht zum Arzt. Aber denkt euch eine vernünftige Geschichte aus, ich will keinen Ärger. Damit das klar ist."

25.

„Na, ist das nicht ein schnuckeliger Typ? Könnte euch der gefallen?" Till wies auf das Bild auf seinem Monitor, das einen blutbeschmierten Mann zeigte, dessen Gesicht zu einer Maske des Grauens geschminkt war. Ihm fehlte nicht nur die rechte Wange, sondern auch die halbe Schädeldecke.

„Cooles Make-up", sagte Eva. „Ist das an Halloween aufgenommen?"

„Nö, bei einem LARP. Zombie-Apokalypse."

„Und weshalb zeigst du uns den?", fragte Sarah. „So schön ist er ja nun auch wieder nicht."

Holger kam gerade mit frisch aufgebrühtem Tee in den Besprechungsraum. „Nun setzt euch erst mal alle", sagte er. „Ich erkläre euch gleich, was es damit auf sich hat."

Jan ließ sich auf den Platz neben Sarah fallen. Er sah abgespannt aus. Ob das Wochenende mit seinem Sohn nicht gut verlaufen war? Sarah würde ihn später danach fragen.

„Also, dann erzähle ich euch mal was über diesen jungen Mann."

Holger eröffnete die Besprechung seines Teams damit offiziell. „Er heißt Rick Föge und ist 39 Jahre alt. Bis vor knapp einem halben Jahr war er mit der Mutter von Kim

Colmann liiert. Viel Freude dürfte sie nicht an ihm gehabt haben, denn er zeichnet sich nicht gerade durch Arbeitseifer aus, lebt seit Jahren von Hartz IV. Dafür hat er ein ganz beachtliches Vorstrafenregister, da ist angefangen von Fahren ohne Führerschein über Betrug und Dealen mit Drogen bis hin zu Körperverletzung alles dabei. Frau Colmann hat sich dann auch von ihm getrennt."

„Okay, und welche Rolle spielt er für unsere Ermittlungen?" Eva spielte gelangweilt mit ihrem Kugelschreiber.

„Eine gewisse Rolle spielte er von Anfang an. Natürlich haben wir das Umfeld der Familien aller Opfer überprüft, auch das von Kim. Ihre Mutter versicherte allerdings, keinen Kontakt mehr zu dem Mann zu haben. Es gab keinen Grund, das in Zweifel zu ziehen. Nun hatte allerdings die Familie Gerdes angekündigt, private Ermittlungen anstellen zu wollen. Sie haben dafür einen Detektiv engagiert und ihm aufgetragen, seine Erkundungen auf das Umfeld von Kim zu konzentrieren."

„Wie nicht anders zu erwarten war", murmelte Jan.

„Dieser Detektiv ist zwangsläufig auf Rick Föge gestoßen und hat herausgefunden, dass er ein Anhänger von LARP ist. Mit einem Kreis eingeschworener Anhänger veranstaltet er regelmäßig private Cons."

„Moment mal, könnt ihr vielleicht aufhören, chinesisch zu reden? Um was geht es hier eigentlich?" Volker schaute ratlos in die Runde. Till grinste, raffte sich aber zu einer Erklärung auf.

„LARP steht für Live Action Role Playing, also für Live-Rollenspiel. Da schlüpfst du in die Rolle einer Figur, verkörperst zum Beispiel einen Ritter oder einen Vampir. Und dann spielst du quasi in einem Stück mit, dessen Ausgang du durch dein Spiel mitbestimmen kannst. Die Veranstaltung, die den Rahmen für solch ein Spiel bildet, nennt man Con. Es gibt sehr aufwendige Cons, die in einem besonderen Ambiente abgehalten werden, zum Beispiel in Burgen oder in alten Industrieanlagen."

„Aha, und wozu soll das gut sein?"

„Das macht Spaß, Volker. Es ist die konsequente Weiterentwicklung der Computerrollenspiele. Dabei kannst du deinen Charakter nicht nur am Bildschirm steuern, sondern ihn leibhaftig verkörpern."

„Leibhaftig, soso. Dazu muss ich mich dann auch zurechtmachen wie der Leibhaftige, oder wie ist das zu verstehen?" Volker schien alles andere als überzeugt zu sein.

„Der Föge verkörpert einen Zombie. Du kannst natürlich auch eine andere Rolle für dich wählen, wenn dir Untote nicht zusagen."

„Mir sagt der ganze Quatsch nicht zu. Solche Spielchen habe ich zuletzt mit zehn gespielt. Danach hat mich mein Vater mit auf den Kutter genommen und mir beigebracht, was Arbeit bedeutet. Wenn den Zombies der Sinn nach Abenteuer steht, nehme ich sie gern mal mit zum Hochseefischen. Bei Windstärke acht brauchen sie sich nicht mehr zu schminken, da werden sich ihre Gesichter ganz von allein grün färben."

„Okay Volker, vielleicht bekommst du ja noch die Gelegenheit, dem Föge dein Angebot selbst zu unterbreiten. Wir werden uns nämlich etwas näher mit ihm beschäftigen müssen", zog Holger das Gespräch wieder an sich. „Sein Hobby wäre für uns nicht weiter von Interesse, wenn nicht Kim es für eine gewisse Zeit geteilt hätte. Auch sie hat dabei eine Untote verkörpert."

„Großer Gott, ich ahne etwas", platzte Jan heraus. „Die Gerdes haben das mithilfe des Detektivs aufgedeckt und ziehen nun Schlussfolgerungen daraus. Demnach könnte die Entführung und Aufbahrung von Kim Teil eines Rollenspiels gewesen sein, in das sie eingeweiht war."

„So ist es. Und es wird noch schlimmer: Sie wollen damit an die Presse. Und die könnte uns durchaus einen Vorwurf daraus stricken. Denn wie sich anhand ihrer Handydaten nachweisen ließ, hatte Kim Colmann noch regelmäßig Kontakt zu Rick Föge. Zuletzt haben sie an dem verhängnisvollen Tag am See miteinander telefoniert."

26.

„Was wollen Sie überhaupt von mir? Das war ein blöder Unfall, nichts weiter." Rick Föge rutschte nervös auf dem Stuhl hin und her. Ohne Schminke war er ein ansehnlicher Mann mit hellen Augen, einer rasierten Glatze und einem kleinen Schnurrbart. Nur ein brutaler Zug um seinen Mund störte den Eindruck.

„Welchen Unfall meinen Sie, Herr Föge?", fragte Holger.

„Na, den im Bunker. Deshalb bin ich doch hier, oder? Ich verstehe nicht, weshalb sich die Kripo dafür interessiert, der Typ lebt schließlich noch."

„Erzählen Sie bitte, wie es dazu kam."

„Was gibt es da groß zu erzählen? Wir haben eine LARP-Con veranstaltet, im Moorteufelbunker."

„Sie meinen den Bunker der ehemaligen Marine-Fernmeldestelle", stellte Holger fest. Damit hatte er die korrekte Bezeichnung für das Protokoll ins Spiel gebracht, obwohl ihm die landläufige ebenfalls vertraut war. Moorteufel hatte die Bevölkerung die damals dort stationierten Soldaten genannt, die von ihrem Stützpunkt im Moor den Funkkontakt des Gegners ausspionieren sollten. Seit 1987 war die Anlage geschlossen und ein Tummelplatz für Abenteurer, da sie nicht besonders geschützt wurde. Die unterirdische Bunkeranlage war riesig und stand zum großen Teil unter Wasser.

„Um was ging es bei dem LARP?", fuhr Holger fort,

„Weshalb interessiert Sie das?" Föge drehte die Augen zur Decke und deutete damit an, wie sehr ihn das Gespräch nervte.

„Beantworten Sie bitte einfach meine Frage."

„Das war ein Zombie-LARP. Einige Überlebende einer Katastrophe hatten sich im Bunker verschanzt und wurden dort von Zombies aufgespürt und angegriffen. Dagegen haben sie sich verteidigt. Allen waren die Regeln vertraut und sie wussten auch, welche Waffen zugelassen waren. LARP-Waffen bestehen aus Schaumstoff und werden innen mit einem Glasfaserstab stabilisiert. Damit kann man niemanden ernsthaft verletzen."

„Und wie konnte es dann trotzdem zu einer schweren Kopfverletzung kommen?" Holger war längst im Bilde, doch er wollte Föge am Reden halten. Dass es gerade erst bei einem seiner Rollenspiele zu einem Zwischenfall gekommen war, dieser Umstand spielte Holger nun in die Hände. Föge sollte ruhig denken, dass es ihm nur um diese Sache gehen würde.

„Der Idiot hat sich gebückt und aus Versehen ein echtes Metallrohr aufgehoben, anstatt seiner Waffe, die ihm runtergefallen war. Er hätte den Unterschied sofort am Gewicht bemerken müssen. Aber Denken ist nicht die Stärke von Matze, der war so im Eifer des Gefechts, dass er gleich zugeschlagen hat. War nicht meine Schuld." Föge versuchte sich gleichmütig zu geben.

„Sie waren immerhin der Veranstalter. Und eine Erlaubnis, sich in dem Bunker aufzuhalten, hatten Sie mit Sicherheit auch nicht."

Föges Gesicht färbte sich rot. „Das war ein privates LARP, da gibt es keinen Veranstalter, jeder ist für sich selbst verantwortlich. Und seit wann braucht man eine

Erlaubnis für den Bunker? Da sind doch ständig irgendwelche Geocacher drin oder Leute, die lost places erkunden wollen. Ich wüsste nicht, dass die eine Erlaubnis hätten."

„Solange nichts dabei passiert, wird nicht unbedingt jemand danach fragen. Veranstalten Sie Ihre Spiele immer rund um den Bunker oder auch an anderen Orten?"

„Wie es sich so ergibt", erwiderte Föge vage.

„Vielleicht auch hier?" Holger legte ihm ein Foto der Klinikruine vor. Falls er es erkannte, hatte er sich gut im Griff.

„Geile Location. Wo ist das?"

„Es ist Ihnen nicht bekannt?"

„Sagte ich doch schon, nie gesehen. Sie dürfen mir gern einen Tipp geben, wo das ist."

Holger wechselte abrupt das Thema. „Aber Sie kennen Kim Colmann gut."

Föge klappte der Kiefer herunter, es war Holger gelungen, ihn zu überrumpeln. Er ließ ihm keine Zeit zum Nachdenken und schoss sofort die nächste Frage ab. „An dem Tag, als die Morde am See passierten und das Mädchen entführt wurde, haben sie vorher noch mit Kim telefoniert. Um was ging es bei dem Gespräch?"

„Wie soll ich das jetzt noch wissen?"

„Versuchen Sie nicht, mich für dumm zu verkaufen. So ein Tag brennt sich ins Gedächtnis ein, besonders, wenn man mit einem der Opfer derart vertraut ist. Also, ich höre."

„Na schön, ich hab sie gefragt, ob sie nicht Lust hätte, mal wieder mitzuspielen. Sie wollte nicht und damit war die Sache für mich erledigt."

„Zu dem Zeitpunkt waren Sie bereits ein halbes Jahr von Kims Mutter getrennt, der Kontakt zu dem Mädchen bestand aber weiterhin?"

Föge zuckte mit den Schultern. „Warum denn nicht. LARP verbindet, sie hatte auch Spaß daran."

„Welche Rolle hat sie bei Ihren Spielen eingenommen?"

„Sie war ein NPC, ein Nicht-Spieler-Charakter."

„Was Sie mir bestimmt gleich näher erläutern werden."

„Oh, Mann." Föge verdrehte erneut genervt die Augen. „In jedem Rollenspiel gibt es Charaktere, die die Handlung vorantreiben. Sie sind in den Plot eingeweiht."

„Und worin bestand Kim Colmanns Aufgabe nun?"

„Sie war eine Untote, deren Berührung Spieler gegen die Angriffe der Zombies immun machen konnte. Sozusagen ein guter Zombie."

„Und welche Berührungen gab es ansonsten noch zwischen Ihnen und Kim?"

Föge grinst unverschämt. „Sie ist über 14, was geht Sie das also an?"

„Beantworten Sie meine Frage."

„Wir mögen uns, die Kleine und ich. Sehr sogar."

„Schließt dieses Mögen sexuelle Kontakte ein?"

„Haben Sie Probleme mit dem Sex, Herr Kommissar? Wollen Sie sich ein paar Anregungen holen?"

„Das Problem dürften Sie haben, denn Sie sind erheblich älter als 21, weshalb Sex mit Jugendlichen unter 16 für Sie strafbar ist. Kim Colmann ist erst 15. Aber ein noch viel größeres Problem werden Sie bekommen, wenn sie mir nicht sagen können, wo Sie am 25. Mai zwischen 20 Uhr und 1 Uhr morgens waren."

27.

Sarah traf Föge auf dem Flur, als er aus dem Verhörraum kam. Sie hatte das Verhör im Nebenraum durch den Einwegspiegel verfolgen können. Er musterte sie auf höchst unverschämte Art und Weise. Betont gleichgültig sah sie weg, doch als sie auf einer Höhe waren, streifte er sie absichtlich. Ihr Blick fiel dabei auf seinen muskulösen Unterarm mit einer auffälligen Tätowierung. Blaue Rosen rankten sich um ein Kreuz.

Sarah öffnete die Tür zum gegenüberliegenden Raum, wo Kim Colmann bereits auf sie wartete.

Das Mädchen sah gut aus. Sie trug ein hellblaues T-Shirt, das mit der Farbe ihrer Augen harmonierte, und strahlte Selbstbewusstsein aus. Es schien sie nicht zu verunsichern, dass sie nochmals zu einer Befragung einbestellt worden war. Sie hörte sich fast amüsiert an, was Sarah ihr über die Aussage von Föge mitteilte.

„Ich soll was mit dem Föge gehabt haben? Hat er das behauptet? Das ist ja lächerlich, das hätte er vielleicht gern gehabt. Der ist mir viel zu primitiv. Meine Mutter hat leider ein Händchen für die falschen Männer." Kim kräuselte verächtlich die Lippen.

„Nein, so direkt hat er das nicht gesagt", lenkte Sarah ein. „Aber er mochte Sie wohl ganz gern."

„So kann man es ausdrücken", stimmte Kim zu. „Allerdings beruhte das nicht auf Gegenseitigkeit."

„Immerhin haben Sie mehrmals an seinen LARPs teilgenommen."

„Ach das. Ich war einfach neugierig, wie so was abläuft."

„Kann ich verstehen." Sarah lächelte ihr komplizenhaft zu. „Und wie lief es so ab?"

„Na ja, das war ein Zombie-LARP. Zombies überfallen die letzten Überlebenden einer Katastrophe. Die Zombies haben es dabei leichter. Wen sie mit einer Flüssigkeit besprühen, der verwandelt sich auch in einen Zombie. Die Überlebenden wehren sich mit Waffen, aber auf der Seite der Zombies gibt es immer Diskussionen, ob sie im Falle eines Treffers ausgeschaltet sind oder nicht. Jedenfalls brauchen die Überlebenden einen Mechanismus, der sie unverwundbar macht. Herausfinden, wie das funktioniert, müssen sie selbst, das gehört zum Spiel. Jedenfalls habe ich eine Tote gespielt, die nicht zum Zombie geworden war. Wer mich berührte, der wurde immun."

„Dann hatten Sie in der Rolle nicht viel zu tun."

„Fast überhaupt nichts. Ich musste nur daliegen und die Zombies haben versucht, niemanden zu mir vordringen zu lassen. Bloß wenn sie es doch geschafft hatten, wollten die Kerle mich immer küssen. Das wurde mir irgendwann zu eklig."

„Kann ich gut verstehen. Kannten Sie eigentlich alle Teilnehmer dieser LARPs?"

Kim schüttelte den Kopf. „Einige schon, aber nicht alle."

„Denken Sie jetzt bitte gut nach. Könnte es sein, dass das Paar vom See darunter war?"

„Nein, ganz bestimmt nicht." Kim wirkte sehr sicher. „Die hätte ich erkannt, die waren ziemlich auffällig."

„Aber die Teilnehmer sind doch geschminkt und maskiert?"

„Nicht die ganze Zeit über. Bei der Ankunft sind alle noch unmaskiert, erst werden die Absprachen getroffen und dann schlüpfen alle in ihre Rollen. Nein, der Mann und die Frau vom See waren nicht dabei."

Sarah unterdrückte ihre Enttäuschung. Schade, es wäre zu schön gewesen.

„Eine Frage habe ich allerdings noch. An dem Tag, als sie mit Merle und Nico am See gezeltet haben, gab es noch ein Telefongespräch zwischen Föge und Ihnen. Um was ging es dabei?"

Kim wirkte überrascht, fing sich aber schnell wieder.

„Das hatte ich fast vergessen. Er hat mich gefragt, ob ich bei einem LARP mitspielen will."

„Wann sollte das denn stattfinden?"

„Keine Ahnung. So konkret ist er gar nicht geworden. Ich habe ihn gleich abgewimmelt. Seine Anrufe gingen mir auf die Nerven."

„Es kam demnach öfter vor, dass er Sie angerufen hat?"

„Ja, ab und zu kam das schon vor. Meistens habe ich das Gespräch gleich weggedrückt."

„Danke, wenn Ihnen doch noch etwas einfallen sollte, können Sie mich oder meine Kollegen anrufen. Ach übrigens, der Föge hat so eine Tätowierung, blaue Rosen. Ich kenne mich mit Tattoos nicht aus, wissen Sie zufällig, welche Bedeutung eine blaue Rose hat?"

Zum ersten Mal wirkte Kim unsicher, eine dunkle Röte kroch ihren Hals hinauf. „Nein, keine Ahnung", sagte sie.

Sie war sichtlich erleichtert, als Sarah die Befragung für beendet erklärte.

Sarah ging danach zu Holger hinüber in sein Büro, um sich mit ihm abzustimmen. Als sie eintrat, saß er vornübergebeugt an seinem Schreibtisch, sein Gesicht wirkte spitz und grau.

„Holger, was ist los? Geht es dir nicht gut?" Sarah war über seinen Zustand erschrocken.

„Unsinn, alles in Ordnung." Holger rang sich ein Lächeln ab. „Eine kleine Magenverstimmung, nichts weiter. Ich bin schon dabei, sie zu bekämpfen." Er deutete auf die Teetasse vor sich. Statt des üblichen starken Aromas seines bevorzugten Ostfriesentees stieg Sarah der Geruch nach Kamille in die Nase. Sie verzog leicht das Gesicht, Kamillentee zählte zu ihren weniger erfreulichen Kindheitserinnerungen.

„Wie ist es mit Kim Colmann gelaufen?", fragte er.

„Keine neuen Erkenntnisse. Ein Verhältnis mit Föge streitet sie ab, es sei nur um die Rollenspiele gegangen."

„Glück für ihn. Sonst wäre Ärger auf ihn zugekommen. Der droht ihm allerdings auch so. Er hat für die Tatnacht kein Alibi, hat sich angeblich ganz allein in seiner Wohnung aufgehalten. Aber das reicht natürlich nicht aus, um gegen ihn vorzugehen."

„Wir müssten ihm schon einen Zusammenhang mit der Tat nachweisen", stimmte Sarah zu.

„Der ist vorhanden, aber nicht eindeutig genug. Kim wurde bei ihrer Entführung genauso in Szene gesetzt wie bei den Rollenspielen. Das ist kein Zufall. Wir müssen alle ausfindig machen und überprüfen, die an diesen Spielen teilgenommen haben."

Nur wenig später wiederholte Holger diesen Vorschlag in der Dienstbesprechung.

„Das bedeutet erheblichen Aufwand", gab Jan zu bedenken. „Der Föge behauptet schließlich, nicht alle Mitspieler zu kennen."

„Der Aufwand darf uns nicht abschrecken. Wir haben schon viel zu viel Zeit verloren und noch immer keine heiße Spur von den Tätern."

„Für mich klingt das vielversprechend", sagte Eva. „Da deutet sich doch endlich mal ein greifbares Motiv an.

Einer von den Kerlen war so fasziniert von der toten Braut, dass er sie unbedingt in seinen Besitz bringen wollte. Dafür hat er sogar gemordet. Der Kreis der Verdächtigen müsste doch einzugrenzen sein."

„Stell dir das mal nicht zu einfach vor." Till, der bisher noch nichts gesagt und die ganze Zeit auf seinem Laptop herumgetippt hatte, meldete sich zu Wort. „Guckt mal hier!"

Er drehte den Bildschirm so, dass alle einen Blick darauf werfen konnten. „Hier hat der Föge Fotos von seinem LARP ins Netz gestellt." Er klickte schnell durch ein paar Aufnahmen, die martialische Gestalten zeigten, die mit Äxten, Messern und Kettensägen aufeinander losgingen. An Kunstblut war bei der Ausstattung nicht gespart worden. Dann kam eine Aufnahme, die in einem dämmrigen Raum aufgenommen worden war. Trotzdem war die junge Frau, die in einem langen weißen Hemd auf einem verrotteten Sofa lag, deutlich als Kim zu erkennen.

„Verdammt, wieso sehen wir das jetzt erst?" Es musste schon einen triftigen Grund geben, wenn Holger sich aufs Fluchen verlegte.

„Weil wir bisher nicht danach gesucht haben", sagte Jan.

„Außerdem muss man wissen, wo man zu suchen hat." Till war dafür bekannt, sich im Internet besser auszukennen als in der Realität.

„Der Föge wird erneut einbestellt", ordnete Holger an. „Ich will wissen, wo das Foto von Kim aufgenommen worden ist. Wir werden diesen Ort genau unter die Lupe nehmen. Außerdem will ich wissen, was für ein Hemd sie da trägt und woher es stammt."

Es kam Bewegung in die Versammlung, die Aufgaben wurden verteilt. Es war, als hätte ein Funke gezündet, die Aussicht auf eine neue Spur belebte alle. Doch Sarah konnte die Euphorie nicht teilen, ein dunkler Zweifel, den sie nicht recht benennen konnte, nagte an ihr. Auch Kim hatte das Ritual gekannt. Allerdings dürfte sich das Mädchen kaum allein betäubt und aufgebahrt haben. Außerdem war bei den Morden viel Blut geflossen, wovon an ihr kein einziger Spritzer zu finden gewesen war. Es war schon richtig, die LARP-Szene um Föge zu durchforsten. Die blaue Rose, die sich auch Kim hatte tätowieren lassen, konnte ein Zufall sein oder auch nicht.

28.

„Ich finde es toll, dass wir mal wieder Zeit füreinander haben." Björn strahlte über das ganze Gesicht. Er und Sarah saßen sich in der kleinen gemütlichen Gaststätte gegenüber, die sie zu ihrer Stammkneipe erklärt hatten. Björn, seines Zeichens Schutzpolizist und Hundeführer, war Sarahs bester Freund. Sie hatten kurz nach Sarahs Dienstantritt ihre Sympathie füreinander entdeckt und hatten schon einige Herausforderungen gemeinsam gemeistert. Sarah war glücklich darüber, dass ihre Freundschaft auch die neueste Veränderung in ihrem Leben, ihre Beziehung zu Jan, unbeschadet überstanden hatte.

Natürlich war Björn eifersüchtig gewesen und war es vermutlich immer noch. Jan war ein Womanizer wie er im Buche stand, groß und dunkelhaarig mit markanten Zügen. Doch Björns Herz war zu groß für kleinliche Gefühle und sein Charakter zu aufrecht für Winkelzüge. Seine unkomplizierte Art sorgte dafür, dass Sarah sich bei ihm geborgen fühlte und ihm voll vertraute. Ihm vertraute sie auch ihre Zweifel bezüglich der aktuellen Ermittlungen an.

„Mir kommt das fast ein wenig zu einfach vor", sagte sie. „Da soll also einer, der sich in seiner Freizeit mit

Vorliebe in Kunstblut suhlt, in einen echten Blutrausch verfallen sein."

Auch Björn wirkte nachdenklich. „Auszuschließen ist das natürlich nicht", sagte er. „Doch die LARP-Szene ist nicht unbedingt ein kriminelles Milieu, eher im Gegenteil."

„Kennst du dich damit aus?"

„Ein wenig schon, ich habe da sogar schon mitgespielt."

Sarah war verblüfft, offenbar wusste sie doch noch nicht alles über Björn. „Wie, hast du dich etwa auch als Zombie verkleidet?"

„Das nun nicht", lachte er. „Ich war ein paar Mal bei einem Mittelalter-LARP dabei. Da ich mit einem der Veranstalter bekannt bin, hatte er mich gebeten, als NPC, also als Nicht-Spieler-Charakter mitzuwirken. Ich war der Hauptmann der Stadtwache und hatte als solcher für Ordnung zu sorgen. Viel zu tun gab es da aber in der Regel nicht. Höchstens hatte mal einer zu viel Met getrunken. Die Spieler sind vernünftige Leute, da sind Anwälte, Ärzte und höhere Beamte darunter. Es gibt strenge Regeln, und die werden auch eingehalten. Die Waffen sind ungefährliche Polsterwaffen, trotzdem darf bei Schwertkämpfen nur gegen die Arme geschlagen werden, nie auf den Kopf."

„Das klingt ja fast nach einer elitären Szene", staunte Sarah.

„Elitär ist übertrieben, aber wenn man es ernsthaft betreibt, ist es kein billiges Hobby. Die komplette Ausrüstung eines Ritters kann ein paar tausend Euro kosten. Es sind kreative Leute, die Entspannung von ihren oft aufreibenden Berufen suchen. Bezeichnen Psychologen das Spiel nicht als einen idealen Weg, um Stress abzubauen?"

„Kann schon sein", stimmte Sarah zu. „Aber was der Föge und seine Leute da treiben, hat für mich nichts mit Stressabbau zu tun."

„Na ja, das mit dem Unfall war schon grenzwertig. Der Mann musste mit einer schweren Gehirnerschütterung ins Krankenhaus und die Wunde genäht werden. So etwas darf nicht vorkommen. Überhaupt scheint die Organisation des Ganzen sehr mangelhaft zu sein."

„Der Föge kennt seine Mitspieler angeblich nicht mal alle", seufzte Sarah. „Es kommt viel Arbeit auf uns zu, wenn wir sie ermitteln wollen."

„Okay, lassen wir die Arbeit für heute mal ruhen." Björn goss Sarah Wein nach. „Wie geht es privat so? Wieso hat Jan dir heute Abend überhaupt freigegeben?"

„Du weißt doch, dass wir nicht zusammenwohnen. Wir brauchen beide unsere Freiräume."

Björn drehte den Stiel seines Weinglases zwischen den Fingern hin und her. „Mir musst du nichts vormachen, Sarah."

„Das habe ich auch nicht vor. Jan macht eine schwierige Zeit durch. Mit seiner Ex-Frau gibt es mal wieder Unstimmigkeiten wegen des Besuchsrechts für seinen Sohn. Und er ist wegen des aktuellen Falls stark unter Druck. Schließlich ist er ausgebildeter Fallanalytiker, da werden Lösungen von ihm erwartet."

„Fallanalytiker sind keine Hexenmeister. Es ist nicht gut, wenn euer Privatleben unter der Arbeit leidet. Irgendwann willst du doch sicher auch eine Familie gründen."

„Ach Björn, ich frage mich, ob das für zwei Polizeibeamte überhaupt eine gute Idee ist. Kinder brauchen Stabilität und Regelmäßigkeit. Die ist mit zwei Eltern, die quasi immer im Dienst sind, kaum zu erlangen. Vielleicht sollte ich mir als Vater meiner künftigen Kinder einen Mitarbeiter beim Liegenschaftsamt suchen."

„Okay", sagte Björn gedehnt. Er hob sein Glas und prostete Sarah zu. „Ich denke mal über eine Umschulung nach."

29.

Eigentlich sollte sie überhaupt nicht hier sein. Sarah lagen noch die Anschriften von mehreren Personen vor, die sie gemeinsam mit Jan überprüfen sollte. Doch sie hatte ihn gebeten, ihr am Vormittag ein paar freie Stunden zu gewähren, ohne das an die große Glocke zu hängen. Im Schauenburg-Gymnasium fand heute ein festliches Konzert statt. Ursprünglich hatten die Schüler der neunten und zehnten Klassen zum Schuljahresende die Aufführung eines Musicals geplant, die nun aber wegen des tragischen Todes von zwei Schülern auf unbestimmte Zeit verschoben worden war. Das klassische Konzert bildete eine pietätvolle Alternative. Wegen des schönen Wetters fand es auf dem Gelände des Schulhofes statt. Bänke und Stühle waren im Halbkreis um die provisorisch errichtete Bühne herum aufgestellt.

Sarah suchte sich einen Platz ganz hinten, von dem aus sie alles gut überblicken konnte. Es waren auch einige Eltern anwesend und ihr fiel ein großer grauhaariger Mann auf, der sich mit Finja unterhielt. Dem Alter nach könnte er ihr Vater sein, er trug einen Anzug, der sehr teuer und gediegen wirkte. Eine rothaarige Frau, in der Sarah die Schuldirektorin Neubert erkannte, flatterte mit breitem Lächeln eilfertig auf ihn zu. Bei der Begrüßung wollte sie seine Hand gar nicht wieder loslassen.

„Sie haben doch bestimmt keine Einladung." Sarah wurde von der Stimme neben sich aus ihren Betrachtungen gerissen. Ellen Uphaus sah mit einem mokanten Lächeln auf sie herab.

„Nein, braucht man die etwa?" Sarah erhob sich und begrüßte die Kunstlehrerin.

„Eigentlich sind hier heute nur geladene Gäste anwesend. Setzen wir uns lieber wieder, damit wir weniger auffallen. Die Neubert dürfte über Ihr Auftauchen alles andere als erfreut sein."

„Wieso denn, habe ich Anlass zur Verärgerung gegeben?"

„Es reicht völlig aus, dass Sie von der Polizei sind. Auf das Gymnasium darf kein schlechtes Licht fallen. Deshalb wird auch immer betont, dass der tragische Tod der beiden Schüler in keinem Zusammenhang mit unserer Einrichtung steht. Ihre Anwesenheit hier könnte zu einem anderen Eindruck führen."

„Das liegt nicht in meiner Absicht. Ich ermittele im Moment nicht offiziell, sondern fand es einfach angemessen, zu diesem Gedenkkonzert für die beiden Schüler zu erscheinen."

Ellen Uphaus musterte Sarah spöttisch. „Da sind Sie auf dem falschen Dampfer. Das ist kein Gedenkkonzert, die Namen der beiden Schüler werden nicht erwähnt werden. Es ist im Interesse des Direktoriums, so schnell wie möglich Gras über die Sache wachsen zu lassen. Zwar verzichtet man auf ausgelassene Fröhlichkeit, weshalb auch das Musical verschoben wurde, doch ansonsten soll so schnell wie möglich Normalität einkehren."

Sarah fragte sich, wie das funktionieren sollte, solange die Morde nicht aufgeklärt waren. Sie schaute wieder zu der Gruppe um die Direktorin und Ellen Uphaus folgte ihrem Blick.

„Da sehen Sie einen geladenen Gast", sagte sie. „Dr. Curd Belling ist der große Förderer der schönen Künste und unseres Gymnasiums."

„Was macht er beruflich?", fragte Sarah.

„Er ist Oberstaatsanwalt in Hamburg, kandidiert demnächst sogar für den Senat. Er soll über Verbindungen bis in höchste Kreise verfügen."

Offenbar war das allgemein bekannt und hinterließ den entsprechenden Eindruck. Die Direktorin tanzte förmlich um ihn herum, ihr Kopf vollführte nickende Bewegungen, die wie Verbeugungen wirkten. Eine weitere Frau war zu Finja und ihrem Vater getreten, eine junge schlanke Frau mit langen schwarzen Haaren. Curd Belling legte mit einer besitzergreifenden Geste den Arm um ihre Taille.

„Gloria van Ries, die aktuelle Lebensgefährtin von Belling", soufflierte Ellen Uphaus.

Sarah sah die Binsenwahrheit, dass mächtige Männer anziehend auf schöne blutjunge Frauen wirken, mal wieder bestätigt. Nur Finja schien wenig angetan zu sein, sie hatte sich demonstrativ abgewandt. In ihren Augen, die die Farbe von hellem Bernstein hatten, konnte Sarah ein gefährliches Glitzern erkennen. *Wie die Augen einer Berglöwin*, dachte sie unwillkürlich. Dieses junge Mädchen hatte etwas Unnahbares, was es gleichzeitig ungeheuer attraktiv wirken ließ.

Vorn auf dem Podium nahmen die ersten Schüler mit Instrumenten ihre Plätze ein.

„Spielt Finja auch ein Instrument?", fragte Sarah.

„Ja, Geige, aber nicht besonders gut. Die erste Geige im Leben zu spielen liegt ihr entschieden mehr."

Sarah fragte sich, woher diese Antipathie bei der Lehrerin kam. War es der Neid auf das Mädchen, das mit einem goldenen Löffel im Mund geboren und darüber hinaus noch mit außergewöhnlicher Schönheit gesegnet war? Oder hing das mit Finjas Rolle bei der Entlassung des Kollegen zusammen, der ihrer Ansicht nach zu Unrecht der sexuellen Belästigung bezichtigt worden war?

„Der Kollege, der Finja belästigt haben soll ...", flüsterte sie, wurde von der Lehrerin jedoch sofort mit einem warnenden *Psst* unterbrochen.

„Man redet hier nicht darüber."

„Und Finjas Vater? Wie hat er reagiert?", ließ Sarah nicht locker.

„Man ist ihm sehr dankbar, dass er kein Aufhebens darum gemacht und Finja nicht von der Schule genommen hat."

Die Streicher stimmten ihre Instrumente, dann begann das Konzert mit dem Quartett Nr. 1, einem ruhigen, getragenen Stück. Danach spielte ein Schüler das Prelude in cis-Moll von Rachmaninoff, Sarah fand sein Spiel sehr beeindruckend.

Sie wurde abgelenkt, als ihr Blick auf Jonas Diemer fiel, der abseits neben Hanna Otting saß und sich flüsternd mit ihr verständigte. Wieso saß er nicht bei seiner Freundin? Sie suchte Kim mit den Blicken und entdeckte sie weiter vorn zwischen Lasse Clerk und Marvin Eckel. Finjas ständige Begleiter bildeten äußerlich einen auffälligen Kontrast, der blonde Lasse wirkte kühl und ein wenig blasiert, der dunkel gelockte Marvin strahlte eine Wildheit aus, die auf die Mädchen sehr anziehend wirken musste. War es zwischen Kim und Jonas etwa schon wieder aus?

Inzwischen war der erste Teil des Konzerts vorüber, Finja, die bei den Streichern mitgespielt hatte, verließ die Bühne und gesellte sich zu Kim und den beiden Jungen. Sie flüsterte kurz mit ihnen, dann nahm sie Kim bei der Hand und ging mit ihr zu Jonas hinüber. Was folgte, sah nach einer leise geführten Auseinandersetzung aus. Jonas erhob sich daraufhin von seinem Platz, legte den Arm um Kim und ging mit ihr zu einem Tisch hinüber, an dem Getränke ausgeschenkt wurden. Finja kehrte zu Lasse und Marvin zurück. Nach der Pause begaben sich Kim und Jonas, nunmehr Hand in Hand, zu den Stuhlreihen. Als sie an Sarah vorbeigingen, fiel ihr der verkniffene Gesichtsausdruck von Kim auf, während Jonas den Blick beharrlich zu Boden richtete. Sie wirkten nicht wie ein glückliches Paar, sondern wie zwei zwangsverheiratete Kinder.

Der zweite Teil des Konzerts rauschte an Sarah, die ihren eigenen Gedanken nachhing, vorbei. Was glaubte sie hier eigentlich herausfinden zu können? Hatte sie sich durch die Aussage von Ellen Uphaus auf eine falsche Fährte locken lassen? Mit einem schlechten Gewissen dachte sie an Jan, der nun die Überprüfungen anderer Verdächtiger allein vornehmen musste, was eigentlich nicht zulässig war.

Obwohl sie es nach dem Ende der Veranstaltung eilig hatte, suchte Sarah schnell noch einen Drogeriemarkt auf. Sie brauchte dringend Tampons. Auf ihrem Weg durch die Gänge entdeckte sie plötzlich Finja, die gerade ein teures Parfüm erstand. Alle Achtung, das Mädchen schien es sich wirklich leisten zu können. Finja zahlte an der Kasse, steckte das Parfüm ein und verließ den Laden. Auf dem Weg nach draußen kam ihr Marvin entgegen. Ihre Hände schienen sich zu streifen, doch sie sahen einander nicht an. Während Sarah noch über diese merkwürdige Szene nachdachte, wiederholte sie sich auch schon. Diesmal war es Kim, die von Marvin gestreift wurde, der danach ebenfalls den Markt verließ, während Kim zielsicher das Parfümregal ansteuerte. Sie sah sich kurz um, griff dann nach dem gleichen Flakon, den Finja zuvor erworben hatte, ließ ihn in ihre Umhängetasche gleiten und eilte dem Ausgang zu. Ein Mann, bei dem es sich offenbar um einen Ladendetektiv handelte, nahm die Verfolgung auf, erreichte sie aber erst draußen auf der Straße. Sarah, die ihren Einkauf gerade beendet hatte, wurde Zeugin einer aufschlussreichen Szene.

„Dürfte ich mal in Ihre Tasche schauen?", fragte der Detektiv leicht außer Atem. Er griff nach Kims Tasche.

„Was fällt Ihnen ein, lassen Sie sofort meine Freundin los." Plötzlich war Lasse neben Kim, er musste vor dem Markt auf sie gewartet haben. Der athletisch gebaute junge Mann überragte den Detektiv fast um Haupteslänge.

„Ich möchte nur kurz in die Tasche schauen." Der Detektiv ließ die Tasche zwar los, beharrte aber auf seiner Forderung.

„Dazu haben Sie kein Recht. Meine Freundin hat den Laden bereits verlassen. Drinnen hätten Sie sie ansprechen dürfen, hier draußen nicht."

„Sie hat Parfüm eingesteckt, ohne es zu bezahlen."

„Ich habe Parfüm gekauft", fauchte Kim ihn an. „Aber das werde ich künftig lieber woanders tun. Hier ist der Kassenzettel." Sie hielt den Papierstreifen triumphierend in die Höhe und Sarah begriff, wie der Trick abgelaufen war.

„Entschuldigen Sie sich gefälligst", wies Lasse den verdatterten Detektiv zurecht, der etwas Unverständliches murmelte und zurück in den Markt ging. In diesem Augenblick kreuzten sich die Blicke von Kim und Sarah. Das Mädchen warf den Kopf in den Nacken und wandte sich ab.

Sarah blieb verdutzt zurück. Es war alles so schnell gegangen, dass sie kaum eine Möglichkeit gehabt hätte, einzugreifen. Sie hatte den Diebstahl nicht verhindert, doch sie hatte neue Erkenntnisse über die Kumpanei einiger verwöhnter Kinder gewonnen, die nicht bereit waren, sich Regeln zu unterwerfen.

30.

Sie sind hinter mir her. Mit meiner Lüge habe ich sie auf mich aufmerksam gemacht. Vielleicht werden sie mich umbringen, so wie sie Merle und Nico umgebracht haben.
Hanna schaltete den Computer aus, bevor die ersten Antworten erschienen. Es würde sich um die üblichen Kommentare handeln, wie *Hoffentlich bringen sie dich um, damit wir dich endlich los sind,* oder auch um solche, die ihr einen besonders grausamen Tod wünschten. Hanna brauchte diese Gehässigkeiten und die geballte Verachtung heute nicht, sie fühlte sich auch so hundsmiserabel. Sie kauerte sich auf dem Sessel zusammen, konnte aber das Zittern nicht unterdrücken. Ihr Blick wanderte zum Fenster hinaus, er wurde durch keine Gardinen und Vorhänge behindert. Wozu auch? Hier hinter dem Stallgebäude gab es nur weite, morastige Weiden, so weit man schauen konnte. Niemand kam hier jemals vorbei. Hanna hatte den Ausblick geliebt, die Nebelschwaden morgens über den Wiesen, die Störche, die dort auf Nahrungssuche gingen und abends das weit entfernte Blinken der roten Augen der Windräder in der Dunkelheit. Manchmal tanzten auch blaue Flämmchen über die Wiesen. Totenlichter hatte ihre Großmutter sie genannt und sich bei ihrem Anblick bekreuzigt. An den Stellen, an denen sie

aufleuchteten, würde später einmal ein Mensch zu Tode kommen, hatte sie behauptet. Hanna hatte schon als kleines Mädchen gewusst, dass es sich um entzündete Faulgase handelte, die aus dem morastigen Boden aufstiegen, und für den Aberglauben der Großmutter nur Verachtung übrig gehabt. Doch als sie jetzt ein Flämmchen ganz in der Nähe aufleuchten sah, klapperte sie vor Entsetzen mit den Zähnen. Oft hatte sie sich gewünscht, tot zu sein, doch nun, da die unheimliche Bedrohung über ihr schwebte, wollte sie nicht sterben.

Sie kannte niemanden, an den sie sich wenden konnte. Ihre Eltern waren immer noch wütend auf sie. Immerhin hatte es sogar in der Zeitung gestanden, dass sie sich das Zusammentreffen mit dem gesuchten Paar auf dem Friedhof nur ausgedacht hatte. Erst hatte es einen Aufruf nach weiteren Zeugen gegeben, danach eine Entschuldigung. Zwar war ihr Name darin nicht genannt worden, trotzdem wussten alle Bescheid. Ihre Mutter hatte geschimpft, sie müsse sich vor ihren Kollegen schämen und würde sich kaum zur Arbeit trauen. Und ihr Vater hatte resigniert mit dem Kopf geschüttelt und Hanna seitdem völlig ignoriert.

Was könnte sie aber auch sagen? Dass sie zusammengeschlagen worden war, ohne die geringste Ahnung zu haben von wem? Dass neuerdings in der Dunkelheit jemand vor ihrem Fenster umherschlich? Wer sollte ihr das glauben? Jonas vielleicht, er hatte immerhin Andeutungen gemacht. Auffällig war, dass er ebenfalls Angst zu haben schien. Zwischen ihm und Kim stimmte es nicht mehr. Sie war sauer, weil er an dem verhängnisvollen Wochenende nicht mit ihr zum Zelten gefahren war, sondern sich lieber mit Finja und den anderen Freunden vergnügt hatte. Aber hätte er etwas verhindern können? Vermutlich nicht, eher wäre er jetzt ebenfalls tot.

Hanna dachte an das Schulkonzert am Vortag, bei dem sie die Nähe von Jonas gesucht und ihm Andeutungen gemacht hatte. Er hatte ihr geglaubt, das war deutlich zu erkennen gewesen, ebenso deutlich wie sein Erschrecken. Sie solle sich ruhig verhalten und mit niemandem darüber reden, hatte er ihr zugeflüstert. Dann würde man sie bestimmt wieder in Ruhe lassen. Hanna wurde das Gefühl nicht los, dass er genau wusste, wer dahintersteckte. Sie hätte gern mehr von ihm erfahren, doch dann war Finja aufgetaucht und hatte ihm Vorwürfe gemacht, weil er sich nicht um Kim kümmern würde. Er war mit Kim fortgegangen, danach hatte sie leider keine Gelegenheit mehr gehabt, ihn allein zu sprechen.

Hanna zuckte zusammen, als sie den Schatten wahrnahm, der am Fenster vorbeihuschte. Im Zimmer war es dunkler als draußen, sie hatte kein Licht gemacht. Sie war sich sicher, dass man sie nicht sehen konnte, trotzdem zitterte sie. Plötzlich gab es ein lautes Geräusch vom Fenster her, zwei Hände, die ihr riesig vorkamen und schneeweiß leuchteten, knallten gegen die Scheibe. Hanna konnte nicht verhindern, dass sie laut aufschrie. Sie starrte auf die Handflächen mit den gespreizten Fingern, die von außen gegen das Fenster drückten. In heller Panik sprang sie auf und riss die Tür auf, die ihr Zimmer mit dem Rest des Stallgebäudes verband. Ihr Vater hatte versprochen, sie demnächst zuzumauern, war aber noch nicht dazu gekommen. Was für Hanna bisher ein Ärgernis gewesen war, empfand sie jetzt als Rettung. Sie stolperte in den Stall, bemüht, nicht über eine der steinernen Futterkrippen zu stürzen. Der Raum beherbergte schon seit Jahrzehnten keine Tiere mehr, verströmte aber noch immer einen Hauch des charakteristischen Geruchs nach Stroh, Dung und warmen Tierleibern. Hanna tastete sich in der Dunkelheit vorwärts, bis sie in der Mitte des Raumes auf die Leiter stieß, die zum Dachboden hinaufführte. Mit zitternden Beinen erklomm sie die hölzernen Sprossen, hob die schwere Luke über ihrem Kopf an und zwängte sich in den engen, staubigen Raum unter dem Dachgebälk. Es gab ein polterndes Geräusch, als sie die Luke hinter sich schloss. Der Staub drang ihr in Nase und Rachen, sodass sie heftig husten musste. Ihr Verfolger konnte sie zweifellos hören, doch wichtig war, dass er es nicht schaffen durfte, ihr hierher zu folgen. Hanna sah sich hektisch um und erkannte die Umrisse der alten eisenbeschlagenen Futterkiste. Sie machte sich daran, sie in Richtung Luke zu schieben, was kein leichtes Unterfangen war, denn sie war mörderisch schwer. Als sie dann aber quer über der Luke stand, war Hanna sich sicher, dass niemand sie von unten anheben konnte. Schweißgebadet ließ sie sich auf einem Haufen alter Jutesäcke nieder. Der modrige Geruch, der von ihnen ausging, störte sie nicht. Sie würde hierbleiben, bis es draußen wieder hell werden würde.

31.

„Wer ist der Nächste auf unserer Liste?", fragte Sarah und schaute zu Jan hinüber, der neben ihr auf dem Beifahrersitz saß.

„Wolf Kettler, von Beruf Autoschlosser. Den müssten wir um diese Zeit in der Werkstatt antreffen. Ist sogar ganz in der Nähe."

Sarah musste die Anschrift nicht ins Navi eingeben, sie wusste, wo das war. Auch ihr altersschwacher Golf war dort schon zur Durchsicht gewesen.

„Oh, die Polizei, dein Freund und Helfer. Können wir diesmal Ihnen helfen?" Ein junger Mechaniker begrüßte sie grinsend, als sie auf dem Hof der Werkstatt parkten.

„Wir würden gern mit Herrn Kettler sprechen", sagte Jan.

„Der ist da drin." Der Mechaniker wies auf ein weit offen stehendes Tor. In dem Raum schien sich niemand zu befinden, Sarah entdeckte die Beine, die unter einem der Autos hervorschauten, zuerst.

„Herr Kettler?", fragte sie.

Unter dem Auto war ein unfreundliches Brummen zu hören. „Mal sachte, ich bin hier noch lange nicht durch."

„Herr Kettler, Polizei. Wir hätten nur ein paar Fragen an Sie."

Die Beine schoben sich langsam unter der Karosserie hervor, es folgten ein kompakter Körper in einer ölverschmierten Montur und ein runder Kopf mit rötlichen Haaren.

„Polizei also? Ich dachte, es wäre die Besitzerin des Wagens, die nervt ständig. Hätte sie die Karre besser gepflegt, dann gäbe es jetzt weniger daran zu beanstanden." Er wischte sich die Hände an einem Tuch ab. „Also, was wollen Sie fragen?"

„Kennen Sie Rick Föge?"

„Ja, kenne ich. Hat er wieder Mist gebaut?"

Jan überging seine Frage. „Sie haben an von ihm organisierten Live-Rollenspielen teilgenommen, ist das richtig?"

„Ja, das stimmt. Aber inzwischen nicht mehr, das war mir alles zu dilettantisch und chaotisch."

„Haben Sie bei so einer Gelegenheit auch Kim Colmann kennengelernt?"

„Ist das die kleine Schnecke von Rick? Ich weiß nicht, wie sie mit Nachnamen heißt, aber Kim könnte stimmen, so hat er sie vorgestellt. Lange blonde Haare und blaue Augen, ziemlich sexy."

„Sie hat Ihnen also gefallen." Jan sagte das im Ton einer nüchternen Feststellung. „Anderen Männern eventuell auch? Und jemandem ganz besonders?"

Kettler zuckte mit den Schultern. „Die war niedlich, hat vermutlich allen gefallen. Aber Rick hat keinen an sie rangelassen, der war richtig eifersüchtig. Einmal hat ein Kumpel die Kleine während des Spiels aus Spaß geküsst, da war was los. Wir dachten, der Rick schlägt dem die Birne ein."

„Hatte Rick Föge eine sexuelle Beziehung mit dem Mädchen?"

„Keine Ahnung." Kettler hob mit einer Geste der Ratlosigkeit beide Arme. „Er hat zumindest den Eindruck erweckt, hat mächtig mit ihr angegeben. Es ist auch allgemein bekannt, dass er auf junges Gemüse steht. Aber niemand von uns hat die Lampe gehalten."

Jan musste sich mit dieser Antwort zufriedengeben.

„Eine Frage hätten wir noch", sagte er. „Wissen Sie, wo diese Aufnahme gemacht worden ist?" Till hatte das Foto mit Kim auf dem alten Sofa für alle ausgedruckt.

Kettler kratzte sich am Kopf. „Das war in einem verlassenen Haus, das schon seit vielen Jahren langsam verfällt."

„Können Sie uns auch sagen, wo genau dieses Haus sich befindet?"

„Ungern. Es gibt da einen Ehrenkodex, solche Objekte geheim zu halten."

„Herr Kettler, darauf können wir wirklich keine Rücksicht nehmen. Hier geht es um eine polizeiliche Ermittlung, die Sie mit Ihrer Weigerung behindern würden."

Das wirkte. Als sie wieder im Auto saßen, hatten Sarah und Jan zwar keine konkrete Anschrift, aber eine brauchbare Wegbeschreibung.

„Was meinst du?", sagte Jan. „Der Föge scheint tatsächlich von dem Mädchen besessen gewesen zu sein. Wie es aussieht, war die Beziehung zu ihrer Mutter nur ein Vorwand, um Kim näherzukommen."

„Das gibt es leider öfter. Kim hat sich allerdings sehr distanziert und abfällig zu Föge geäußert. Ich glaube nicht, dass sie sein Interesse erwidert hat."

„Immerhin hat er sie überreden können, an seinen Rollenspielen teilzunehmen. Das muss ein besonderes Vergnügen für ihn gewesen sein. Er hat sie dabei inszeniert wie das jungfräuliche Dornröschen und ist ausgerastet, wenn ein anderer sie berührt hat. Das lässt doch tief blicken."

„Föge und Kim haben ein ähnliches Tattoo, eine blaue Rose. Ich weiß aber nicht so recht, was es bedeutet."

„Das sollte kein Problem sein. Wir können in einem Tattoo-Studio danach fragen."

32.

Till pfiff munter eine Melodie vor sich hin: „Kleines Haus am Wald ..."

„Könntest du bitte damit aufhören, wir sind nicht zum Spaß hier." Selten hatten die Kollegen Holger so gereizt erlebt.

Sarah und Jan waren nicht dazu gekommen, ein Tattoo-Studio aufzusuchen. Nachdem sie über das Gespräch mit Kettler berichtet hatten, hatte Holger darauf bestanden, sofort das verlassene Haus zu inspizieren. Nun standen sie auf einem einsam gelegenen, verwilderten Grundstück bei Nortorf, gut vierzig Kilometer von Itzehoe entfernt.

„Sieht nicht besonders vertrauenerweckend aus", stellte Jan fest. Das Haus musste schon ziemlich lange leer stehen, die Natur war dabei, es sich zurückzuerobern. Der obere Teil des zweistöckigen Gebäudes war mit Holzlatten verschalt gewesen, die sich allesamt gelöst hatten. Mehrere Fensterscheiben waren zerschlagen, aus einem Fenster im Erdgeschoss wuchs sogar ein Baum.

„Das Dach scheint immerhin stabil zu sein." Holger richtete den Blick nach oben. „Ich denke, wir können es riskieren reinzugehen."

Eine Eingangstür war nicht mehr vorhanden, mehrere Stufen führten auf eine Veranda hinauf, von der aus man gleich in den Wohnbereich kam. An den Wänden standen noch einzelne verrottete Schränke, sogar ein Bild hing schief über einer Kommode.

„Krass", sagte Till. „Die letzten Bewohner haben sich nicht mal die Mühe gemacht, das Haus richtig zu räumen."

„Möglich, dass der letzte Bewohner gestorben ist und es keine Nachkommen gab, die das hätten regeln können", vermutete Jan.

„Hauptsache, der letzte Bewohner liegt hier nicht noch irgendwo rum." Till grinste, als er Sarahs tadelnden Blick auffing. „Na ja, soll doch alles schon vorgekommen sein."

„Wir werden uns die Räume systematisch vornehmen", schlug Holger vor. „Wir fangen links an."

Hinter der ersten Tür befand sich die Küche, in der noch ein alter Herd stand, daneben das Bad, das so verschmutzt war, dass Sarah aufatmete, als sie die Tür wieder schließen konnten. Das erste Zimmer rechts neben dem Wohnraum war bis auf ein altes Metallbett leer, doch im Nebenraum wurden sie fündig.

„Das dürfte die Couch sein, auf der das Foto von Kim gemacht wurde." Jan trat näher heran und musterte das verschlissene Möbelstück eingehend. „Hier sind einige undefinierbare Flecke", murmelte er. „Das könnte Blut sein."

Holger war nähergetreten. „Ja, ebenso gut könnte es sich aber auch um Farbe oder Rost handeln. Das sollten wir untersuchen lassen."

Die obere Etage bot keinerlei weiteren Überraschungen, sie war bis auf ein paar alte Kartons vollständig leer.

„Jetzt nehmen wir noch den Keller in Augenschein, dann sind wir durch." Sarah fiel auf, wie schlecht Holger aussah, sein Gesicht war ganz grau, die Wangen eingefallen. Als er auf der Kellertreppe voranging, sah es einen

Moment lang so aus, als würde er straucheln. Er musste sich kurz an der Wand abstützen, bevor er weitergehen konnte.

Das Haus war nur zum Teil unterkellert, es gab lediglich einen einzigen fensterlosen Raum, der bis auf ein Regal leer war. Er wirkte wie ein Verlies.

„Keine Leichen", stellte Till fest. Holger lehnte sich gegen das Regal und beugte sich, eine Hand auf den Magen gedrückt, nach vorn.

„Holger, geht es dir nicht gut?", fragte Sarah besorgt.

„Doch alles in Ordnung. Fahren wir." Sie glaubte ihm kein Wort.

Auf der Rückfahrt redete vor allem Till. „Das hat uns doch jetzt nicht wirklich weitergebracht, oder?", fragte er.

Niemand antwortete ihm, denn in dem Moment gab Holger, der hinten neben Sarah saß, ein Stöhnen von sich und sackte gegen ihre Schulter.

„Holger", rief sie entsetzt. Dann sah sie, dass ein Blutfaden aus seinem Mundwinkel sickerte.

„Was ist passiert?" Jan, der am Steuer saß, wandte sich halb zu ihnen um.

„Mach das Blaulicht und das Signal an. Und dann fahr so schnell wie möglich zum nächsten Krankenhaus."

Till schaute sie erschrocken an. „Sollten wir nicht lieber einen Notarzt rufen?"

„Ehe der hier wäre, sind wir in der Klinik." Jan hatte schnell reagiert, den Wagen gewendet und das Signal eingeschaltet. Sarah redete beruhigend auf Holger ein, der zwar bei Bewusstsein war, aber offenbar starke Schmerzen hatte.

Am Klinikum angekommen, wählte Jan kurzerhand die Einfahrt für Rettungswagen. Zwei Sanitäter kamen ihnen entgegengelaufen und Sarah informierte sie kurz über den vorliegenden Notfall. Holger wurde daraufhin auf einer Trage in die Notaufnahme geschoben.

„Ich bleibe hier, bis das Ergebnis der ersten Untersuchung vorliegt", sagte Sarah. „Ihr könnt in die Dienststelle zurückfahren."

„Bist du sicher?", fragte Jan. „Ich könnte auch hierbleiben."

„Nein, es ist besser so. Ich bin schließlich diejenige, die schon am längsten mit ihm zusammenarbeitet."

„Gut, aber reg dich bitte nicht auf und ruf mich gleich an, sobald du etwas weißt." Jan schloss sie kurz in die Arme und drückte ihr einen Kuss aufs Haar. Dann fuhr er mit Till davon und für Sarah begann eine bange Zeit des Wartens.

33.

„Ihr Kollege hat einen Magendurchbruch, er muss schon längere Zeit Beschwerden gehabt haben." Der junge Arzt musterte Sarah ernst. „So etwas kann böse ausgehen, aber Sie haben ihn gerade noch rechtzeitig hergebracht. Allerdings werden Sie nun für einige Zeit auf ihn verzichten müssen."

„Kann ich zu ihm?", fragte Sarah.

„Nein, heute nicht mehr. Wir müssen ihn sofort operieren, danach braucht er Ruhe."

Sarah rief Jan an und informierte dann so schonend wie möglich Holgers Frau. Sie fühlte sich wie betäubt, als sie die Klinik verließ, und machte sich Vorwürfe, weil sie Holger nicht schon viel früher gedrängt hatte, sich untersuchen zu lassen. Es war ihm doch anzusehen gewesen, dass es ihm nicht gut ging.

Beinahe hätte sie den Streifenwagen übersehen, der in der Nähe des Eingangs parkte. Björn stieg aus und kam ihr entgegen.

„Hast du auf mich gewartet?", fragte Sarah verblüfft.

„Ja, ich habe gerade erfahren, dass du auch hier bist."

„Wieso auch?"

„Ich bin eigentlich dienstlich hier. Wir haben einen schweren Unfall aufgenommen und ich bin hinter dem

Rettungswagen hergefahren, falls die Ärzte noch Fragen haben. Es war sonst niemand am Unfallort, der das übernehmen konnte."

„Was ist denn passiert?"

„Ein Jugendlicher ist schwer mit dem Fahrrad gestürzt, er hat lebensgefährliche Kopfverletzungen erlitten. Leider trug er keinen Helm."

„Wurde er von einem anderen Fahrzeug angefahren?"

„Nein, er war ganz allein auf einem einsamen Feldweg unterwegs. Ich frage mich auch, wie es zu einem so folgenschweren Sturz kommen konnte. Zum Glück wurde er von einem Rentner, der dort seinen Hund ausführte, gefunden. Sonst wäre er vielleicht schon tot."

Sarah beschlich ein merkwürdiges Gefühl. „Weißt du, wie der Jugendliche heißt?"

„Ja, Jonas Diemer. Das stand in seinem Schülerausweis. Weshalb fragst du?"

Sarah griff instinktiv nach Björns Arm. „Björn, ich weiß, wer das ist. Ich möchte den Unfallort sehen. Jetzt, sofort."

Björn schaute erstaunt zu ihr hinüber. „Wenn das wichtig für dich ist, fahre ich natürlich vorbei. Aber kannst du mir erklären, was du dort zu sehen hoffst?"

„Ich weiß es selbst nicht so genau. Jonas Diemer ist der Freund des Mädchens, das entführt und in der alten Pathologie aufgebahrt wurde."

„Und nun glaubst du, jemand hat seinen Unfall absichtlich herbeigeführt? Darauf gibt es keine Hinweise, es konnten keine Spuren eines anderen Fahrzeugs festgestellt werden."

„Trotzdem ...", sagte Sarah. Sie konnte selbst nicht recht erklären, was ihr alles durch den Kopf ging. Sie dachte an das Konzert, an die offensichtlichen Spannungen zwischen Jonas und Kim, an Finjas Eingreifen und an den heimlichen Austausch zwischen Jonas und Hanna.

Björn stellte keine weiteren Fragen. Zügig steuerte er das Ziel an.

„So, hier ist es", sagte er. „Die Reifenspuren, die jetzt da sind, stammen von unserem Streifenwagen, dem Rettungswagen und dem Wagen des Notarztes. Aber vorher war da nichts."

Sarah stieg aus und Björn folgte ihr. „Hier genau hat er gelegen und hier sein Fahrrad." Sarah sah ein Stück blutgetränkten Zellstoff, das sich in einem Strauch am Wegesrand verfangen hatte und musste heftig schlucken. Dann konzentrierte sie sich auf den Weg vor sich.

„Er muss im hohen Bogen über den Lenker geflogen sein", erklärte Björn. „Ich nehme an, er war mit beachtlichem Tempo unterwegs, als plötzlich aus irgendeinem Grunde sein Vorderrad blockierte. Wir haben das Rad sichergestellt."

Links von der Unfallstelle stand ein einzelner Baum, dahinter wuchsen mehrere Büsche zu einem dichten Gestrüpp ineinander. Auf der gegenüberliegenden Seite war nur freies Feld. Sarah begab sich nach rechts und suchte den Boden Millimeter für Millimeter akribisch ab. Auf einmal sah sie, wonach sie gesucht hatte.

„Sieh dir das an", sagte sie zu Björn, der ihrem Treiben mit Verwunderung zugeschaut hatte. Er kam zu ihr und sie zeigte ihm ein kleines Loch im Boden, wie mit einem dünnen Stab in die Erde gebohrt. Björn begriff sofort.

„Verdammt", murmelte er. „Das war kein Unfall."

„Wenn wir den Baum da untersuchen, werden wir mit Sicherheit Abriebspuren an der Rinde finden." Sarah wies auf die gegenüberliegende Seite. „Jemand, der genau wusste, wann Jonas Diemer hier vorbeikommen würde, hat einen Stab in die Erde gesteckt, zwischen dem Baum und dem Stab ein dünnes Seil über den Weg gespannt und dann hinter den Büschen versteckt abgewartet. Ihm muss genügend Zeit geblieben sein, um nach dem Unfall Stab und Seil zu entfernen und sich aus dem Staub zu machen."

„Derjenige wollte den Tod des Jungen", sagte Björn.

„Wir verständigen die Spurensicherung und warten hier, bis sie eintrifft", legte Sarah fest.

Björn machte sich Vorwürfe, weil er nicht gleich mit dieser Möglichkeit gerechnet hatte.

„Das konntest du nun wirklich nicht", tröstete Sarah ihn. „Ihr hattet mit der Bergung des Verletzten zu tun. Wenn ich den Namen des Jungen nicht aus einem anderen Zusammenhang gekannt hätte, wäre ich auch überhaupt nicht auf den Gedanken gekommen, dass etwas nicht stimmen könnte. Wissen seine Eltern Bescheid?"

Björn nickte. „Die Mutter ist schon auf dem Weg ins Krankenhaus."

Ein weißer Kastenwagen bog um die Ecke, die Spurensicherung war im Anmarsch. Der Leiter der Abteilung, ein athletischer Mann mit flächendeckend tätowierten Armen, stieg als erster aus. Karl Peschau, allgemein nur Kalle genannt, war eine Koryphäe auf seinem Gebiet. „Wir haben hier jetzt einen Tatort?", fragte er.

„Ich gehe ganz stark davon aus", sagte Sarah und erläuterte ihm ihre Vermutungen.

„Na, dann schauen wir mal." Er zog seinen Schutzanzug über und wandte sich zu Björn um.

„Übernimmst du die Absperrung, Kollege?" Er hätte es nicht zu erwähnen brauchen, Björn war bereits dabei, die nötigen Vorbereitungen zu treffen.

Kalle ging zu dem Baum hinüber und nahm ihn in Augenschein. „Bingo." Er schaute zu Sarah und hob beide Daumen. „Ich kann schon mit bloßem Auge was erkennen. Du dürftest mit deiner Theorie recht haben. Sieht nach einem üblen Dummejungenstreich aus."

„Ich fürchte, dass viel mehr dahintersteckt", erwiderte Sarah.

34.

Sie wollte die Spur verfolgen, solange sie frisch war. Jonas Diemer hatte etwas bedrückt, davon war Sarah überzeugt. Und seine Clique musste etwas darüber gewusst haben. Sarah beschloss, mit Finja zu reden, die eine zentrale Stellung unter den Jugendlichen einnahm. Die Anschrift war ihr von den Ermittlungen her bekannt.

Das Haus ihres Großvaters, bei dem Finja zurzeit lebte, war eher eine Villa und lag in der besten Wohngegend. Der akribisch gestaltete Vorgarten ließ die pflegende Hand eines Gärtners vermuten. Auf Sarahs Klingeln erschien ein weißhaariger Herr an der Haustür. Er hielt sich sehr gerade und war mit einem weißen Hemd, einer Krawatte und einem leichten Jackett bekleidet, als wäre er im Begriff auszugehen.

Sarah zückte ihren Ausweis und stellte sich vor. „Könnte ich bitte mit Ihrer Enkelin Finja sprechen?"

„Sie ist noch nicht da, aber Sie können gern auf Sie warten. Kommen Sie doch bitte herein."

Er unterstrich seine Worte mit einer einladenden Geste und als Sarah seiner Aufforderung folgte, begrüßte er sie förmlich und stellte sich mit einer leichten Verbeugung vor. „Hagen Belling. Nehmen Sie doch im Wohnzimmer

Platz, Frau Kommissarin. Darf ich Ihnen etwas anbieten, Kaffee oder Saft?"

Sarah entschied sich für ein Wasser. Sie erinnerte sich daran, dass Eva den alten Herrn als sehr charmant beschrieben hatte. Dieser Einschätzung konnte sie sich nur anschließen. Während er in der Küche verschwand, sah sie sich im Wohnzimmer um. Das Mobiliar war alt und äußerst gediegen. Es dominierten dunkle Hölzer mit aufwändigen Schnitzereien. An den Wänden hingen schwere Ölgemälde in breiten Goldrahmen. Sarah fiel über dem Kamin das Porträt eines Mannes um die fünfzig auf, der sie an den Vater von Finja erinnerte. Belling, der soeben ins Zimmer zurückkehrte, entging ihr Interesse nicht.

„Mein Vater", sagte er. „Er war mir immer ein Vorbild."

„Das ist schön, wenn man das von seinem Vater sagen kann."

„Ja, das ist es." Sarahs Kommentar schien ihn zu freuen. „Er war ein Mann, der sich und seinen Prinzipien immer treu geblieben ist. Ehre, Anstand, Treue, das alles sind Werte, die heute viel zu wenig geachtet werden. Das fängt im Kleinen an, bei Eheleuten. Wegen Kleinigkeiten rennen sie auseinander, orientieren sich ständig neu und halten das Neue dann auch nicht durch."

Sarah nippte an ihrem Wasser und überlegte, ob er damit wohl auf seinen Sohn anspielen wollte. Seine weiteren Aufführungen schienen ihre Vermutung zu bestätigen.

„Das Schlimme ist, dass die Jungen auch keinen Ratschlag mehr annehmen wollen. Wenn mir mein Vater etwas gesagt hat, dann war das für mich Gesetz, dem habe ich nie widersprochen. Aber heute ist der Respekt vor den Eltern einfach nicht mehr gegeben. Eine Gesellschaft, die die Erfahrungen früherer Generationen und die

Traditionen ihrer Väter mit Füßen tritt, die ist dem Untergang geweiht."

Sarah wurde unbehaglich zumute, sie versuchte, dem Gespräch eine andere Wendung zu geben.

„Mit so einem jungen Mädchen wie Finja zusammenzuleben, das ist doch sicher nicht immer einfach. Wie kommen Sie mit ihr zurecht?"

Belling blühte bei dieser Frage förmlich auf. „Finja ist ein wunderbares Mädchen, charakterfest und zielstrebig. Sie ist bei mir besser aufgehoben als bei ihrem Vater."

„Aber Finja möchte doch sicher auch mal feiern und Freunde einladen. Bringt das nicht Unruhe ins Haus?"

„Nein, überhaupt nicht. Sie hat mir ihre Freunde vorgestellt, alles anständige junge Burschen. Da muss ich mir keine Sorgen machen."

„Verstehe. Da hatten Sie auch keine Probleme mit der langen Filmnacht, die die jungen Leute hier veranstaltet haben."

„Im Gegenteil. Wenn es unter meinem Dach geschieht, habe ich die Kontrolle darüber. Wären sie an den See gefahren, wäre ihnen unter Umständen das Gleiche passiert wie ihren Mitschülern."

Sarah hörte, wie die Haustür geöffnet wurde und vernahm Schritte in der Diele. Im ersten Moment glaubte sie, Finja wäre eingetroffen, doch stattdessen betrat zu ihrer Überraschung Dr. Curd Belling den Raum. Er starrte sie sofort feindselig an. „Was machen Sie hier?"

Sarah erhob sich und stellte sich vor. „Ich wollte gern mit Finja sprechen und Ihr Vater war so freundlich, mir zu gestatten, hier auf sie zu warten."

„Was wollen Sie von meiner Tochter?"

„Ich hätte lediglich ein paar Fragen, die einen Mitschüler betreffen."

„Das erlaube ich nicht. Meine Tochter ist minderjährig. Wie kommen Sie dazu, sie hinter meinem Rücken aufzusuchen und ausfragen zu wollen?"

„Jetzt hör aber auf damit!" Die Stimme des alten Belling war für sein Alter erstaunlich kräftig. „Ich habe dabei schließlich auch ein Wörtchen mitzureden. Ich habe die Frau Kommissarin hereingebeten."

„Du kannst natürlich ins Haus lassen, wen du willst und reden, mit wem du willst. Aber mit wem Finja spricht, das bestimme immer noch ich. Schließlich bin ich ihr Vater."

„Ach ja, fällt dir das bei der Gelegenheit wieder mal ein? Du kümmerst dich sonst doch kaum um sie. Verbringst deine Zeit lieber ungestört mit diesem jungen Flittchen, das nur hinter deinem Geld her ist."

„Vater, das muss ich mir nicht anhören. Schon gar nicht in Anwesenheit Fremder." Eine Ader auf Curd Bellings Stirn trat gefährlich hervor.

Sarah machte Anstalten, zur Tür zu gehen.

„Danke für Ihre Gastfreundschaft", sagte sie an den Alten gewandt. „Ich gehe dann jetzt besser."

Er wirbelte mit einer Behändigkeit, die sie ihm nicht zugetraut hätte, zu ihr herum.

„Nein, bleiben Sie. Ich lasse von meinem ungeratenen Sohn nicht meine Gäste vergraulen. Sie können ruhig sehen, wie er mit mir umspringt. Am liebsten würde er mich entmündigen lassen. Was er sich herausnimmt, ist schon beinahe kriminell. Vor drei Tagen hat er hinter meinem Rücken mein Auto verschrotten lassen. Sie kennen sich doch aus, wie nennt man so etwas? Diebstahl und Sachbeschädigung?"

„Vater, bitte. Das war zu deiner Sicherheit." Curd Belling war so rot im Gesicht, als würde ihm jeden Moment das Blut aus der Nase schießen. Er wandte sich an Sarah und ließ sich zu einer Erklärung herab.

„Der Wagen war nicht mehr verkehrssicher. Mein Vater wollte das leider nicht einsehen."

„Was redest du da, von wegen nicht verkehrssicher. Der lief noch einwandfrei. Er war erst zehn Jahre alt." Hagen Belling sah aus, als wollte er gleich auf seinen Sohn losgehen.

„Zwölf Jahre Vater, zwölf. Aber wir können das nachher in Ruhe besprechen. Wir wollen doch die nette junge Dame nicht mit unseren Streitereien belästigen. Was soll sie denn von uns denken?" Er bedachte Sarah mit einem falschen Lächeln. „Darf ich Sie hinausbegleiten?", setzte er hinzu.

„Nicht nötig, ich finde den Weg schon." Diesmal wurde Sarah nicht aufgehalten. Noch draußen konnte sie hören, wie der Streit zwischen Vater und Sohn in voller Lautstärke weiterging.

35.

Jan hatte Sarah am Abend bereits darüber informiert, dass nach Holgers Ausfall nicht er, sondern jemand vom LKA die Leitung der SOKO „Zelt" übernehmen würde. Falls er darüber enttäuscht war, so ließ er es sich zumindest nicht anmerken.

Nun saßen sie dem neuen Kollegen in der Dienstbesprechung erstmals gegenüber. Kriminalhauptkommissar Joachim Menk war Mitte vierzig, athletisch gebaut, hatte eng zusammenstehende stechend blaue Augen und kantige Gesichtszüge, die durch seinen militärisch kurzen Haarschnitt noch schärfer hervortraten. Militärisch knapp war auch seine Art, sich auszudrücken. Mit der gegenseitigen Vorstellung hatte er sich nicht lange aufgehalten, er begann stattdessen sofort Anweisungen zu erteilen.

„In diesem Fall ist bereits entschieden zu viel Zeit verstrichen", sagte er. „Wir müssen schnellstens Ergebnisse erzielen. Das bedeutet allerdings nicht, dass ich Alleingänge dulden werde. Sandring, was haben Sie sich dabei gedacht, allein und ohne das vorher abzusprechen bei den Bellings aufzukreuzen?"

Sarah zuckte unwillkürlich zusammen, als sie so rüde angesprochen wurde. Sie fing sich jedoch sofort wieder. „Wie Sie sicher schon wissen, hat sich gestern ein vermeintlicher Unfall als hinterhältiger Anschlag entpuppt. Ich wollte mit den Freunden des Opfers reden, um herauszufinden, wer dahinterstecken könnte."

„Das war definitiv nicht Ihre Aufgabe. Wenn Sie sich in der SOKO fehl am Platz fühlen, dann können Sie gern aus den Ermittlungen herausgenommen werden. Wir haben andere Fragen zu klären, als irgendwelchen dummen Streichen nachzuspüren."

Sarah biss sich auf die Lippen und zog es vor, sich erst einmal nicht dazu zu äußern. Irgendetwas ging hier vor. Wieso wusste Menk bereits von ihrem Besuch bei den Bellings? Curd Belling musste ihn informiert haben, daran konnte es keinen Zweifel geben. Ihr fiel ein, dass Ellen Uphaus seine ausgezeichneten Beziehungen bis in höchste Kreise erwähnt hatte.

„Wir konzentrieren unsere Ermittlungen auf Rick Föge", legte Menk fest. „Die Spuren auf dem alten Sofa in dem verlassenen Haus, das er für seine Rollenspiele genutzt hat, konnten eindeutig als menschliches Blut identifiziert werden."

„Ja und? Das dürfte wohl kaum für einen Verdacht ausreichen", warf Jan ein.

„Und wieso nicht, wenn ich fragen darf?" Menks Ton war scharf, er liebte es offenbar nicht, unterbrochen zu werden. Sarah konnte ihn sich gut auf einem Kasernenhof vorstellen.

„Weil wir nicht wissen, wer alles das Haus betreten hat. Das war schließlich ein allgemein zugänglicher Ort. Außerdem dürfte es so gut wie unmöglich sein, das genaue Alter der Blutspuren zu bestimmen. Und selbst wenn es gelänge, müsste man Föge nachweisen, dass er zu dem Zeitpunkt dort war. Wie die Blutspur zustande gekommen ist, wüssten wir dann allerdings immer noch nicht." Jan gab sich ruhig, aber bestimmt.

„Genau, vielleicht hat nur einer der Zombies Nasenbluten gehabt." Till grinste, kam mit seiner Art von Humor bei Menk aber gar nicht gut an.

„Mir scheint, Sie finden das alles nur erheiternd. Kein Wunder, dass Sie in dem Fall nicht vorangekommen sind. Ich habe einen Durchsuchungsbeschluss für die Wohnung von Föge erwirkt. Gleich morgen früh wird dort alles auf den Kopf gestellt."

Sarah glaubte, nicht richtig gehört zu haben. Sie schaute zu Jan hinüber, der ebenso fassungslos aussah. Wie hatte Menk das bewerkstelligt? Verfügte er über zusätzliche Informationen, die er Ihnen vorenthielt? Oder hatte er einfach extrem gute Beziehungen zur Staatsanwaltschaft?

„Wie ist der Tatvorwurf gegen Föge formuliert?" Jan ließ sich nicht so leicht abspeisen.

„Verdacht auf Entführung, Freiheitsberaubung und Mordverdacht", sagte Menk und setzte hinzu: „Es gibt neue vertrauliche Zeugenaussagen."

„Das sind ja völlig neue Sitten", murmelte Volker beim Verlassen des Raumes. „Jetzt dürfen nicht mal mehr die mit den Ermittlungen betrauten Kollegen alles wissen. Da können wir ja gleich zu Hause bleiben."

Sarah fühlte sich unwohl, ihr kam die Durchsuchung bei Föge wie ein Ablenkungsmanöver vor. Aber wovon sollte hier abgelenkt werden?

36.

Die Durchsuchung bei Rick Föge begann um fünf Uhr morgens. Im Sommer waren Hausdurchsuchungen ab vier Uhr in der Frühe statthaft, im Winter ab sechs Uhr. Nur bei Gefahr im Verzuge durften die Beamten auch mitten in der Nacht anrücken.

Das Haus, in dem Föge zurzeit lebte, glich eher einer heruntergekommenen Laube. Es bestand zum größten Teil aus Holz, das dringend mal einen neuen Anstrich gebraucht hätte. Durch die völlig verdreckten Fensterscheiben konnte man kaum hindurchsehen.

Menk schlug so energisch mit der Faust gegen die Eingangstür, dass Sarah fürchtete, sie könnte aus den Angeln fallen. Sie wunderte sich, dass der Kriminalhauptkommissar sie bei der Durchsuchung dabeihaben wollte, nachdem er ihr sogar angedroht hatte, sie ganz von den Ermittlungen auszuschließen. Jan und Volker waren ebenfalls anwesend, außerdem eine junge Staatsanwältin, mit der Sarah bisher noch nicht zu tun gehabt hatte. Sie war ein farbloser Typ mit zu einem Pferdeschwanz gebundenen blonden Haaren.

Nach dem dritten Klopfen, das Menk mit der Aufforderung: „Öffnen Sie, Polizei" verband, wurden drinnen schlurfende Schritte und Fluchen laut.

„Was zur Hölle soll der Quatsch?" Föge erschien in Boxershorts und einem zerknitterten T-Shirt in der Tür.

„Herr Föge, wir haben einen Durchsuchungsbeschluss für Ihre Wohnung."

„Wieso das denn? Was wollen Sie von mir?"

„Wir wollen zunächst einmal, dass Sie uns reinlassen, damit wir uns umsehen können."

Föge sah nicht so aus, als wäre er gewillt, dem zuzustimmen. Es war die Staatsanwältin, die die Wogen glättete.

„Sie sind verpflichtet, dem Folge zu leisten", sagte sie in einem sanften Tonfall. „Wenn Sie sich weigern, bekommen Sie nur zusätzlichen Ärger."

Erstaunlicherweise gab Föge nach. „Na bitte. Aufgeräumt habe ich allerdings nicht, ich war nicht auf so hohen Besuch eingestellt."

Das erwies sich als starke Untertreibung, die Wohnung sah aus, als hätte ein Hurrikan darin gewütet. Schmutzige Wäsche war in bunten Haufen überall auf dem Fußboden verstreut, dazwischen lagen leere Flaschen. Benutztes Geschirr, Reste von Verpackungen und volle Aschenbecher stapelten sich auf jeder verfügbaren Fläche. Es stank erbärmlich.

Sarah wusste inzwischen, dass es wenig brachte, wenn man sich bemühte flach zu atmen. Einmal tief durchatmen und danach versuchen, den Gestank auszuhalten, das war ein Rezept, das ihr eine Rechtsmedizinerin bei einer ihrer ersten Obduktionen verraten hatte und das Sarah seitdem beherzigte. Es funktionierte tatsächlich.

Menk klärte Föge inzwischen über seine Rechte auf. Er durfte die Durchsuchung beobachten und würde jeden Gegenstand, der dabei eventuell sichergestellt wurde, quittiert bekommen. Als Erstes betraf das seinen Computer, was prompt lauten Protest auslöste.

„Wir beeilen uns mit der Durchsicht, dann bekommen Sie ihn zurück", beruhigte Jan ihn.

„Das sind private Daten", regte sich Föge auf. „Es geht Sie einen Scheiß an, was da drauf ist."

„Wenn man einer Straftat verdächtigt wird, dann ist nichts mehr privat", wies Menk ihn zurecht.

„Was für eine Straftat denn?"

„Das sagte ich Ihnen bereits, Sie hätten besser zuhören sollen. Wir gehen davon aus, dass Sie Kim Colmann entführt hatten. Das begründet auch den Mordverdacht an den beiden Freunden von Kim gegen Sie."

Föge blieb buchstäblich die Luft weg, er starrte Menk ungläubig an.

Sarah suchte Jans Blick, doch der war gerade damit beschäftigt, das unappetitliche Chaos auf einer Kommode zu entwirren. Sie konnte immer noch nicht verstehen, wie es Menk gelungen war, seinen Verdacht so stichhaltig zu begründen, dass er sogar einen Durchsuchungsbeschluss erwirken konnte. Am Tatort war keinerlei Spurenmaterial von Föge gefunden worden. Dabei war dieser Mann ein Chaot, unfähig, Ordnung zu halten, wie seine Wohnung eindrucksvoll bewies. Sollte er andererseits in der Lage sein, einen Doppelmord und eine Entführung zu begehen, ohne den geringsten Hinweis auf seine Täterschaft zu hinterlassen? Sie konnte es sich nicht vorstellen.

Volker war damit beschäftigt, bergeweise Schmutzwäsche in Kartons zu verstauen. Es sah aus, als hätte Föge seit Wochen nicht gewaschen. Das gesamte Zeug würde auf Blutspuren untersucht werden.

„Eh, Leute, lasst mir wenigstens ein paar Klamotten zum Anziehen da", begehrte Föge auf. Er bekam die lapidare Antwort, alles würde ihm nach der notwendigen Untersuchung wieder ausgehändigt werden.

Bisher hatte die Durchsuchung nichts Interessantes zutage gefördert. Sarah nahm sich den Inhalt von Schränken und Kommoden vor. Sie fühlte sich unwohl bei dem Gedanken, dass jemand ihre Wäsche durchsuchen könnte, und gab sich Mühe, so wenig wie möglich durcheinanderzubringen. Der Schrank im Schlafzimmer war fast leer, was angesichts der Wäscheberge auf dem Fußboden kein Wunder war. In einer Kommode fiel ihr ein noch originalverpackter Karton auf, der fünf weiße Hemden enthielt. Sie wunderte sich ein wenig darüber, weil Rick Föge nicht der Mann zu sein schien, der regelmäßig weiße Oberhemden trug. Dann las sie den Aufdruck der Herstellungsfirma und ihr klappte der Unterkiefer herunter. *Firma Weihrauch – Bestattungswäsche* stand da in verschnörkelten schwarzen Buchstaben. Daneben prangte als Firmenlogo eine silberne Lilie.

„Hast du was gefunden?", fragte Jan und trat neben sie.

„Das sind Totenhemden", sagte er verblüfft. „Und gleich fünf Stück."

Menk musste das gehört haben, denn er war sogleich zur Stelle.

„Das ist ja interessant", sagte er höhnisch. „Herr Föge, Sie dürften Probleme haben, uns das hier zu erklären. Mir ist nicht bekannt, dass Sie als Bestatter arbeiten oder gearbeitet haben. Es soll ja Leute geben, die sich ihr eigenes Totenhemd vorsorglich in den Schrank legen, allerdings nicht in fünffacher Ausführung. Oder glauben Sie, dass Sie auch nach Ihrem Tode noch Wäsche zum Wechseln brauchen werden?"

Offenbar wollte Menk witzig sein. Sarah fand, dass es überhaupt nicht zu ihm passte.

Föge verschränkte die Arme vor der Brust und sah ihn herausfordernd an. „Ich habe Ihren Kollegen bereits erklärt, dass diese Hemden zur Ausstattung meiner Live-Rollenspiele gehören."

„Und da brauchen Sie gleich so viele?"

Föge zuckte mit den Achseln. „Die Firma gibt sie nur so ab, fünf Stück im Paket. Aber gebrauchen kann ich die schon, bei den LARPs werden die ganz schön strapaziert." Er wirkte völlig gelassen, grinste jetzt sogar. „Die sind nicht besonders stabil, müssen Sie wissen. Die Kunden, für die sie eigentlich gedacht sind, beanspruchen sie nicht so stark."

Der Kommissar wandte sich kommentarlos ab und öffnete die Tür zum Bad, das eher einer Abstellkammer glich. In der Wanne stapelten sich Kartons, in einer Ecke gammelten mehrere Eimer mit undefinierbarem Inhalt vor sich hin. Sarah, die nähergetreten war, wollte lieber nicht so genau wissen, was sie enthielten. Der Geruch, den sie verströmten, wirkte direkt auf die Magennerven. Als sie den Blick nach unten richtete, fiel Sarah die Revisionsklappe der Badewanne auf. Sie war an den Rändern von Rost zerfressen und schloss nicht mehr vollständig. Von früheren Hausdurchsuchungen wusste sie, dass sich dahinter ein beliebtes Versteck verbarg, in dem sie schon Drogen und Schwarzgeld gefunden hatten. Menk war nicht entgangen, worauf sich ihre Aufmerksamkeit richtete. Mit einem Ruck öffnete er die Klappe und griff beherzt in den Hohlraum dahinter. Über sein Gesicht huschte ein triumphierendes Lächeln. „Sieh mal an, was haben wir denn hier?" Er hielt ein längliches Kästchen in die Höhe.

Föge, der lässig in der Tür lehnte, schaute es erstaunt an.

„Das habe ich noch nie gesehen", nuschelte er.

„Ach, wirklich nicht? Dann muss das wohl der Osterhase hier versteckt haben. Mal schauen, was er Ihnen gebracht hat." Menk klappte das Kästchen mit dem Gestus eines Zauberkünstlers auf, doch als er den Inhalt erkannte, erstarrte er mitten in der Bewegung. Sarah, die einen Blick darauf erhaschte, zuckte zusammen. Da lag ein

Messer mit langer spitzer Klinge und bei den bräunlichen Flecken, die darauf zu erkennen waren, handelte es sich mit Sicherheit nicht um Rost.

„Wir haben die Tatwaffe", sagte Menk beinahe andächtig.

Von der Tür her ertönte Gebrüll. „Ihr Schweine, ihr wollt mir was unterschieben! Aber das lasse ich mir nicht bieten."

Föge sah aus, als wollte er auf den Kommissar losgehen. Mit einem Satz war Jan hinter ihm und hielt ihn fest.

„Herr Föge, ich nehme Sie vorläufig fest wegen des Verdachts, Merle Gerdes und Nico Haske getötet zu haben", erklärte Menk. Die Hälfte des Satzes ging in dem wütenden Gebrüll von Rick Föge unter.

Sarah schaute immer noch auf den Inhalt des Kästchens, das noch etwas enthielt. Das Messer war auf zwei Haarbüschel gebettet, ein schwarzes und ein helles. Handelte es sich dabei um Haare der beiden Opfer? Sie versuchte sich ins Gedächtnis zu rufen, welche Haarfarbe die beiden getöteten Jugendlichen gehabt hatten, doch ihr Kopf war wie leer gefegt.

Während Föge abgeführt wurde, verstaute Menk das wichtige Beweisstück vorsichtig in einer Plastiktüte. „Das geht sofort zur KTU", sagte er. „Dieser Einsatz war ein voller Erfolg."

Als sie aus dem Haus trat, sog Sarah gierig die frische Luft in ihre Lungen. Gleich darauf überlief sie ein Frösteln.

„Ist dir kalt?", fragte Jan fürsorglich.

Sarah schüttelte den Kopf. Nein, es war nicht die morgendliche Kühle, die sie schaudern ließ. Sie wusste jetzt wieder, dass Merle rotbraunes und Nico blondes Haar gehabt hatten. Keiner von beiden war schwarzhaarig gewesen. Bedeutete das, es könnte ein weiteres Opfer geben?

37.

„Gratuliere, du hattest den richtigen Riecher. Der Sturz von Jonas Diemer wurde durch ein über den Weg gespanntes Drahtseil hervorgerufen." Kalle von der Spurensicherung klang zufrieden.

Sarah, die von dem überraschenden Ergebnis der Durchsuchung bei Föge noch immer verwirrt war, brauchte einen Moment, um sich auf die neue Situation einzustellen.

„Ihr wart schnell", sagte sie anerkennend.

„Das möchte sein. Wir konnten den Ablauf ziemlich genau rekonstruieren. Wenn Diemer kein Zufallsopfer war, dann muss der Täter genau gewusst haben, wann er dort vorbeikommen würde. Er hat das Drahtseil auf einer Seite um den Baum gewickelt und auf der anderen Seite um einen Stab, den er fast einen Meter tief in den Boden gerammt hatte. Dann muss er hinter den Büschen verborgen auf sein Opfer gelauert haben."

„Konntet ihr irgendwelches Spurenmaterial sichern?"

„Wir versuchen es, doch mach dir da keine großen Hoffnungen. Das ist ein öffentlich zugänglicher Ort. Leider hat der Täter kein Taschentuch und auch sonst nichts zurückgelassen. Vor allem seine Mordvorrichtung nicht. Er hat Stab und Seil wieder mitgenommen."

Sarah hatte im Grunde nichts anderes erwartet. Wer konnte ein Interesse gehabt haben, Jonas Diemer zu töten? Er war mit dem Leben davongekommen, jedoch zunächst nicht vernehmungsfähig gewesen. Ob sich daran inzwischen etwas geändert hatte? Sie beschloss, in der Klinik vorbeizuschauen, ohne jemandem etwas davon zu sagen. Menk hatte schon einmal sehr ungehalten reagiert, weil sie sich um diesen Fall gekümmert hatte. Weder wollte sie sich von ihm an ihrem Vorhaben hindern lassen, noch einen ihrer Kollegen mit hineinziehen. Es würde nicht lange dauern und daher mit Sicherheit kaum auffallen.

Das Klinikum Itzehoe in der Viktoriastraße war eine moderne Einrichtung, der runde Hubschrauberlandeplatz auf dem Dach gab ihm eine futuristische Note. Sarah begab sich zur Anmeldung und erkundigte sich, auf welcher Station Jonas Diemer lag.

„Station 19, unfallchirurgische Intensivstation", sagte die Dame hinter dem Schalter. Sie musterte Sarah durch ihre Brillengläser. „Sind Sie angemeldet? Besuche auf den Intensivstationen sind nur nach Absprache mit den Ärzten und Schwestern möglich, um den Behandlungsablauf nicht zu stören."

„Das nicht", sagte Sarah und zeigte ihren Ausweis vor. „Ich will auch nicht unbedingt mit dem Patienten sprechen, sondern mich nur nach seinem Zustand erkundigen."

Zwar hatte sie darauf gehofft, Jonas wach anzutreffen und mit ihm reden zu können, doch diese Hoffnung hatte sich soeben zerschlagen. Die Dame hinter dem Schalter wies ihr den Weg und Sarah begab sich zu den Fahrstühlen.

Auf dem Flur der Intensivstation herrschte ein reges Kommen und Gehen, das jedoch fast lautlos ablief und einer gut geölten Maschinerie glich. Umso störender nahm sich die hysterisch keifende Stimme einer jungen Frau aus, die auf eine Krankenschwester einredete. Als sie sich umdrehte und wütend davonrauschte, erkannte Sarah zu ihrem Erstaunen Kim. Sie lief an ihr vorbei, ohne sie zu erkennen, während die Schwester ihr verärgert hinterherschaute.

Sarah nutzte die Chance und ging auf die Schwester zu. Diesmal zeigte sie gleich ihren Ausweis. „Ich habe nur eine Frage. Ist Jonas Diemer ansprechbar?"

Die Schwester schüttelte den Kopf. „Den armen Jungen hat es böse erwischt. Die Ärzte haben ihn in ein künstliches Koma versetzt."

„Sagen Sie bitte, die junge Frau da eben, weshalb war sie so aufgeregt? Wollte sie auch zu Jonas Diemer?" Sarah schaute in die Richtung, in die Kim verschwunden war.

„Ja, aber das war nicht möglich. Im Moment dürfen nur seine nächsten Angehörigen zu ihm. Aber das war es nicht mal, worüber sie sich so aufgeregt hat. Sie wollte wissen, ob ein anderes Mädchen hier gewesen wäre, um ihn zu besuchen, eine gewisse Hanna Sowieso. Die war heute früh tatsächlich da, aber das habe ich der jungen Dame nicht verraten. Ist übrigens ein nettes Mädchen, diese Hanna. Die hat durch die Scheibe geguckt und herzzerreißend geweint, als sie den Jungen da liegen sah. Sie scheint ihn wirklich gern zu haben. Die andere eben war nur wütend, die betrachtet ihn wohl eher als ihren Besitz."

Ein schriller Warnton ertönte aus einem der Zimmer und die Schwester hastete davon. Sarah hatte auch so genug erfahren.

38.

„Nun erzähl schon, was sich in dem Fall Neues ergeben hat", forderte Holger Hansen Sarah auf.

„Holger, du sollst dich erholen und nicht aufregen. Die Arbeit muss jetzt einfach mal außen vor bleiben."

Sarah arrangierte die Blumen in der Vase auf dem Nachttisch ihres Vorgesetzten neu.

„Es regt mich viel mehr auf, wenn ich nicht informiert bin."

Holger saß aufrecht im Bett, er war noch sehr blass, doch seine Stimme klang kräftig und seine Augen hatten ihr Leuchten zurückgewonnen.

„Na schön, du gibst ja doch keine Ruhe."

Sarah ließ sich resigniert auf den Stuhl neben seinem Bett sinken. „An dem Messer, das wir bei Föge gefunden haben, konnte das Blut von Merle Gerdes und Nico Haske nachgewiesen werden. Es handelt sich demnach eindeutig um die Tatwaffe, mit der die beiden erstochen wurden. Der Staatsanwalt hat Untersuchungshaft für Föge angeordnet."

„Waren seine Fingerabdrücke auf dem Griff des Messers?", fragte Holger.

„Nein, seine nicht und auch keine anderen. Der Griff wurde offensichtlich abgewischt. Das ist schon merkwürdig."

Holger antwortete nicht gleich, sein Blick wanderte nachdenklich zum Fenster. Als er sich Sarah wieder zuwendete, konnte sie den Zweifel in seiner Miene erkennen.

„Er kann die Tat unmöglich allein begangen haben", sagte er. „Wie soll er das dritte Mädchen weggeschafft, sie in der alten Pathologie deponiert und auch noch umgezogen haben? Und das alles, ohne sie mit dem Blut der Opfer, mit dem er sich bei der Tat besudelt haben muss, zu kontaminieren? Wieso haben wir keinerlei Spurenmaterial von ihm in dem Zelt und an den Opfern sicherstellen können? Und mit welchem Fahrzeug wurde Kim Colmann transportiert?"

„Föge hat einen alten Fiat", sagte Sarah. „Der wird momentan noch auf Spuren untersucht."

„Na schön, vielleicht findet sich da was. Allerdings sieht es nun tatsächlich so aus, als hätte Kim eine falsche Aussage gemacht. Oder auch nicht", setzte er nachdenklich hinzu.

„Du meinst, Föge könnte zunächst gar nicht in Erscheinung getreten sein."

Sarah hatte sofort begriffen, worauf Holger hinauswollte. „Er hat seine Komplizen vorgeschickt, die die Jugendlichen betäubt und getötet haben. Möglicherweise war er danach an der Verschleppung von Kim beteiligt."

„Unter Umständen nicht einmal das. Er könnte auch nur so etwas wie ein Tippgeber gewesen sein. Bei seinem kurzen Telefongespräch mit Kim hat er herausgefunden, wo sie sich aufhält und diese Information weitergegeben."

Sarah fand das einleuchtend. „Bleibt noch der Fakt, dass die Tatwaffe bei ihm gefunden wurde. Die könnten ihm seine Komplizen natürlich untergeschoben haben. Er ist nicht der Hellste und hat bei dem Ganzen eventuell nur die Rolle des nützlichen Idioten gespielt. Der nun für andere in den Knast wandern soll."

„Glaubst du, dass er sich darauf einlassen würde?", fragte Holger.

Sarah schüttelte den Kopf. „Nein, wenn es eng für ihn wird, dann wird er mit Sicherheit reden. Bis jetzt leugnet er nur hartnäckig, überhaupt etwas damit zu tun zu haben."

Die Tür öffnete sich und eine Schwester kam mit einem Tablett herein. „Mittagessen", sagte sie betont munter.

Holger schielte misstrauisch auf die breiige Masse auf seinem Teller.

„Schwester Lisa, das ist kein Essen, das ist aktive Sterbehilfe. Wissen Sie nicht, dass die strafbar ist?"

Die Schwester lachte gutmütig. „Nicht so zimperlich, Herr Kommissar. Schonkost ist nun mal kein Gourmet-Mahl, aber sie wird Ihrem Magen guttun und Ihnen schnell wieder auf die Beine helfen. Also schön aufessen."

„Ich muss auch los, meine Mittagspause ist um", sagte Sarah. „Menk führt ein strenges Regime. Und mich scheint er besonders auf dem Kieker zu haben. Werde bloß schnell wieder gesund."

„Ich gebe mir alle Mühe." Holger lächelte ihr zu und tauchte dann todesmutig seinen Löffel in den undefinierbaren Brei.

39.

Als Sarah in der Dienststelle ankam, waren bereits alle im Besprechungsraum versammelt. Kriminalhauptkommissar Menk bedachte sie mit einem tadelnden Blick, den sie jedoch an sich abperlen ließ. Jan hatte ihr einen Stuhl neben sich freigehalten.

„Also noch einmal, damit auch die Nachzügler informiert sind: In Föges Wagen konnte lediglich DNA-Material von Kim Colmann gesichert werden, von den beiden anderen Jugendlichen nicht."

„Es gab in dem Wagen also keine Blutspuren?", fragte Jan überrascht nach.

„Nein, sonst hätte ich es erwähnt."

„Dass DNA von Kim Colmann gefunden wurde, ist nicht verwunderlich. Sie hatte bereits angegeben, des Öfteren mit Föge in dem Wagen mitgefahren zu sein. Er hat ebenfalls kein Hehl daraus gemacht." Sarah war noch ein wenig außer Atem, beteiligte sich aber sogleich an der Diskussion.

„Und was besagt das Ihrer Ansicht nach, Sandring?" Menk tat, als hätte Sarah ihn mit dieser Bemerkung persönlich angegriffen.

„Es beweist vor allem nichts. Die Spuren in seinem Wagen müssen in keinem Zusammenhang mit den Tötungsdelikten und der Entführung von Kim stehen", erwiderte sie kühl.

„Dafür gibt es andere Spuren, die ein sehr bezeichnendes Licht auf Föge und seine kranke Persönlichkeit werfen. Der Mann ist gefährlicher, als wir es bisher für möglich gehalten haben." Menk wirkte wie ein Pokerspieler der einen Royal Flush auf der Hand hat. Er genoss sichtlich die angespannte Stille, die nach seinen Worten im Raum eintrat.

„Es wurden zwei Haarbüschel gefunden, die er zusammen mit der Tatwaffe versteckt hatte. Es handelt sich um die Haare von zwei verschiedenen Frauen." Er machte erneut eine bedeutungsvolle Pause.

„Und konnten die Haare bereits bestimmten Personen zugeordnet werden?", fragte Jan, dem das geheimnisvolle Gehabe von Menk gegen den Strich zu gehen schien. „War das Haar von Merle Gerdes dabei?"

„Nein, war es nicht. Wir konnten beide Haarproben bisher keiner Person zuordnen. Dafür wurde etwas anderes festgestellt. Beide Frauen waren bereits tot, als ihnen die Haare ausgerissen wurden. Bei den Trophäen von Föge handelt es sich um Leichenhaar."

40.

Sarah und Jan hatten es sich bei einer Flasche Wein gemütlich gemacht, Sarah hatte sogar eine Kerze angezündet. Doch es wollte einfach keine rechte Stimmung aufkommen. Anfangs hatten sie noch krampfhaft versucht, nicht über ihre Arbeit und die damit verbundenen Probleme zu reden, doch irgendwann gaben sie es auf. Jan war derjenige, der davon anfing.

„Ich hatte den Föge einfach nicht auf dem Schirm", sagte er. „Für mich war der weiter nichts als ein arbeitsscheuer Kleinkrimineller, aber doch kein Mörder und schon gar kein Serienmörder, zu dem Menk ihn jetzt hochstilisiert. Für Menk bin ich ein Versager und verstehe nichts von meinem Fach."

„Mensch Jan, nun nimm dir das doch nicht so zu Herzen. Menk hält nichts von operativer Fallanalyse, das hat er von Anfang an durchblicken lassen. Außerdem lagst du mit deinen Vermutungen nicht unbedingt falsch. Dass Föge die Morde an den beiden Jugendlichen und die anschließende Entführung von Kim nicht allein durchgezogen haben kann, davon bin ich nach wie vor überzeugt. Und Holger übrigens auch. Föge muss Komplizen gehabt haben und war unter Umständen nicht einmal die treibende Kraft."

Jan kaute an seiner Unterlippe, was er immer dann tat, wenn er nervös war. „Trotzdem fühle ich mich schuldig. Ich war einfach nicht richtig bei der Sache. Meine privaten Probleme haben mich abgelenkt. Das darf einem guten Polizisten nicht passieren, schon gar nicht bei einem Fall von derartigem Gewicht."

Sarah griff nach seiner Hand. „Wir sind nun mal Menschen und keine Maschinen. Und was deine privaten Probleme angeht, solltest du sie nicht mit dir allein herumtragen. Schließlich betreffen sie uns beide."

„Du hast natürlich recht." Jan zog Sarah näher zu sich heran. „Allerdings habe ich das Gefühl, dir zu viel an Verständnis abzuverlangen. Leonie will mich zwingen, eine Entscheidung zwischen dir und Ben zu treffen. Bisher musstest immer du zurückstecken. Mir ist klar, dass es so nicht weitergehen kann."

Die Geschichte von Jans Ehe mit Leonie war Sarah inzwischen in allen Einzelheiten vertraut. Es war der krankhafte Eifersuchtswahn von Leonie gewesen, der zu bösen Szenen und schließlich zur Scheidung geführt hatte. Doch auch jetzt, nachdem sie seit über einem Jahr getrennt waren, wollte seine Ex-Frau offenbar keine andere Frau an Jans Seite dulden. Und der litt darunter, dass sie versuchte, ihm zur Strafe seinen Sohn zu entfremden. Sarah fühlte sich außerstande, Druck aufzubauen und dem Mann, den sie liebte, Ultimaten zu stellen. Wenn ihm selbst klar war, dass sich etwas ändern musste, hatte sie dem nichts hinzuzufügen. Stattdessen kam sie auf Föge zurück.

„Das mit dem Haar, das bei Föge gefunden wurde, ist wirklich eigenartig", sagte sie. „Wie lässt sich eigentlich so sicher feststellen, ob es von einem lebenden oder einem toten Menschen stammt?"

„Da gibt es ganz eindeutige Anzeichen", erwiderte Jan lebhaft. Er schien erleichtert zu sein, dass Sarah das

Thema gewechselt hatte. „Durch die einsetzende Verwesung kommt es zu charakteristischen Veränderungen an den Haarwurzeln. Dadurch lässt sich feststellen, ob die Haare von einer lebenden oder einer toten Person stammen."

„Die Haare von zwei toten Frauen, die wir nicht kennen." Sarah drehte ihr Weinglas so zur Kerze hin, dass sich das Licht darin brach. „Föge schweigt weiterhin dazu. Müssen wir davon ausgehen, dass er die Frauen getötet hat?"

„Das glaube ich nicht. Eher spricht das für eine Theorie, die wir zu früh verworfen haben."

Es fiel Jan nicht leicht, diesen Fehler einräumen zu müssen. „Föge könnte tatsächlich nekrophile Neigungen haben. So einiges weist darauf hin. Zum Beispiel die Totenhemden, die er gleich in größerer Anzahl kauft und seine morbiden Rollenspiele. Es ist nicht ausgeschlossen, dass er seine Neigung auch anderweitig auslebt und Andenken an seine verblichenen Geliebten hortet."

Deutlicher musste Jan nicht werden, Sarah wusste auch so, worauf er anspielte.

„Da kommt ein gewaltiger Ermittlungsaufwand auf uns zu", sagte sie. „Um herauszufinden, woher das Haar stammt, müssen wir bei sämtlichen Friedhofsverwaltungen und Bestattungsinstituten im näheren Umkreis nachfragen, ob es verdächtige Vorfälle gegeben hat. Wir müssen aber auch die Vermisstenfälle der vergangenen Jahre durchforsten, denn wir können nicht ausschließen, dass die Frauen ermordet und ihre Leichen bisher nicht entdeckt wurden."

Jan stimmte ihr zu. „Außerdem müssen wir den gesamten Bekanntenkreis von Föge nochmals unter die Lupe nehmen, um nach Mitwissern und Mittätern zu suchen. Bisher ist nichts an die Öffentlichkeit gedrungen, das sollte nach Möglichkeit auch so bleiben. Es ist besser, wenn erst einmal niemand erfährt, dass und wo wir die Tatwaffe gefunden haben."

„Und von den Leichenhaaren sollte erst recht nichts nach außen dringen", stimmte Sarah ihm zu.

„Es wäre nicht auszudenken." Jan wirkte ernsthaft besorgt. „Die Presse würde uns förmlich hinrichten. Die hatten doch gleich die These vom nekrophilen Täter breitgetreten, ich kann mir lebhaft vorstellen, welches Geheul sie anstimmen werden, wenn sie sich nun bestätigt fühlen sollten."

41.

ZELTMÖRDER ÜBERFÜHRT
GRAUENVOLLE TATEN – ER LIEBTE NUR TOTE UND MORDETE SOGAR DAFÜR

Die aufgeschlagene Zeitung lag auf dem Tisch im Besprechungszimmer, die Überschrift sprang Sarah förmlich ins Gesicht. Mit angehaltenem Atem las sie den zugehörigen Artikel.

Wie jetzt bekannt wurde, hat die Polizei den neununddreißigjährigen Rick F. festgenommen. Inzwischen soll sich der Verdacht, dass es sich bei ihm um den Mörder von Merle G. und Nico H. handelt, erhärtet haben. Noch ist unklar, ob er die Jugendlichen nur tötete, weil sie seinem eigentlichen Vorhaben im Wege standen oder ob Mordlust dabei eine Rolle spielte. Rick F. kannte die fünfzehnjährige Kim C., sie hatte mit ihm gemeinsam an Live-Rollenspielen teilgenommen, bei denen sie als Leichenbraut aufgebahrt wurde. Offenbar reichten F. diese Spiele nicht mehr aus, weshalb er das Mädchen betäubte, entführte und in der Pathologie einer Klinikruine aufbahrte. Dort missbrauchte er sie und hätte sie vermutlich auch getötet, wenn er nicht gestört worden wäre. Doch scheint es sich bei dieser grausigen Tat nur um die Spitze des Eisberges zu handeln. Bei F. wurden Leichenteile von weiteren Frauen gefunden, die er offenbar für seine perversen Vorlieben getötet hatte. Bei den von ihm veranstalteten Live-Rollenspielen nahm er regelmäßig die Rolle eines Zombies an, was ihm ebenfalls dazu diente, seine morbiden Fantasien auszuleben. Wie viele unentdeckte Morde auf sein Konto gehen, ist im Moment überhaupt noch nicht abzusehen. Und es stellt sich natürlich auch die Frage, ob es Gleichgesinnte gab, die an seinem abstoßenden Treiben beteiligt waren.

Jan, der für sie beide Kaffee aus der Küche mitgebracht hatte, schaute über Sarahs Schulter hinweg ebenfalls auf den Artikel. Er stellte die Tassen so hart ab, dass etwas von der Flüssigkeit auf die Tischplatte schwappte.

„Das darf doch nicht wahr sein", stöhnte er.

„Allerdings sollte das nicht wahr sein", tönte Menks Stimme scharf wie ein Peitschenknall durch den Raum. „Ich möchte wissen, wer da nicht dichtgehalten hat. Ich werde das herausfinden und derjenige hat mit ernsten Konsequenzen zu rechnen."

Sarah, die den Artikel im Gegensatz zu Jan bereits vollständig gelesen hatte, blieb gelassen. „Dahinter steckt keine Indiskretion aus unseren Reihen, der Artikel enthält zu viele Ungenauigkeiten. Die Tatwaffe wird nicht erwähnt und es ist von Leichenteilen anstatt von Haaren die Rede."

„Das Haar ist doch auch Teil der Leiche, oder nicht?", bemerkte Eva spitz.

Sarah ging nicht darauf ein. „Wer das geschrieben hat, war nur unzureichend informiert", sagte sie. „Wären ihm die wirklichen Details bekannt gewesen, hätte er sie auch entsprechend ausgeschlachtet."

„Trotzdem schadet uns der Artikel", beharrte Menk. „Er schürt Unruhe in der Bevölkerung, besonders durch die Hinweise auf frühere Opfer und auf eventuelle Mittäter. Man könnte annehmen, dass Horden von perversen mordenden Monstern unterwegs sind."

„Zombies eben", setzte Till hinzu.

Sarah war nicht nach dummen Scherzen zumute. Sie störte sich besonders an der falschen Behauptung, Kim wäre missbraucht worden. Das Mädchen hatte genug durchgemacht, musste man nun auch noch seine Intimsphäre verletzen, nur um den Lesern ein schlüpfriges Detail mehr servieren zu können? Der ganze Artikel war ein einziges Ärgernis.

„Jetzt muss es vor allem darum gehen, so schnell wie möglich Licht ins Dunkel zu bringen", sagte Jan. „Die bei Föge gefundenen Haare stammen zwar zweifelsfrei von Toten, doch diese müssen nicht zwangsläufig von Föge ermordet worden sein. Wenn wir tatsächlich von einer nekrophilen Veranlagung ausgehen, müssen wir auch die Möglichkeit einer Grabschändung ins Auge fassen."

„Tatsächlich?" Till riss die Augen auf. „Du meinst, er könnte Leichen ausgegraben haben, frei nach dem Motto: erst buddeln, dann knuddeln? So wie dieser Russe mit seinem Harem von 26 toten Frauen?"

Nur Eva lachte über den Spruch, Jan blieb ganz sachlich. „Es wäre eine Möglichkeit. Obwohl die Vorstellung nicht gerade angenehm ist, wäre sie nicht so schlimm, wie annehmen zu müssen, dass wir es hier mit zwei unbekannten Mordopfern zu tun haben."

„Annahmen bringen uns überhaupt nicht weiter. Wir müssen jetzt mit Druck an der Aufklärung arbeiten." Der Ton, in dem sich Menk nun an die Verteilung der Aufgaben machte, klang militärisch barsch. Obwohl die SOKO nochmals personell aufgestockt worden war, kam auf die einzelnen Beamten ein beachtliches Arbeitspensum zu. Jan und Sarah wurden für weitere Vernehmungen der Bekannten von Föge eingeteilt.

„Was ist mit Jonas Diemer?", wagte Sarah zu fragen.

„Was soll mit ihm sein?" Menk tat, als würde er die Frage nicht verstehen.

„Ich denke, dass es einen Zusammenhang zwischen unserem Fall und dem Anschlag auf ihn geben könnte."

„Das wurde längst überprüft. Da er immerhin der Freund von Kim Colmann und dem Massaker am See nur durch Zufall entgangen ist, hätte Föge durchaus dahinterstecken können. Doch er hat für den Zeitpunkt ein wasserdichtes Alibi. Wir müssen uns deshalb nicht weiter mit dem absichtlich herbeigeführten Unfall von Diemer befassen, das übernehmen andere Kollegen."

Sarah wollte widersprechen, doch Jan warf ihr einen warnenden Blick zu. Es war wirklich keine gute Idee, sich in dieser Phase der Ermittlungen mit Menk anzulegen. Doch Sarah nahm sich fest vor, mit Jonas Diemer zu sprechen, sobald er wieder bei Bewusstsein war.

42.

Rund um Föges Haus fanden umfangreiche Grabungen statt. Hinter dem Absperrband lauerten Presseleute und Fotografen.

„Wie Hunde, die auf einen Knochen hoffen", knurrte einer der Polizeibeamten verächtlich. Das Bild passte zumindest, denn um Knochen ging es hier tatsächlich. Kriminalhauptkommissar Menk hatte die Grabungen angeordnet, in der Hoffnung, auf Leichen zu stoßen.

Jan bezeichnete die Suche als puren Aktionismus. Falls es wirklich weitere Opfer gab, so existierten keine Anhaltspunkte dafür, dass sie unbedingt hier zu finden sein würden. Die weite Landschaft Schleswig-Holsteins bot mit ihren ausgedehnten Mooren weitaus bessere Verstecke.

Doch Menk stand unter Zugzwang. Der Zeitungsartikel hatte erwartungsgemäß hohe Wogen geschlagen, die sich auch durch eine eilig einberufene Pressekonferenz nicht glätten ließen. Zwar hatte man die Falschmeldung über gefundene Leichenteile relativiert und nur sehr allgemein von Hinweisen auf mögliche weitere Opfer gesprochen. Doch nun mussten handfeste Beweise her, ob es diese Opfer tatsächlich gab und wer sie sein könnten. Längst war die Vermisstenstelle in die Ermittlungen einbezogen worden und es hatten erste Abgleiche zwischen den bei Föge gefundenen Haaren und DNA-Proben vermisster Frauen stattgefunden. Bisher hatte das zu keinem Treffer geführt.

„Hier ist was." Einer der an den Grabungen beteiligten Männer wies auf die Stelle neben dem Haus, an der er gerade noch gearbeitet hatte. Mehrere Polizisten eilten zu der Stelle hin. Im sandigen Erdreich waren mehrere leicht gebogene Knochen zu erkennen.

„Sieht nach Schenkelknochen aus", murmelte einer der Beamten.

Jäh flammte ein Blitzlicht auf, ein Reporter hatte die Absperrung überwunden und seine Kamera direkt auf die Grube gerichtet. Bevor jemand reagieren konnte, versuchte er mit seiner Beute zu entkommen. Ein Polizist hetzte ihm hinterher und wollte ihm die Kamera abnehmen, was zu einem kurzen Handgemenge führte.

„Lass den Idioten laufen." Ein älterer Beamter im weißen Overall der Spurensicherung hatte sich über die Knochen gebeugt. „Die stammen von keinem Menschen", sagte er bestimmt. „Dazu sind sie zu kurz." Weitere Skelettteile bestätigten seine Vermutung, der unmittelbar darauf freigelegte Schädel passte zu einem Hund, der schon vor langer Zeit hier seine letzte Ruhestätte gefunden haben musste. Er sollte der einzige Fund eines langen Arbeitstages bleiben. Zwei Tage später wurden die Grabungen eingestellt.

Danach war die Stimmung in der SOKO mal wieder auf dem Nullpunkt. Hinzu kam, dass in Föges Auto keinerlei Blutspuren entdeckt worden waren. Dennoch hielt Kriminalhauptkommissar Menk verbissen an der These von Föges Schuld fest.

„Dann hat er eben ein anderes Fahrzeug benutzt", schnauzte er Jan an, als der es wagte, Zweifel anzumelden. Sein Gesicht unter dem Stoppelhaarschnitt war rot angelaufen, er wirkte jetzt wie ein gereizter Feldwebel.

„Irgendeiner seiner Komplizen wird früher oder später den Mund aufmachen", fuhr er fort. „Ich habe den Eindruck, dass die Befragungen nicht mit dem nötigen Nachdruck geführt werden." Sein strafender Blick streifte die Runde der Kollegen.

„Also worauf warten wir noch? Jeder kennt schließlich seine Aufgaben, die Befragungen sind unverzüglich fortzusetzen, und ich erwarte Ergebnisse."

„Und zur Strafe machen jetzt alle hundert Liegestütze", raunte Till Sarah zu, die leise seufzte. Menks eisernes Regiment machte es ihr nicht gerade leicht, eigene Ansätze zu verfolgen. Gerade hatte sie erfahren, dass Jonas Diemer wieder bei Bewusstsein war. Sie hatte den Plan, unbedingt mit ihm zu reden, nicht aufgegeben. Allerdings sollte sie sich nicht dabei erwischen lassen.

43.

Auch Hanna hatte erfahren, dass Jonas aus dem Koma erwacht war. Ob man sie zu ihm lassen würde? Er war der Einzige, der ihr Antwort auf die Fragen geben konnte, die sie nicht mehr zur Ruhe kommen ließen.

Noch immer hatte sie das Gefühl, verfolgt zu werden. Der Zeitungsartikel über die Verhaftung eines Verdächtigen und die Vermutungen über seine Taten hatten sie mit Entsetzen erfüllt. Jonas hatte sie gewarnt. Sie dachte an seine Andeutungen über die Gefährlichkeit der Leute, deren Aufmerksamkeit sie durch ihre Aussage erregt hatte. Hanna hatte sich daraufhin alles Mögliche vorgestellt, aber was sie dann in dem Artikel lesen musste, war zu gruselig, um überhaupt darauf zu kommen. Menschen, die es mit Toten trieben und dafür sogar töteten! Vor allem war angedeutet worden, dass es sich um eine Gruppe handeln musste. Wenn dem so war, bot ihr die Verhaftung eines einzelnen Verdächtigen keine Sicherheit. Warum nur waren sie hinter ihr her? Die Polizei hatte doch öffentlich bekannt gegeben, dass ihre Zeugenaussage falsch gewesen war. Hatten sie das nicht gelesen? Oder hatten sie es nicht geglaubt? Hanna lief ein kalter Schauer über den Rücken. Genau, so musste es sein! Sie glaubten, die Polizei habe die Meldung herausgegeben, um ihre Zeugin zu schützen. Deshalb sahen diese Perversen noch immer eine Gefahr in ihr, die es aus dem Wege zu räumen galt. Wie sollte sie sich nur davor schützen? Zur Polizei konnte sie nicht gehen, man würde ihr mit Sicherheit kein zweites Mal glauben. *Wer einmal lügt, dem glaubt man nicht*, klang ihr die mahnende Stimme ihrer Mutter in den Ohren. Sie würde ihr erst recht nicht beistehen. Es gab nur einen Weg: Sie musste mit Jonas sprechen und er musste ihr sagen, wer dahintersteckte. Er war ein anständiger Junge, wenn sie ihm erzählte, was sie seit Tagen durchmachte, würde er vielleicht Mitleid mit ihr haben und ihr helfen.

Nach der Schule schwang sich Hanna auf ihr Fahrrad und trat kräftig in die Pedale. Als sie um die nächste Ecke bog, trat ihr plötzlich ein Mann in den Weg, den sie noch nie gesehen hatte. Er war kräftig gebaut und hatte kurzes rötliches Haar.

„Warte mal, ich will dich nur was fragen." Er griff nach ihrem Lenker und hielt ihn fest. Hanna ließ sich von Rad gleiten, ihr war unbehaglich zumute, obwohl der Mann nicht unfreundlich wirkte. Als er nah an sie herantrat, schlug ihr sein Geruch entgegen, eine Mischung aus Maschinenöl, Schweiß und etwas Süßlich-Fauligem, von dem sie inzwischen wusste, dass es sich um das Aroma von Cannabis handelte.

„Kennst du Kim Colmann?", fragte er.

„Ja, schon", erwiderte Hanna misstrauisch.

„Sie ist in deiner Klasse, nicht wahr?" Hanna wich leicht zurück. Woher wusste der Mann das? Hatte er sie beobachtet? Sie antwortete nicht.

„Ich will nur wissen, wo sie steckt", fuhr der Mann fort. „War sie heute nicht in der Schule?"

Kim war tatsächlich nicht da gewesen, Hanna kannte den Grund nicht. Der Mann wurde ungeduldig.

„Was ist, war sie nun da oder nicht?"

„Nein, war sie nicht und ich weiß auch nicht weshalb", erwiderte Hanna. Sie wollte nur noch weg.

„Hör zu, wenn du sie siehst, richte ihr aus, dass Wolf sie sprechen will. Es ist dringend, sie soll sich bei mir melden, sie weiß, wo sie mich findet."

„Ja, ist gut, mache ich." Mit dieser Antwort von Hanna schien der Mann zufrieden zu sein, er ließ ihren Fahrradlenker los.

„Aber nicht vergessen, hörst du? Sie soll sich bei Wolf melden." Er nickte ihr noch einmal zu und ging zu einem großen schwarzen Fahrzeug hinüber, an dem ihr irgendetwas merkwürdig vorkam. Plötzlich war ihr unheimlich zumute. Sie radelte los, als wäre der Teufel hinter ihr her. Würde er ihr folgen? Immer wieder blickte sie über die Schulter zurück und war erst beruhigt, als sie ihn nirgends entdecken konnte. Mit jedem Meter, den sie zurücklegte, wuchs ihre Zuversicht. Sie musste mit Jonas reden, er war in Ordnung. Warum hatte sie ihn bisher nicht beachtet? Sicher, Marvin war ihr Traummann, neben ihm verblasste jeder andere. Doch er war unerreichbar. Ebenso gut könnte sie einen berühmten Schauspieler lieben. Jonas dagegen redete mit ihr und wenn er das tat, breitete sich ein warmes Gefühl in ihrer Brust aus. Wie es ihm wohl ging? Sie würde ihn von nun an regelmäßig im Krankenhaus besuchen und sich auch danach um ihn kümmern, falls er Hilfe brauchen sollte. Hoffentlich würde sein Unfall keine bleibenden Schäden hinterlassen.

Als Hanna das Krankenhaus betrat, sah sie gerade, wie eine schlanke junge Frau mit halblangen braunen Haaren den Fahrstuhl betrat. Das war doch die Kriminalkommissarin, Sandring hieß sie wohl. Von der wollte sie hier auf keinen Fall gesehen werden. Hanna war sich sicher, dass die Kommissarin ebenfalls zu Jonas wollte, was ihren eigenen Plan zunichtemachte. Beinahe hätte sie vor Enttäuschung geweint. Eine ältere Frau ging an ihr vorbei und musste ihre Verzweiflung bemerkt haben. „Kopf hoch, Kindchen, das wird schon wieder", raunte sie ihr zu. Genau das konnte sich Hanna im Moment überhaupt nicht vorstellen. Mit hängendem Kopf verließ sie das Krankenhaus und bemerkte nicht, dass nur halb hinter einem Baum verborgen jemand stand, der sie aufmerksam beobachtete.

44.

Sarah wurde auf dem Flur der Intensivstation von einer Ärztin begrüßt, sie hatte sich vorsichtshalber telefonisch angemeldet. Die Auskunft, die sie auf ihre Frage nach dem Befinden von Jonas Diemer erhielt, klang recht zuversichtlich.

„Die ersten Tests, die wir mit ihm durchgeführt haben, sind zufriedenstellend ausgefallen", sagte die Ärztin. Das Schild an ihrem Kittel wies sie als Dr. Mertens aus. „Wir können es zwar noch nicht mit hundertprozentiger Gewissheit sagen, doch es sieht nicht so aus, als würde er bleibende Schäden davontragen. Allerdings sollten Sie nicht länger als fünfzehn Minuten bleiben, es könnte ihn sonst zu sehr anstrengen."

Sarah versprach, sich daran zu halten. Jonas Diemer war inzwischen in ein anderes Zimmer verlegt worden und nicht mehr an Monitore angeschlossen. Um den Kopf trug er noch einen Verband und seine beiden Augen waren von dunklen Blutergüssen umrandet. Sarah sah so etwas nicht zum ersten Mal, sie wusste, dass die als Brillenhämatom bekannten Einblutungen typisch für einen Schädelbasisbruch waren, allerdings auch nach erheblichen Weichteilverletzungen auftreten konnten.

„Hallo Herr Diemer", sagte sie. „Ich bin von der Polizei und würde Ihnen gern ein paar Fragen zu Ihrem Unfall stellen. Können Sie sich überhaupt daran erinnern?"

„Ja, schon", erwiderte er zögernd. „Ich bin mit dem Rad gestürzt."

„Wohin waren Sie unterwegs, als das passierte?", fragte sie.

„Ich wollte zum Volleyballtraining, wie jeden Mittwoch."

„Fahren Sie immer die gleiche Strecke?"

Jonas schien nicken zu wollen, verzog aber gleich darauf schmerzlich das Gesicht. „Ja, ich fahre immer dort entlang", sagte er stattdessen.

„Können Sie sich erklären, wie es zu dem Sturz kam?"

Diesmal zögerte er mit der Antwort. „Nein, es ging so schnell. Aber ich muss auf irgendwas drauf gefahren sein, da war ein Hindernis. Vielleicht ein Stein."

Sarah setzte alles auf eine Karte. „Das war kein Stein, das war ein Drahtseil. Jemand wollte Sie zu Fall bringen. Können Sie sich vorstellen, wer das gewesen sein könnte?"

Obwohl das fast nicht möglich war, wurde sein Gesicht noch um eine Nuance bleicher.

„Nein", sagte er, „das kann ich mir nicht vorstellen. Absolut nicht." Seine Stimme zitterte, als er das sagte.

„Gut Herr Diemer, belassen wir es dabei. Und wundern Sie sich bitte nicht, wenn Sie noch einmal von meinen Kollegen befragt werden. Das ist so üblich."

Wenn sie Glück hatte, würde ihr eigenmächtiges Handeln nicht bekannt werden. Wenn doch, würde sie eben dazu stehen müssen.

45.

Natürlich blieb ihr Besuch bei Jonas nicht verborgen, Sarah hatte auch nicht ernsthaft damit gerechnet. Sie war schon in der Schule diejenige gewesen, die man immer erwischte, sei es beim Abschreiben oder beim heimlichen Rauchen auf der Toilette. Dabei war sie ein braves Mädchen gewesen, doch die Braven fallen immer zuerst auf, weil es ihnen ganz einfach an der nötigen Übung fehlt.

Immerhin war die Kollegin, die Sarah daraufhin ansprach, sehr nett. Wiebke war eine mütterlich wirkende Frau von Mitte fünfzig und hatte lange bei der Drogenfahndung gearbeitet. Am Montagmorgen trafen sie sich zufällig auf dem Flur der Polizeidirektion.

„Du hast Jonas Diemer besucht?", fragte sie Sarah. „Euer neuer Chef hatte doch ausgeschlossen, dass da eine Beziehung zu eurem Fall bestehen könnte. Hat er seine Meinung etwa geändert?"

„Leider nicht." Sarah seufzte. „Allerdings lässt mich der Gedanke nicht los, dass der Anschlag auf Jonas Diemer doch etwas mit den Morden am See zu tun haben könnte. Es war natürlich nicht in Ordnung von mir, den Jungen auf eigene Faust zu befragen. Ich wäre froh, wenn du es nicht an die große Glocke hängen würdest."

„Keine Sorge." Wiebke lächelte verschwörerisch. „Der Menk scheint nicht einfach zu sein. Bei euch geht es ja neuerdings zu wie auf dem Truppenübungsplatz."

„Er schätzt keine Eigenmächtigkeit, aber leider auch kein eigenständiges Denken. Holger dagegen war für jede Idee offen."

„Da ist euch nur zu wünschen, dass er bald wieder auf dem Damm ist. Was den Unfall von Diemer betrifft, wird es allerdings keine weiteren Ermittlungen geben."

„Wieso das denn?" Sarah war ehrlich betroffen.

„Weil er eine Aussage gemacht hat. Demnach waren zwei kleine Jungen die Übeltäter, nicht älter als sieben oder acht Jahre. Als Jonas Diemer sich mit dem Fahrrad genähert hatte, sah er sie hinter einem Busch hocken. Sie sollen ihm entgegengeschaut und gekichert haben. Erst viel später sei ihm der Grund klar geworden. Beschreiben konnte er sie nur sehr vage. Eventuell können wir sie ausfindig machen und ihnen ins Gewissen reden, doch strafrechtlich belangen können wir sie natürlich nicht. Der Fall wird zu den Akten gelegt werden."

Sarah konnte nicht begreifen, was sie gerade gehört hatte. Wieso hatte Jonas ihr nichts von den beiden Kindern gesagt? War ihm das jetzt erst eingefallen? Sie stand ein wenig ratlos vor dem Fahrstuhl und wartete auf Jan, der noch etwas aus seinem Schreibtisch holen wollte.

Sie hatten endlich mal wieder ein wunderschönes Wochenende miteinander verbracht. Am Samstag waren sie gemeinsam mit Jans Sohn Benny unterwegs gewesen, hatten die Seehundstation in Friedrichskoog besucht und waren ausgiebig auf dem nahen Spielplatz umhergetollt. Nachdem Jan Ben am Sonntag zu seiner Mutter zurückgebracht hatte, waren sie abends tanzen gegangen.

Als Jan jetzt endlich die Treppe herunterkam, sah er aus, als wäre er plötzlich von heftigen Zahnschmerzen heimgesucht worden.

„Stimmt was nicht?", fragte Sarah.

„Anruf von Leonie", erwiderte er. „Ich erzähle es dir später."

Sie machten sich auf den Weg, um Rick Föges Freund Wolf Kettler schon zum zweiten Mal aufzusuchen, weil Menk darauf bestand, den Druck zu erhöhen, beziehungsweise den Kerlen Feuer unter dem Hintern zu machen, wie er es ausdrückte.

Kettler war der Vorladung zur Vernehmung nicht gefolgt.

Jan lenkte den Wagen und Sarah sah seine Kiefer malen, als sie zu ihm hinüberblickte. Das war bei ihm immer ein Zeichen höchster Anspannung.

„Jan, was wollte Leonie?", fragte Sarah. „Es war mal wieder meinetwegen, weil du mit mir und Benny gemeinsam etwas unternommen hast, nicht wahr?"

„Ich habe ihr klar und deutlich gesagt, dass sie es akzeptieren muss." Jan schaute verbissen geradeaus.

„Sie tut es aber nicht", hakte Sarah nach.

„Sie erfindet neue Vorwürfe, völlig blödsinnige Dinge. Ich werde mit ihr reden müssen."

„Jan, du musst auch mit mir reden. Das geht uns beide an, oder etwa nicht?"

Jan seufzte. „Ich finde, es reicht, wenn sie es schafft, einem von uns den Tag zu verderben. Aber gut, wie du willst. Es geht um das Eis, das du Benny gekauft hast."

„Ja und, was war damit?"

„Benny hat angeblich eine Laktoseintoleranz und darf kein Eis essen."

„Das wusste ich nicht, weshalb hast du es mir nicht gesagt?"

„Weil es Blödsinn ist", erwiderte Jan heftig. „Das ist nur eine von Leonies neuen Schikanen. Sie dichtet dem Jungen alle möglichen Gebrechen an und nimmt sie als Vorwand, weshalb ich ihn nicht sehen darf."

„Behauptet sie jetzt etwa, ich würde ihrem Kind Schaden zufügen wollen?", mutmaßte Sarah.

Jan nickte. „Vergiss es", sagte er. „Ich bringe das in Ordnung."

Sarah war nicht überzeugt, dass es ihm gelingen würde.

Sie waren an der Werkstatt angekommen, in der Föges Kumpel Wolf Kettler arbeitete.

„Er wird nicht begeistert sein, uns schon wieder zu sehen", wechselte Jan das Thema.

Ein älterer Mann kam ihnen auf dem Hof entgegen, es handelte sich offenbar um den Chef.

„Kettler? Der hat sich krank gemeldet", erwiderte er auf ihre Frage mürrisch. Immerhin gab er ihnen Kettlers Adresse.

„Na gut, dann konnte er nicht kommen, aber er hätte anrufen können." Jan ärgerte sich darüber, wie viel Zeit für diese Vernehmungen draufging. Kettler hatte ihnen bereits beim ersten Gespräch gesagt, dass er keinen Kontakt mehr zu Föge habe. Daran dürfte sich nichts geändert haben. Die angegebene Adresse befand sich ein gutes Stück von der Werkstatt entfernt am Stadtrand von Itzehoe. Jan fuhr schneller als sonst, seine Ungeduld war ihm anzumerken.

Sarah sah den großen schwarzen Wagen schon, als sie in die Straße einbogen und ein mulmiges Gefühl machte sich in ihrem Magen breit.

„Hausnummer 5, das ist genau hier", sagte sie. Sie hielten vor einem kleinen Reihenhaus direkt hinter dem davorstehenden Fahrzeug.

„Sieht so aus, als würden wir zu spät kommen."

Der schwarze Wagen war ein Leichenwagen.

46.

Wie lange kann man ohne Schlaf auskommen? Hanna wusste es nicht, genauso wenig hätte sie sagen können, wann sie zum letzten Mal richtig geschlafen hatte. Es war ihr zu anstrengend, darüber nachzudenken, ihr Kopf fühlte sich an wie ein mit Gas gefüllter Ballon, der jeden Moment davonzufliegen drohte. Heute war sie in der Schule zweimal eingeschlafen, ihr Gesicht war auf die Tischplatte geknallt und alle hatten gelacht.

„Weniger Party machen, Fräulein Otting", hatte die Günther gesagt. Die Günther war eine richtige Schreckschraube. Wer bei ihr in Mathe nicht mitkam, den demütigte sie gern vor der ganzen Klasse.

Hanna hatte mit Mathe nie Probleme gehabt, doch das war früher gewesen, in einem anderen Leben. Ihr neues Leben bestand nur noch aus Angst und Schlaflosigkeit. Es war eine Gemeinheit von der Günther, das mit dem Partymachen zu sagen. Die wusste doch genau, dass Hanna nie eingeladen wurde und auch nicht ausging. Wozu auch, wenn niemand sie beachtete? Einige in der Klasse kicherten anzüglich.

Irgendwie überstand sie die sechs Unterrichtsstunden. Hanna war an diesem Tag nicht mit dem Rad gefahren, seit dem Überfall fühlte sie sich auf einsamen Wegen nicht mehr sicher. Sie wollte zum Bus gehen, als ihr plötzlich schwindlig wurde. Sie sah die Straße auf sich zukommen, konnte sich nicht mehr abfangen und wurde im letzten Moment nach oben gerissen.

„Hoppla, was ist denn mit dir los?" Es war Marvin, der sie das fragte und der sie vor dem Sturz bewahrt hatte.

Hanna glaubte zu träumen. Sie starrte in seine dunklen Augen und konnte kein Wort herausbringen. Bei seinem Anblick schoss so viel Adrenalin durch ihren Körper, dass es ihr augenblicklich besser ging.

„Du bist ganz blass", sagte er. „Bist du krank?"

Noch immer brachte Hanna keinen Ton heraus und fürchtete schon, er könnte sie für schwachsinnig halten.

„Nur der Kreislauf", krächzte sie schließlich mühsam.

„Dann setz dich mal lieber kurz hin. Komm, da drüben ist eine Bank." Marvin stützte Hanna, als er sie dorthin führte. Sie hatte das Gefühl zu schweben, was in diesem Moment nichts mit ihrem labilen Kreislauf zu tun hatte. Marvin setzte sich neben sie und musterte sie besorgt. Hanna wünschte, hier immer so neben ihm sitzen bleiben zu können. Der Bus dürfte ohnehin weg sein, es war ihr gleichgültig. Marvin machte sich allerdings Gedanken.

„Wie kommst du denn jetzt nach Hause?", fragte er. „Ich könnte dich fahren. Mein Motorrad steht da drüben."

„Das, das wäre ...", stammelte Hanna.

„Ist doch selbstverständlich."

Hanna taumelte beim Aufstehen absichtlich ein wenig, woraufhin Marvin wieder ihren Arm nahm. Er führte sie zu der Stelle, an der er die Maschine abgestellt hatte und half ihr beim Aufsteigen.

„Halte dich gut an mir fest. Wird es so gehen?" Seine Besorgnis tat so gut.

„Ganz bestimmt, alles bestens", versicherte Hanna. Sie bedauerte, dass die Klasse sich längst verstreut hatte und niemand sie sehen konnte. Wenn es nach ihr gegangen wäre, hätte die Fahrt endlos dauern können. Immer wieder musste sie sich versichern, dass sie nicht träumte.

Sie schmiegte sich fest an Marvins Rücken, sog seinen Duft nach einem teuren Rasierwasser ein.

„So, da wären wir. Ist jemand zu Hause, der sich um dich kümmern kann?" Marvin drehte sich zu ihr um.

„Nein, meine Eltern sind nicht da. Aber das ist auch nicht nötig."

Hanna kletterte langsam vom Rücksitz.

„Dann bringe ich dich wenigstens noch rein, nicht dass du mir wieder umkippst." Marvin stieg ebenfalls ab und bockte die Maschine auf.

Sie war hin- und hergerissen zwischen der Euphorie über seine Fürsorge und der Scham über ihr primitives Zimmer im Stallgebäude. Doch Marvin reagierte einfach wunderbar.

„Gemütlich hast du es hier, ich liebe so alte Gebäude. Die haben einen besonderen Charme. Das ist ganz was anderes als diese charakterlosen Neubauten."

Er ging zum Fenster und öffnete es einen Spalt. „Die Aussicht ist ebenfalls toll, diese unverbaute Weite", schwärmte er. Dann wandte er sich wieder Hanna zu.

„Am besten, du legst dich noch ein wenig hin und ruhst dich aus. Außerdem solltest du unbedingt was trinken. Es ist ziemlich warm heute und du hast bestimmt zu wenig getrunken."

Auf Hannas Schreibtisch stand eine angebrochene Wasserflasche. Marvin hatte sie auch entdeckt, er griff danach.

„Hast du ein Glas hier?", fragte er.

Hanna trank eigentlich immer aus der Flasche, wollte das vor Marvin aber nicht zugeben.

„Da oben auf dem Regal", sagte sie.

Die bunten Gläser mit den Städtewappen wurden nie benutzt und waren entsprechend verstaubt. Marvin musterte das Glas, das er vom Regal genommen hatte.

„Ich spüle es kurz aus", bot er an. „Ist hier das Bad?"

Hanna nickte nur. Kurz darauf kam er mit dem Glas zurück und goss ihr Wasser ein. Es war lauwarm und schmeckte abgestanden, doch Hanna hatte das Gefühl, nie etwas Köstlicheres getrunken zu haben.

„Kann ich noch irgendwas für dich tun?", fragte Marvin.

Oh ja, bleib hier, hätte sie am liebsten gerufen. Stattdessen sagte sie brav: „Nein, danke und vielen Dank für deine Hilfe."

„Gern geschehen." Er winkte lässig ab. „Schlaf eine Runde, danach geht es dir sicher besser."

Genau das hatte Hanna vor. Am hellen Tag fühlte sie sich in ihrem Zimmer sicher, da musste sie nicht hinauf auf den Dachboden kriechen. Es war ein herrliches Gefühl, sich im eigenen Bett ausstrecken zu können. Ihr fielen die Augen zu und im Halbschlaf hörte sie, wie Marvin sein Motorrad startete und davonfuhr.

Unmittelbar darauf schreckte ein dumpfer Knall sie wieder auf. Es hörte sich an, als wäre etwas gegen das Fenster geprallt. Benommen drehte Hanna sich um und sah, wie eine schwarz vermummte Gestalt von außen die Fensterflügel aufstieß. Sie wollte schreien, doch es kam nur ein heiseres Krächzen aus ihrer Kehle. Dann war der Fremde auch schon über ihr und stülpte etwas über ihren Kopf. Die Welt versank in Dunkelheit.

47.

„Und was jetzt? Sollen wir einfach reingehen?", fragte Sarah. Die Vorstellung, dass Wolf Kettler sogleich im Sarg herausgetragen werden könnte, war nicht angenehm.

„Wir müssen herausfinden, was vorgefallen ist." Jan stieg aus dem Wagen und Sarah folgte ihm. Die Haustür war verschlossen, sie mussten klingeln.

Den Mann, der ihnen öffnete, erkannte Sarah sofort wieder. Wolf Kettler war zweifellos am Leben, bis auf einen dicken Verband um seine rechte Hand wirkte er unversehrt. Er runzelte die Stirn, als er die Kriminalisten ebenfalls erkannte.

„Herr Kettler, es ist uns klar, dass wir in einem sehr ungünstigen Moment kommen. Wir wussten nicht, dass Sie gerade einen schmerzlichen Verlust erlitten haben." Sarah sah sich genötigt, ihr Auftauchen zu entschuldigen.

„Na, so schlimm ist es nun auch wieder nicht. Meine Gilera war schon ein altes Mädchen. Und das mit der Hand wird auch wieder."

Sarah klappte der Kiefer herunter, doch hinter ihr gab Jan ein prustendes Geräusch von sich, als würde er mühsam das Lachen unterdrücken.

„Sie hatten einen Motorradunfall, Herr Kettler? Mit einer Gilera?", fragte er.

Kettler nickte. „Die Maschine ist hin. Ich habe ein paar Prellungen und drei Finger gebrochen."

„Und ist sonst noch jemand zu Schaden gekommen?" Sarah hatte sich wieder gefangen. Wie blöd von ihr zu glauben, Kettler würde von einer Frau sprechen. Jan, der selbst Motorrad fuhr und sich mit Typenbezeichnungen auskannte, hatte die Situation zum Glück gerettet.

„Nein, der Blödmann, der mich geschnitten hat, ist unverletzt geblieben." Er schickte einen undeutlichen Fluch hinterher.

„Aber der Wagen ..." Sarah drehte sich nach dem Leichenwagen um. Es handelte sich um einen langgestreckten schwarzen Mercedes mit weißen Gardinen vor den Fenstern.

„Ja, das ist meiner, was ist damit?" Kettler schaute sie unschuldig an.

Wieder erfasste Jan die Situation zuerst. „Sie fahren den Wagen privat?"

„Ja, das ist ein tolles Teil. Robust und geräumig, genau das Richtige für einen Campingurlaub. Da hinten drin kann man bequem schlafen."

„Fühlt es sich nicht merkwürdig an, in einem Leichenwagen zu nächtigen?" Sarah konnte sich das nicht so richtig gemütlich vorstellen.

Kettler grinste sie an. „Wo wohnen Sie, Frau Kommissarin? In einem Altbau?"

„Ja", erwiderte Sarah, denn das Häuschen von ihrer Vermieterin Frau Thießen war fast hundert Jahre alt.

„Haben Sie eine Ahnung, wie viele Menschen in ihrem Haus schon gestorben sind?"

Natürlich wusste Sarah das nicht, doch einige dürften es im Laufe der Zeit schon gewesen sein. Sie zuckte mit den Schultern.

„Sehen Sie", trumpfte Kettler auf, trotzdem schlafen sie dort. „In meinem Wagen ist noch niemand gestorben. Die waren alle schon tot."

Diese Logik hatte durchaus etwas Bestechendes und sie bot Jan die Möglichkeit, zum eigentlichen Thema überzuleiten. Da es etwas heikel war, fragte er Kettler, ob sie vielleicht ins Haus gehen könnten.

„Wenn Sie die Unordnung nicht stört. Mit meiner Hand geht alles nicht so flott."

Trotzdem war die Wohnung von Kettler im Vergleich zu der von Föge in einem geradezu klinisch reinen Zustand.

Jan wollte sich vorsichtig an das Thema Nekrophilie herantasten, doch Kettler machte es ihm leicht.

„Ich weiß, worauf Sie hinauswollen. Schließlich habe ich den Artikel gelesen, das ist totaler Bullshit. Föge soll es mit Toten treiben? Dessen Bräute müssen jung und heiß sein und beim Sex richtig abgehen. Das kann man von einer Leiche kaum erwarten."

„Nun ja, aber einen gewissen Hang zum Makabren kann man ihm doch wohl nicht absprechen? Allein diese Rollenspiele und gewisse Utensilien ...", wandte Sarah ein.

„Ach, hören Sie auf, das ist doch alles harmlos", unterbrach Kettler sie. „Man darf LARP nicht mit dem wirklichen Leben verwechseln. Und was heißt schon makaber? Sie finden es ja auch makaber, dass ich einen Leichenwagen fahre. Dabei tun das eine Menge Leute. Es gibt sogar Portale, auf denen gebrauchte Bestattungswagen angeboten werden. Die Nachfrage ist groß, man kann froh sein, einen zu ergattern. Das sind praktische, geräumige Fahrzeuge, die sich in einem guten Pflegezustand befinden. Kein Bestatter kann es sich schließlich leisten, mit einer verdreckten Rostlaube bei seinen Kunden aufzukreuzen. Das wäre schlecht fürs Image."

Das weitere Gespräch mit Kettler brachte keine neuen Erkenntnisse, sodass Sarah und Jan sich schließlich verabschiedeten.

„Was meinst du?", fragte Jan, als sie wieder draußen standen. „Auf mich wirkte er überzeugend und wie jemand, der nichts zu verbergen hat."

„Auf mich auch", sagte Sarah. „Wenn er wirklich einer dunklen Neigung nachginge, dann würde er das mit Sicherheit verbergen wollen und nicht demonstrativ in einem Leichenwagen durch die Gegend fahren."

Jan nickte. „Auch was Föge betrifft, habe ich so meine Zweifel. In den Vernehmungen wirkt er überzeugend, er behauptet steif und fest, das Messer und die Haare müssten ihm untergeschoben worden sein. Er habe beides noch nie gesehen."

„Du hältst für möglich, dass er die Wahrheit sagt, nicht wahr?"

„Ja, durchaus. Es gibt da auch noch ein bezeichnendes Detail. Auf dem Messer wurde zwar das Blut der beiden Opfer gefunden, doch keine Fingerabdrücke."

„Er wird bei der Tat Handschuhe getragen haben." Dessen war sich Sarah sicher. Schließlich wurden am Tatort keinerlei Spuren vom Täter gefunden.

„Bei der Tat schon", stimmte Jan zu. „Weshalb aber auch, als er das Messer versteckt hat? Weshalb hebt man ein derart belastendes Indiz überhaupt auf und versteckt es auch noch derart dilettantisch? Würde es da noch einen Unterschied machen, wenn seine Fingerabdrücke drauf wären?"

„Du glaubst, wir haben den Falschen." Sarah sprach aus, was sie selbst ebenfalls befürchtete.

„Allerdings. Wir verbeißen uns in ihn und vernachlässigen dadurch andere Spuren. Spuren, die mit jedem Tag, der ungenutzt verstreicht, kälter werden."

48.

Kriminalhauptkommissar Menk war von seiner Überzeugung, dass Föge der Mörder der beiden Jugendlichen sowie der Entführer von Kim war, nicht abzubringen. Föges hartnäckiges Leugnen brachte ihn zur Weißglut. Umso größer waren seine Hoffnungen, Komplizen von Föge zu finden und sie zum Reden zu bringen. Aus den Berichten von Sarah und Jan über die Ergebnisse der bisherigen Vernehmungen zog er dann auch seine eigenen Schlussfolgerungen.

„Der Kettler fährt einen Leichenwagen? Und das erwähnen Sie so ganz nebenbei, als wenn es ein unbedeutendes Detail wäre?" Er durchbohrte Sarah förmlich mit seinen Blicken.

„Ich halte es tatsächlich nicht für bedeutsam", wagte Sarah zu sagen.

Menks Gesicht färbte sich bis hinauf zu seinen kurzen Haarstoppeln dunkelrot.

„Sie halten das nicht für bedeutsam, Sandring? Wir suchen nach Mitgliedern eines Rings von Nekrophilen und da ist die Tatsache, dass einer der Verdächtigen privat einen Leichenwagen fährt, für sie nicht bedeutsam? Wer tut denn so etwas? Doch nur ein krankhaft veranlagter Mensch, der die Aura des Todes regelrecht genießt."

Jan wollte widersprechen, doch Sarah stieß ihn unter dem Tisch an und bedeutete ihm mit einem Blick, lieber zu schweigen. Menk würde in jedem Fall das letzte Wort behalten wollen. Je schneller er es bekam, umso eher konnten sie wieder an die Arbeit gehen.

Der Kriminalhauptkommissar war allerdings noch nicht fertig, seine Entrüstung steigerte sich sogar noch. „Sollten Sie etwa auch vergessen haben, dass wir noch immer nach dem Fahrzeug suchen, mit dem das entführte Mädchen transportiert wurde? Da bietet sich der Leichenwagen doch förmlich an. Wieso ist Ihnen das nicht sofort eingefallen?"

„Wir haben keinen konkreten Verdacht gegen Kettler. Deshalb können wir auch nicht einfach sein Fahrzeug beschlagnahmen und untersuchen", sagte Jan.

„Dann finden Sie gefälligst Hinweise, die einen Verdacht rechtfertigen." Menk brüllte jetzt beinahe. „Muss ich Ihnen wirklich Ihre Arbeit erklären? Wolf Kettler wird ab sofort rund um die Uhr observiert."

Jan konnte sich nicht länger zurückhalten. „Das bindet unnötig Kräfte, die wir nicht haben. Kettler hat schon seit längerer Zeit keinen Kontakt mehr zu Föge. Und sogar an Föges Schuld habe ich so meine Zweifel. Wir sollten nach neuen Ansätzen suchen, uns stärker auf die Jugendlichen aus dem Umfeld der Opfer konzentrieren."

Menk starrte Jan an, als wollte er ihn hypnotisieren. Der hielt seinem Blick mühelos stand.

„Ist Ihnen eigentlich klar, wer hier die Ermittlungen leitet?", zischte Menk drohend.

„Ja, bedauerlicherweise." Jan machte Anstalten aufzustehen.

„Sie übernehmen die erste Schicht bei der Observation von Kettler, und zwar zusammen mit Kommissarin Asmuss."

Sarah empfand diese Anordnung als eine weitere Schikane, ebenso wie die Tatsache, dass Jan zusammen mit Eva eingeteilt wurde. Sie selbst würde gemeinsam mit Till die Nachtschicht antreten müssen.

Aber bis dahin wollte sie die Zeit so gut wie möglich nutzen. Jan hatte recht, sie mussten nach neuen Ansätzen suchen. Sie holte sich die Ermittlungsakten auf ihren Schreibtisch und begann sie durchzusehen, in der Hoffnung auf etwas zu stoßen, das sie bisher übersehen hatte. Die Fotos der beiden Opfer erschütterten sie immer aufs Neue. Auf den nächsten Seiten waren die Obduktionsberichte abgeheftet. Der Obduktion von Merle hatte sie beigewohnt, der von Nico nicht. Sie ging den entsprechenden Bericht durch und plötzlich überlief es sie siedend heiß. Das gab es doch nicht, wie hatte sie das bisher übersehen können? Sie musste jemanden in der Rechtsmedizin erreichen, und das so schnell wie möglich.

49.

„Was heißt das, verschwunden?" Jan runzelte die Stirn. Sein Blick suchte Sarah, während er weiter in den Hörer sprach. „Frau Otting, wir kommen gleich mal vorbei", beendete er das Gespräch.

Sarah schaute ihn fragend an. „Was ist passiert?"

„Hanna Otting wird vermisst. Sie ist in der vergangenen Nacht nicht nach Hause gekommen."

„Weshalb haben die Eltern sich nicht früher gemeldet? Das Mädchen ist schließlich erst 15."

„Das werden wir sie gleich fragen." Jan griff bereits nach seiner Jacke. „Kommst du?"

Sie trafen lediglich die Mutter an, der Vater war wie gewohnt zur Arbeit gefahren. In der geräumigen Wohnküche durften sie auf der Eckbank Platz nehmen. Hannas Mutter war eine Frau von Mitte vierzig mit strengen, beinahe männlich wirkenden Zügen. Ihren Händen sah man an, dass sie es gewohnt war zuzupacken. Erstaunlicherweise wirkte sie eher verärgert als besorgt.

„Ich weiß nicht, was in dem Mädchen vorgeht", sagte sie. „In letzter Zeit macht sie ständig Scherereien. Erst diese falsche Aussage, und dann läuft sie einfach weg. In der Schule ist sie auch nicht aufgetaucht, da habe ich schon angerufen."

„Sie glauben also, dass Hanna weggelaufen ist?", fragte Jan.

„Ja, was denn sonst?" Ihre Mutter wirkte sehr überzeugt.

„Hatte sie einen Grund dazu?", wollte Sarah wissen.

„Natürlich nicht." Die Entrüstung stand Frau Otting ins Gesicht geschrieben. „Flausen hat sie im Kopf, will sich wichtigmachen."

„Es ist nicht ungewöhnlich für ihr Alter, dass sie nach Aufmerksamkeit sucht. Vielleicht hat sie ja irgendwelche Probleme?"

„Ach, hören Sie doch auf!" Die Mutter funkelte Sarah wütend an. „Probleme, wenn ich das schon höre! Für die verwöhnten Teenager von heute ist alles gleich ein Problem, sie sind durch jede Kleinigkeit *traumatisiert* – sie betonte das Wort auf eine höhnische Weise – und brauchen die Hilfe von Seelenklempnern. Wer hat uns denn früher gefragt, wie es uns geht? Wir mussten frühzeitig mit ran und helfen und wenn wir nicht spurten, dann gab es einen Satz heiße Ohren."

Sarah hielt es für besser, sich mit dieser Frau nicht auf ein Gespräch über Erziehungsgrundsätze einzulassen. Sie konnte sich gut vorstellen, dass Hanna bei ihrer Mutter kein Verständnis gefunden hatte.

„Haben Sie eine Idee, wo Ihre Tochter sich aufhalten könnte?", fragte sie stattdessen.

Als Antwort bekam sie nur ein Schulterzucken.

„Hat sie Freundinnen?", bohrte Sarah nach.

„Nein, nicht dass ich wüsste. Sie kam nicht gut mit anderen zurecht, deshalb musste sie sogar die Schule wechseln."

„Ach, wann war das denn?"

„Im vergangenen Jahr. Hanna wollte überhaupt nicht mehr zur Schule gehen, weil sie gehänselt wurde. Die Psychologin, zu der wir geschickt wurden, hat von Mobbing gesprochen und einen Schulwechsel empfohlen. Mein Mann und ich waren dagegen. Kinder streiten sich nun mal und raufen sich auch wieder zusammen, das ist doch normal. Hanna hätte nicht so empfindlich reagieren sollen."

„Aber dann haben Sie sich doch entschlossen, sie auf ein privates Gymnasium zu schicken?"

„Notgedrungen. Anderswo hätten wir keinen Platz bekommen. Wir haben wahrhaftig genug getan, um ihr zu helfen. Und Sie sehen, was dabei herausgekommen ist. Sie macht uns nur noch mehr Schwierigkeiten."

„Wann ist Ihnen aufgefallen, dass Ihre Tochter nicht nach Hause gekommen ist?", fragte Jan.

„Gestern gegen sechs, als wir zu Abend essen wollten. Erst dachte ich noch, sie kommt später, doch sie blieb die ganze Nacht über weg."

„War sie gestern in der Schule?"

„Ja, gestern war sie da. Das hat mir die Lehrerin bei meinem Anruf bestätigt."

„Hat Hanna ein Handy?"

„Ja, aber das hat sie nicht mitgenommen. Es steckt in ihrer Schultasche, die in ihrem Zimmer steht."

Sarah horchte auf. Dass eine Jugendliche abtauchte und ihr Handy zurückließ, erschien ihr höchst unwahrscheinlich.

„Können wir uns in Hannas Zimmer umsehen?", fragte Jan.

„Ja, sicher." Die Frau führte sie über den Hof zum Stallgebäude hinüber. Man betrat das Zimmer direkt durch die Eingangstür. Der quadratische Raum mit der niedrigen Decke und den freiliegenden Deckenbalken war für ein Mädchenzimmer ungewöhnlich nüchtern eingerichtet. Es gab keine Poster von Musikgruppen, keine Plüschtiere und keine Kosmetik. An einer Wand hing ein Bild, das Hundewelpen in einem Korb zeigte. Auf einem

Regal standen farbige Gläser und auf einem weiteren Bücher. Das Bett mit dem bunten Bettzeug war zerwühlt, als hätte gerade noch jemand darin geschlafen.

„Sie sagten, dass Hannas Schultasche und ihr Handy hier sind. Wenn sie gestern in der Schule war, muss sie zwischendurch hier gewesen sein."

„Muss sie wohl." Wieder zuckte Hannas Mutter nur mit den Schultern. Sarah hätte sie am liebsten durchgeschüttelt.

„Können Sie uns sagen, ob etwas fehlt? Hat Ihre Tochter Sachen oder Geld mitgenommen?"

„An Bekleidung fehlt nichts. Wie viel Geld sie noch hatte, kann ich nicht sagen."

Jans Blick fiel auf den Computer. „Ist das Hannas Computer? Kennen Sie zufällig das Passwort?"

Natürlich kannte die Mutter es nicht, Jan hatte auch nicht ernsthaft damit gerechnet. Diese Frau zeigte so wenig Interesse an ihrer Tochter, dass sie nicht einmal in ihren Sachen herumschnüffeln würde.

„Wir müssen den Computer mitnehmen. Eventuell finden wir darauf einen Hinweis auf den Aufenthaltsort Ihrer Tochter", sagte Jan. Er stellte eine Quittung aus und dann machten er und Sarah sich wieder auf den Weg.

„Till wird es sicher schaffen, sich in Hannas Computer einzuhacken."

Sarah teilte Jans Optimismus.

„Ich komme nicht mit rauf", sagte sie, als sie bei der Dienststelle ankamen. „Ich habe noch einen Termin in der Rechtsmedizin, da will ich jetzt gleich hin."

„In der Rechtsmedizin?", wunderte sich Jan. „Habe ich was verpasst?"

„Es sieht so aus, als hätten wir alle etwas übersehen", sagte Sarah. „Aber ich muss mir erst Gewissheit verschaffen."

50.

Sarah traf Dr. Mangold auf dem Klinikgelände an, wo diese hastig eine Zigarette rauchte.

„Mein altes Laster, ich kann es einfach nicht lassen", erklärte sie schuldbewusst. „Sie kommen wegen des Obduktionsberichts von Nico Haske? Dann kommen Sie mal mit, es passt gerade ganz gut."

Sarah folgte der Rechtsmedizinerin in einen kleinen Raum, in dem sich Kisten und Aktenordner stapelten.

„Wir räumen gerade um", erklärte Dr. Mangold. „Weil wir das nebenbei erledigen müssen, geht es nicht so schnell voran. Also, was möchten Sie wissen?"

„Sie haben unter dem Punkt besondere Merkmale vermerkt, dass Nico Haske unter der linken Achsel ein Tattoo in Form einer blauen Rose hat."

„Das ist richtig. Was ist damit?"

„Ich würde gern alles über diese Tätowierung wissen", sagte Sarah. „Zum Beispiel wie alt sie war und ob sie fachgerecht ausgeführt wurde."

Die Ärztin überlegte. „Fangen wir mit dem zweiten Punkt an", sagte sie dann. „Diese Tätowierung wurde mit Sicherheit nicht in einem professionellen Studio gestochen. Wir bekommen hier bei unserer täglichen Arbeit eine Menge Tätowierungen zu sehen. Die des ermordeten Jungen sah mir verdächtig nach Heimarbeit aus."

Sarah nickte, sie hatte das fast erwartet.

„Was nun das Alter betrifft, wird es schon schwieriger", fuhr Dr. Mangold fort. „Die Alterung einer Tätowierung hängt von vielen Faktoren ab, die meisten Tattoos verblassen mit der Zeit. Wie schnell das eintritt, hängt unter anderem davon ab, wie stark die tätowierte Hautpartie der Sonne ausgesetzt wird und welche Tinte verwendet wurde. Auch der Kontakt mit gechlortem Wasser wäscht die Farben aus."

„Können Sie wenigstens ungefähr etwas zum Alter sagen? War sie eventuell noch ganz frisch?"

„Nein, das auf keinen Fall." Die Rechtsmedizinerin schüttelte energisch den Kopf. „Schauen Sie mal her."

Sie zog eine Farbaufnahme aus einem Ordner und schob sie zu Sarah hinüber. Deutlich war darauf eine blaue Rose unter der weißen Achselhöhle des toten Jungen zu erkennen. Dr. Mangold legte eine zweite Aufnahme daneben, die das Tattoo in einer Vergrößerung zeigte.

„Sehen Sie, wie unregelmäßig die Konturen sind?", sagte sie. „An einigen Stellen wurde zu tief gestochen, wodurch es zur Narbenbildung kam. An anderen dagegen nicht tief genug. Da war ein Laie am Werk. Die Farbe ist schon ziemlich stark verblasst, das Tattoo ist mindestens sechs Monate alt, eher sogar älter, vielleicht ein oder zwei Jahre."

„Danke, das hilft mir schon weiter." Sarah hatte mit einer anderen Auskunft gerechnet, doch die Ausführungen der Ärztin waren aufschlussreich gewesen.

„Eine Frage habe ich noch", setzte sie hinzu. „Wenn Sie hier so oft Tätowierungen zu sehen bekommen, kennen Sie sich dann auch mit deren Bedeutung aus? Wissen Sie zufällig, was die blaue Rose bedeutet?"

„Nein, das weiß ich wirklich nicht. Wenn Sie mich nach typischen Knasttattoos fragen würden, könnte ich Ihnen einiges erzählen. Aber hier muss ich passen."

Na schön, Sarah blieb immer noch die Möglichkeit, in einem Tattoo-Studio nachzufragen, wozu sie bisher leider nicht gekommen war.

Beim Verlassen der Rechtsmedizin fiel ihr eine attraktive Frau mit langem schwarzem Haar auf, die auf einen Nebeneingang zusteuerte. Irgendwie kam sie ihr bekannt vor. Sarah drehte sich nach ihr um und erschrak, als ein lautes Hupen ertönte. Sie wäre beinahe direkt vor einen Krankenwagen gelaufen, dessen Fahrer aufgebracht gestikulierte. Jetzt in einen Unfall verwickelt zu werden, hätte ihr gerade noch gefehlt. Sarah verbannte alle ablenkenden Gedanken aus ihrem Kopf und sah sich aufmerksam um, bevor sie zu ihrem Auto hinüberging.

51.

Im Beratungsraum waren mehrere Kollegen um Till versammelt, der einen aufgeklappten Laptop vor sich stehen hatte und gerade etwas erklärte. Jan ging Sarah entgegen und brachte sie leise auf den neusten Stand.

„Till hat es geschafft, sich in Hanna Ottings Computer einzuhacken", sagte er. „Das Ergebnis ist ziemlich bestürzend."

Sarah stellte sich zu den anderen und erhaschte einen Blick auf die Seite, die mit „Manky Potbelly" überschrieben war.

„Das ist Hannas Pseudonym, unter dem hat sie ihre persönliche Seite betrieben. Nicht gerade schmeichelhaft", erklärte Till.

Das englische Wort *manky* war Sarah geläufig, es bedeutete *eklig* oder *widerlich*. Aber *potbelly*?

„Ekliger Fettwanst heißt das", sprang Till ihr bei. „Guck dir mal die Fotos an, die sie regelmäßig gepostet hat."

Er klickte durch die Bildergalerie. Auf allen war Hannas nackter Bauch zu sehen, der mal schwabbelig über dem Hosenbund hing, mal mit den Händen hochgehalten oder so unglücklich gequetscht wurde, dass er mehrere Rollen bildete.

„Wahrhaftig kein ästhetischer Anblick." Eva verzog das Gesicht und legte eine Hand auf ihre biegsame Wespentaille, die in einem hautengen Shirt bestens zur Geltung kam.

„Aber warum tut sich das Mädchen das an? Da muss eine Menge Selbsthass im Spiel sein." Sarah empfand in erster Linie Mitleid.

„Du hast es erfasst", stimmte Till zu. „Das ist ein neuer Trend unter Jugendlichen. Man nennt das digital selfharm."

Volker gab ein knurrendes Geräusch von sich, das Till richtig als Unverständnis interpretierte.

„Also zu Deutsch digitale Selbstverletzung. Man stellt sich gewissermaßen an den digitalen Pranger, postet hässliche Bilder und gibt unangenehme Dinge von sich preis", erklärte er. „Das hat sie übrigens zusätzlich getan. Sie hat ihre falsche Aussage thematisiert und sich als Lügnerin geoutet."

„Das mit dem Pranger ist ein guter Vergleich", sagte Jan. „Menschen, die früher am Pranger standen, wurden von ihren Mitbürgern angespuckt und mit Unrat beworfen. Was hier im Netz an Reaktionen kommt, dürfte nicht weniger schmerzhaft sein. Das Mädchen wird wüst beschimpft und sogar aufgefordert, sich umzubringen. Mehrfach, wohlgemerkt."

„Ich verstehe diese Reaktionen nicht." Sarah schlang die Arme um den Oberkörper, als wäre ihr kalt. „Warum spricht ihr niemand Mut zu oder bietet ihr Hilfe an? Hanna ist intelligent und sie ist auch nicht fett."

„Ach nein? Wie würdest du das denn nennen?", fragte Eva spöttisch.

„Sie ist vollschlank und kurvig, außerdem hat sie ein hübsches Gesicht. Man muss kein Hungerhaken sein, um als attraktiv zu gelten." Sarah ärgerte sich über Eva, die sich in jeder Beziehung als das Maß aller Dinge betrachtete.

„Es kann sein, dass sie die positiven Reaktionen selbst gelöscht hat", sagte Till.

„Weil sie die Demütigung und den Schmerz sucht", stimmte Jan zu. „Sie steckt bereits so tief in der Depression, dass Ermutigung sie nicht mehr erreichen kann. Aber schaut mal hier, das ist interessant." Jan legte den Finger auf den nächsten Eintrag. „Sie behauptet, verfolgt zu werden."

„Und niemand glaubt ihr." Eva las die Reaktionen laut vor:

Das hast du dir doch wieder ausgedacht.
Halt endlich dein blödes Lügenmaul.
Wer soll dich schon verfolgen? Du verdienst es nicht mal, umgebracht zu werden. Mach es endlich selber!

„Danach brechen die Einträge ab. Sie hat seit einigen Tagen nichts geschrieben. Das ist ungewöhnlich, sonst hat sie täglich gepostet." Doch es war vor allem der letzte Eintrag, der Sarah Angst machte.

ICH WERDE BALD STERBEN! stand da in großen roten Buchstaben.

Jan hatte es ebenfalls zur Kenntnis genommen. „Hanna Otting ist suizidgefährdet. Wir müssen sofort die Fahndung einleiten", sagte er.

„In Ordnung", stimmte Kriminalhauptkommissar Menk zu, der sich bisher nicht geäußert hatte. „Ich bin zwar fest davon überzeugt, dass dies nur ein weiterer Versuch des Mädchens ist, Aufmerksamkeit zu erregen, doch wir dürfen uns keine Untätigkeit vorwerfen lassen. Wir informieren die Bereitschaftspolizei und setzen Suchhunde ein. Ich wette, dass sich Hanna Otting irgendwo in der Nähe versteckt hat. Je eher wir sie finden, umso besser. Sie hält uns mit ihren hysterischen Inszenierungen von unserer eigentlichen Arbeit ab."

„Ich wünschte fast, er hätte recht, aber ich glaube es nicht", flüsterte Sarah Jan beim Verlassen des Raumes zu.

52.

Hanna fror. Dabei lag sie unter einer Decke, Marvin musste sie zugedeckt haben. Ob er noch da war? Sie wollte die Augen öffnen, doch es fiel ihr unendlich schwer. Wie lange hatte sie eigentlich geschlafen? Marvin war so fürsorglich gewesen, so beschützend. War das wirklich passiert oder hatte sie es nur geträumt?

Endlich gelang es Hanna, die Augen zu öffnen. Um sie her war es stockdunkel. Sollte sie so lange geschlafen haben, dass jetzt schon tiefe Nacht war? Sie drehte den Kopf in die Richtung, in der sich das Fenster befand. Aber da war kein Fenster! Das blau schimmernde Rechteck, das sich zum Morgen hin zunehmend heller färbte, war verschwunden. Einen Moment lang war Hanna überzeugt, noch zu träumen. Sie wollte sich zwicken, konnte jedoch ihre Hand nicht bewegen. Die Panik, die daraufhin in ihr hochschoss, verscheuchte den letzten Zweifel. Das war kein Traum, sie war wach, konnte jedoch weder etwas sehen noch sich bewegen. Sie begann zu schreien und verstummte sogleich wieder, erschreckt durch den Klang ihrer eigenen Stimme, die als dumpfes Echo um sie herum widerhallte. Das war nicht ihr Zimmer, sie befand sich an einem ihr fremden Ort.

Ein fauliger Geruch stieg ihr in die Nase, eine Mischung aus Moder, Staub und feuchter Erde. Lag sie etwa in einem Grab? Geschichten von Menschen, die man lebendig begraben hatte, fielen ihr ein und vor Schreck entleerte sich ihre Blase.

Es war still um sie herum, so furchtbar still. Sie musste tatsächlich unter der Erde sein, sodass kein Laut zu ihr durchdringen konnte. Plötzlich erinnerte sie sich an das letzte Geräusch, das sie gehört hatte. Marvin war mit dem Motorrad weggefahren. Und danach war etwas Schreckliches passiert. Ihr Verstand weigerte sich, die Erinnerung daran zuzulassen, doch unbarmherzig kam sie nach und nach zurück. Der Schatten, die dunkle Gestalt, die sie nächtelang geängstigt hatte, war in ihr Zimmer eingedrungen und hatte ihr etwas über den Kopf gezogen. Danach war es endgültig dunkel um sie geworden.

Es war tatsächlich geschehen, wovor sie sich die ganze Zeit über gefürchtet hatte und was ihr niemand glauben wollte. Doch es war anders als erwartet. Man hatte sie nicht umgebracht, sondern sie lebendig in eine Gruft gelegt, was tausendmal schlimmer war. Wie lange es wohl dauern würde, bis sie tot wäre? Vermutlich würde sie vorher wahnsinnig werden.

Ein leises Geräusch ließ sie aufhorchen. Es war ein Tapsen und Knarren, das sich anhörte, als käme jemand eine Treppe herunter. Dann wurde hinter ihrem Kopf eine Tür aufgestoßen und gleich darauf blendete sie der Lichtstrahl einer Taschenlampe.

„Hilfe", rief Hanna, „bitte helfen Sie mir."

Es erfolgte keine Antwort, doch jemand kam näher und blieb neben ihr stehen. Sie konnte nur Umrisse erahnen, da die Taschenlampe noch immer direkt auf ihr Gesicht gerichtet war. Geblendet kniff sie die Augen zusammen.

Die schattenhafte Gestalt blieb stumm und regungslos neben ihr stehen. Hanna begriff, dass es sich um ihren

Entführer handeln musste und sie keine Hilfe erwarten durfte. War mit Kim das Gleiche geschehen? Und was käme dann als Nächstes?

Der Strahl der Taschenlampe schwenkte plötzlich von ihr fort, eine schwarz behandschuhte Hand hielt ihr einen Zettel vors Gesicht, der nun hell angeleuchtet wurde. Trotzdem hatte Hanna in ihrer Panik Mühe, die Botschaft darauf zu entziffern.

„Nein", wimmerte sie kläglich, als es ihr endlich gelang. „Nein, nein, nein."

53.

„Ich würde gern noch einmal mit Kim Colmann sprechen", sagte Sarah am Ende der Dienstbesprechung.
Kriminalhauptkommissar Menk schaute sie überrascht an. „Wozu soll das gut sein?"
„Es geht um ein Tattoo, das der ermordete Nico Haske unter der Achselhöhle hatte. Kim hat das gleiche."
„Ja und? Was ist daran so besonders?"
„Es handelt sich um eine blaue Rose. Mir war aufgefallen, dass auch Rick Föge eine ähnliche Tätowierung hat."
„Dann könnte es natürlich tatsächlich von Interesse sein. Wenn sich auf diesem Wege endlich eine Verbindung zwischen Föge und den Jugendlichen beweisen ließe, wären wir einen Schritt weiter."
Sarah atmete auf. Sie hatte befürchtet, dass Menk ihr Schwierigkeiten machen würde. Doch er war unter Druck, weil Föge nach wie vor hartnäckig leugnete. Sie musste ihm ja nicht auf die Nase binden, dass zwischen den Tätowierungen von Föge und denen der Jugendlichen nur eine vage Ähnlichkeit bestand. Bei Föge umrankten mehrere blaue Rosen ein Kreuz auf seinem Unterarm, bei Nico und Kim war eine einzelne Blüte unter der Achsel eintätowiert.

Sarah ließ Menk keine Zeit, es sich anders zu überlegen. Gemeinsam mit Jan suchte sie Kim noch am selben Tag zu Hause auf. Ihre Mutter war nicht da, doch Kim winkte lässig ab und meinte, diese hätte nichts dagegen, wenn ihre Tochter mit der Polizei reden würde. Und sie wolle schließlich auch zur Aufklärung beitragen.

Sarah konnte sich Kims cooles Auftreten nur so erklären, dass das Mädchen nichts bewusst von den schrecklichen Vorgängen um sich herum mitbekommen hatte, da es erst im Krankenhaus erwacht war. Kim lud sie ein, am Küchentisch Platz zu nehmen. Die Küche war älteren Datums, doch tadellos gepflegt.

Sarah führte das Gespräch, während Jan die Position des aufmerksamen Beobachters einnahm.

„Kim, du hast ein Tattoo unter der linken Achsel", sagte Sarah. „Mir ist aufgefallen, dass Nico eine ebensolche Tätowierung an der gleichen Stelle hat."

Auf einmal wirkte Kim nicht mehr so cool, sondern ziemlich verunsichert. Eine flüchtige Röte huschte über ihre Wangen.

„Ja, das stimmt", sagte sie dann. „Wir waren mal zusammen, da haben wir es uns gemeinsam stechen lassen."

„Weißt du noch, wann das war?"

Kim zuckte mit den Schultern. „Nicht so genau. Das kann schon ein Jahr her sein."

„Das kann so nicht stimmen." Sarah beobachtete Kim aufmerksam, als sie sie auf ihre Lüge aufmerksam machte. „Das Tattoo von Nico kann durchaus schon ein Jahr alt gewesen sein, aber deines nicht. Es war noch ganz frisch, als du vor drei Wochen ins Krankenhaus eingeliefert wurdest und es hatte sich entzündet."

Die Röte in Kims Gesicht vertiefte sich, doch sie warf mit einer trotzigen Geste ihr langes Haar nach hinten und schaute Sarah herausfordernd an. „Na und? Ist das etwa wichtig?"

„Ich weiß noch nicht genau, ob es wichtig ist, doch ich möchte, dass du mir die Wahrheit sagst."

„Na schön, ich habe es mir erst vor gut einem Monat stechen lassen. Das Motiv gefiel mir einfach. Mit Nico hatte das überhaupt nichts zu tun. Mit dem war ich da längst fertig."

„Okay, kannst du mir auch sagen, wo du es stechen ließest?"

„In irgend so einem Studio. Habe ich mir nicht gemerkt."

„Kim, das soll ich dir glauben?" Sarah runzelte die Stirn. „Du bist doch keine alte Frau mit Alzheimer, da wirst du dich wohl an ein Studio erinnern können, das du vor gerade mal einem Monat aufgesucht hast."

Kims Blick irrte umher, als würde sie die Küchenwände nach einer Lösung absuchen.

„Na schön", sagte sie dann, „Ich war in keinem Studio. Ich habe es mir selbst gestochen."

„Tatsächlich? Das ist doch bestimmt schwierig, noch dazu an so einer Stelle." Der Zweifel war aus Sarahs Stimme deutlich herauszuhören.

„Nein, ist es nicht. Es gibt Anleitungen im Internet. Und es gibt fertige Tätowiersets zu kaufen. Ich habe mir eins besorgt."

„Ach, interessant, darf ich das mal sehen?"

„Nein, nachdem ich fertig war, habe ich alles entsorgt. Ich will kein weiteres Tattoo, deshalb brauchte ich es nicht mehr."

Sarah sah ein, dass sie nicht mehr erfahren würde, und verabschiedete sich.

„Das Mädchen hat die ganze Zeit über gelogen", sagte Jan, als sie draußen waren. „Das war so offensichtlich, dazu musste man nicht mal ihr Blickverhalten und ihre Körpersprache analysieren. Obwohl beides natürlich auch Bände sprach."

„Aber weshalb?", fragte Sarah. „Für mich lässt das nur einen Schluss zu: Hinter diesem Tattoo verbirgt sich eine tiefere Bedeutung, die wir auf keinen Fall herausfinden sollen."

Jan nahm ihren Arm. „Weißt du was? Wir fahren jetzt gleich bei einem Studio vorbei. Vielleicht sind wir hinterher ein wenig schlauer."

Der Tätowierer, dem sie kurz darauf gegenüberstanden, war ein Gesamtkunstwerk. Um seinen linken muskelbepackten Arm ringelte sich eine Schlange, auf dem rechten riss ein Drache das Maul auf. Beide Schläfen zierten abstrakte Formen, die entfernt an chinesische Schriftzeichen erinnerten.

Er begrüßte Sarah und Jan sehr zuvorkommend.

„Hi, was darf ich für euch tun? Habt ihr euch schon für ein Motiv entschieden? Sonst empfehle ich auch gern was. Watercolor Tattoos liegen total im Trend." Er musterte Sarah. „Auf deiner zarten hellen Haut würde sich das fantastisch machen. Und für den Herrn wäre etwas Geometrisches in Schwarz eine gute Wahl. Passt zu seinem maskulinen Typ und ist ebenfalls stark im Kommen."

„Danke, das ist sehr freundlich, aber wir sind aus einem anderen Grunde hier. Wir wüssten gern etwas über die Bedeutung eines bestimmten Tattoos", sagte Jan.

„Na, dann lasst mal hören, eventuell kann ich helfen."

„Es geht um eine blaue Rose."

„Schaut mal, dort." Der Tätowierer zeigte auf einen Musterbogen an der Wand, auf dem eine Vielzahl von Rosenmotiven abgebildet war.

„Rosen sind nach wie vor sehr beliebt", sagte er. „Ihre Bedeutung kann verschieden sein, tatsächlich spielt die Farbe dabei eine große Rolle. Blaue Rosen kommen in der Natur nicht vor, weshalb sie etwas Mystisches verkörpern. Sie stehen für ein unerreichbares Ziel oder für ein hohes Ideal. Außerdem ist blau die Farbe der Treue, weshalb die blaue Rose auch unverbrüchliche Treue symbolisieren kann. Hilft euch das weiter?"

„Ja, ich glaube schon. Vielen Dank", sagte Jan.

Als sie wieder im Auto saßen, gab er sich weniger zuversichtlich.

„Was meinst du?", fragte er Sarah. „Das Rosenmotiv ist mehrdeutig. Das mit der Treue könnte natürlich hinkommen. Wollte Kim damit ein Zeichen setzen, dass sie Nico noch immer liebte?"

„Nein, das erscheint mir zu einfach. Da muss mehr dahinterstecken. Wir müssen noch mal mit Jonas Diemer reden, eventuell kann er uns den Schlüssel zu diesem Geheimnis liefern."

54.

Zurück in der Dienststelle traf Sarahs Bericht über das Gespräch mit Kim nur auf mäßiges Interesse. „Sieht so aus, als hätte sie sich das Tattoo aus sentimentalen Gründen selbst gestochen", sagte Kriminalhauptkommissar Menk. „Das hilft uns nicht weiter."

„Aber weshalb hat sie dann gelogen und immer wieder neue Varianten erzählt?", wandte Sarah ein.

„Das liegt doch auf der Hand." Eva sprach so gedehnt und akzentuiert, als wäre Sarah ein wenig begriffsstutzig. „Es war ihr einfach peinlich. Sie wollte dir nicht auf die Nase binden, dass sie ihrem Verflossenen noch immer nachtrauert. Das ist doch nur allzu verständlich. Diemer ist nur eine Notlösung, das habe ich gleich so gesehen."

„So sehe ich das auch", pflichtete Menk ihr bei. „Ein wenig psychologisches Gespür sollte man für unsere Arbeit schon mitbringen." Er warf Sarah einen Blick zu, der wohl andeuten sollte, dass er dieses Gespür bei ihr vermissen würde.

Sarah gelang es nur mühsam, ihren Ärger darüber hinunterzuschlucken. Seit Föges Verhaftung hielt Menk sich für unfehlbar. Sein schneller Ermittlungserfolg in einem derart brisanten Fall hatte ihm viel Anerkennung eingebracht, was seine Karriere zweifellos beflügeln würde.

Doch nun wollte er den Fall auch möglichst schnell zu einem endgültigen Abschluss bringen und die noch vorhandenen Lücken in der Beweisführung füllen. Inzwischen vermutete er ein Netzwerk nekrophiler Täter, dessen Zerschlagung seinen Ruhm ins Unendliche steigern würde. So ein Fall wäre ziemlich einmalig und würde für immer mit seinem Namen verknüpft bleiben. Dass Sarah es einmal gewagt hatte, Zweifel seiner Hypothese und sogar an Föges Schuld zu äußern, nahm der Hauptkommissar ihr sehr übel.

Später saß sie in Grübeleien versunken an ihrem Schreibtisch, als Jan sich ihr von hinten näherte und ihr einen Frosch aus Marzipan vor die Nase hielt. „Stell dir vor, das wäre Menk und dann beiß ihm den Kopf ab", flüsterte er ihr zu.

Sarah musterte den Frosch. „Der ist viel zu niedlich", entschied sie dann. Obwohl sie geradezu süchtig nach Marzipan war, stellte sie ihn erst einmal auf ihren Schreibtisch. Sie mochte es an Jan, dass er sie häufig mit solchen Kleinigkeiten überraschte.

„Woran denkst du?", fragte er sie.

„An diesen ganzen festgefahrenen Fall. Föge behauptet hartnäckig, jemand habe ihm die Tatwaffe und die Haare der toten Frauen untergeschoben. Aber er hat keine Ahnung, wer das gewesen sein könnte, weshalb er sogar die Polizei verdächtigt."

„Läge durchaus im Bereich des Möglichen, es gab bereits Fälle, in denen Beweise manipuliert wurden." Sie sahen sich an und sprachen nicht aus, wem sie so etwas unter Umständen zutrauen würden.

„Wo ist Menk überhaupt?", fragte Sarah.

„Zu einem Gespräch mit dem Staatsanwalt gefahren. Eine gute Gelegenheit, uns ebenfalls auf den Weg zu machen. Wir fahren zu Jonas Diemer."

„Weißt du", sagte Jan, als sie bereits im Auto saßen und auf dem Weg zum Krankenhaus waren, „mir geht es nicht allein um das Tattoo und ob Jonas etwas darüber weiß. Ich bin mir sicher, dass er über seinen Unfall gelogen hat. Das waren keine Achtjährigen, die ihm das angetan haben. So tief wie der Stab für das Seil in die Erde gerammt worden war, muss man von der Tat eines Erwachsenen ausgehen. Die Spurensicherung sieht das genauso. Hinzu kommt die sehr ungenaue Beschreibung der beiden Jungen, die Diemer abgegeben hat. Wenn du mich fragst, deckt er den Täter."

„Die Vermutung habe ich auch", stimmte ihm Sarah zu. „Ich fand schon auffällig, dass er sich bei dem Gespräch mit mir überhaupt nicht an den Unfall erinnern konnte, um dann kurz darauf die Version von den beiden kleinen Jungen zu präsentieren. Er muss sich das ausgedacht haben."

Sie waren inzwischen beim Krankenhaus angekommen und begaben sich diesmal gleich zu der Station, auf der Jonas untergebracht war. Auf dem Flur rief ihnen eine Schwester etwas zu.

„Moment mal bitte!" Ein wenig atemlos kam sie auf Sarah und Jan zugelaufen.

„Sie sind doch die Kriminalpolizistin, nicht wahr?"

„Ja, die bin ich. Und das ist mein Kollege, Kriminalhauptkommissar Althöfer."

„Sie wollen sicher zu Jonas Diemer."

„Ja, ganz recht."

„Dann warten Sie bitte einen Moment, der Doktor würde Sie vorher gern sprechen." Ohne eine Antwort abzuwarten, eilte die Schwester schon wieder davon.

„Was bedeutet das denn? Sieht aus, als wäre irgendwas passiert." Sarah beschlich ein ungutes Gefühl.

Zum Glück ließ der angekündigte Arzt nicht lange auf sich warten. Er war ein junger, extrem schlanker Mann mit kurz geschorenem Haar und einer runden Brille. Sein Namensschild wies ihn als Dr. Schadow aus.

„Gut, dass ich Sie treffe", sagte er, „Es geht um Folgendes: Jonas Diemer hatte einen Unfall."

„Ja, das ist uns bekannt", erwiderte Jan leicht verwundert.

„Das meine ich nicht. Es geht nicht um seinen Unfall mit dem Fahrrad." Dr. Schadow ruderte mit beiden Händen in der Luft umher und wirkte ziemlich nervös. „Er hatte einen weiteren Unfall, hier im Krankenhaus. Er ist die Treppe hinuntergestürzt und hat sich den rechten Arm und drei Rippen gebrochen. Außerdem hat er diverse Prellungen erlitten."

„Oh", war alles, was Sarah im ersten Moment herausbrachte. In ihrem Kopf überschlugen sich die Gedanken und der nächste Satz des Arztes bestätigte ihr, dass sie auf der richtigen Spur war.

„Ich glaube, es war kein Unfall", sagte er.

„Sie meinen, jemand hat ihn gestoßen?", fragte Jan.

„Nein, bewahre!" Dr. Schadow hob erschrocken beide Hände. „Aber ich glaube, er hat den Treppensturz absichtlich herbeigeführt. Ich hatte ihm am Morgen bei der Visite eröffnet, dass er am nächsten Tag entlassen werden kann. Er wirkte darüber alles andere als erfreut. Kurz danach passierte der Unfall. Eine Schwester hat ihn oben auf dem Treppenabsatz stehen sehen, als wollte er abschätzen, wie er es am besten anstellen sollte. Dann hat er sich plötzlich fallen lassen. Irgendetwas stimmt da nicht. Der Junge will offenbar nicht nach Hause."

„Danke, dass Sie uns informiert haben", sagte Jan. „Wir werden jetzt mit ihm reden."

Jonas Diemer war in einem Zweibettzimmer untergebracht, sie trafen ihn jedoch allein an. Sein Mitpatient war offenbar gerade unterwegs.

„Hallo Jonas", begrüßte Sarah ihn, „wir kennen uns ja schon. Das hier ist mein Kollege Kriminalhauptkommissar Althöfer. Wir haben noch ein paar Fragen. Wie geht es dir überhaupt, wir haben gehört, dass du einen weiteren Unfall hattest?"

Jonas lag in halb sitzender Position im Bett, den bandagierten rechten Arm trug er in einer Schlinge.

„Geht so", erwiderte er mürrisch. Sein Blick huschte misstrauisch zwischen Jan und Sarah hin und her.

„Mit dem gebrochenen Arm wirst du trotzdem sicher bald nach Hause dürfen, vielleicht sogar schon morgen", sagte Jan. „Das ist kein Grund, den Kopf hängen zu lassen."

Der Schreck war Jonas deutlich anzusehen. Jan ließ ihm keine Zeit, sich zu fassen. „Jonas, wovor hast du Angst?", fragte er mit einiger Schärfe in der Stimme.

„Ich habe keine Angst", erwiderte der Junge. Seine geweiteten Augen und das Zittern in seiner Stimme straften ihn Lügen.

„Du weißt, wer für deinen Unfall mit dem Fahrrad verantwortlich ist. Und vor demjenigen fürchtest du dich so sehr, dass du das Krankenhaus am liebsten nicht verlassen möchtest. Aber du kannst dich nicht ewig verstecken. Willst du uns nicht endlich die Wahrheit sagen?"

„Ich weiß nicht, was Sie von mir wollen. Es waren zwei lütte Knirpse, die so schnell weggerannt sind, dass ich sie nicht richtig erkennen konnte. Das habe ich doch schon gesagt." Sein Blick wich dem von Jan aus.

„Jonas, ich glaube dir nicht", sagte Jan.

„So wie Sie Hanna nicht geglaubt haben? Jetzt ist sie jedenfalls verschwunden, die Meldung kam im Fernsehen." Nun wirkte der Junge feindselig.

Jan wollte etwas erwidern, doch Sarah drückte kurz seine Hand und signalisierte ihm, dass er es ihr überlassen sollte.

„Wir haben Hannas Aussage sehr ernst genommen. Doch die Fakten sprachen dagegen, sie konnte das Paar zu der von ihr angegebenen Zeit nicht auf dem Friedhof getroffen haben. Sie hat ihre Aussage auch selbst zurückgenommen", sagte sie. „Doch wenn du irgendetwas weißt, ob Hanna bedroht wurde oder einen konkreten Verdacht hatte, dann sag uns das jetzt bitte. Du willst doch sicher auch, dass wir sie finden. Ich weiß, dass ihr ein gutes Verhältnis zueinander hattet."

„Ich weiß nichts." Jonas Diemer presste die Lippen so fest aufeinander, dass sie nur noch ein weißer Strich waren. Welches Geheimnis er auch immer hütete, er würde es sich nicht entreißen lassen.

„Gut, wenn dir noch etwas einfallen sollte, kannst du dich jederzeit bei uns melden. Ruf einfach an." Sarah gab ihm ihre Karte, die er so hastig auf dem Nachttisch ablegte, als hätte er sich daran verbrannt.

„Ach, eine Frage noch", sagte sie so beiläufig wie möglich, „Kim hatte ein Tattoo unter der linken Achselhöhle."

Weiter kam Sarah nicht. Auf den Wangen von Jonas erschienen hektische rote Flecke. „Ich weiß nichts von einem Tattoo", sagte er hastig.

Als sie sich verabschiedet und die Tür hinter sich geschlossen hatten, schaute Jan Sarah vielsagend an. „Er hat die ganze Zeit gelogen, aber seine Reaktion auf deine letzte Frage, die war besonders auffällig. Du hattest von Anfang an den richtigen Riecher, dieses Tattoo hat etwas zu bedeuten. Und Jonas Diemer weiß, was es ist."

55.

„Kannst du bitte an der Apotheke anhalten? Ich muss noch ein Rezept einlösen." Sarah hätte es beinahe wieder vergessen, sie trug es schon seit einer Woche mit sich herum.

Jan nickte, warf ihr aber gleich darauf einen besorgten Blick zu. „Was für ein Rezept? Ist irgendwas nicht in Ordnung?"

„Alles bestens, ich muss nur meine neuen Pillen abholen", erwiderte Sarah leichthin. Ihr kam Björns Bemerkung in den Sinn, dass sie doch sicher in absehbarer Zeit eine Familie gründen wolle. Zwischen Jan und ihr war das bisher kein Thema gewesen, schon gar nicht im Moment, wo er mal wieder mit seiner Ex-Frau im Streit lag und um das Sorgerecht für seinen Sohn fürchten musste. Auch Sarah hatte keine Eile mit der Familiengründung, es war gut so, wie es im Moment war.

Sie hatte Glück, in der Apotheke war nur ein Kunde vor ihr, ein älterer Herr, der ihr bekannt vorkam.

„Das ist ein sehr starkes Schlafmittel", sagte die Apothekerin gerade, „Sie sollten vorsichtig damit sein. Sie nehmen es schon über einen ziemlich langen Zeitraum regelmäßig ein, das ist nicht ratsam."

„Ach, es hat mir bisher nicht geschadet, im Gegenteil. Sie glauben ja nicht, wie lang eine durchwachte Nacht sein kann. Ich bin ein anderer Mensch, seit ich wieder so tief und fest schlafen kann wie in meinen jungen Jahren."

Als sie die Stimme hörte, wusste Sarah schlagartig, wen sie da vor sich hatte. Das war Belling senior, der Großvater von Finja.

„Und bitte auf keinen Fall in Verbindung mit Alkohol einnehmen", sagte die Apothekerin noch, bevor sie ihm die Medikamentenpackung aushändigte.

Er bedankte sich mit einer leichten Verbeugung und verließ die Apotheke, ohne Sarah weiter zu beachten.

Eine andere junge Frau im weißen Kittel kam mit einem Karton voller Medikamentenschachteln herein und begann sie in die Regale einzuordnen. „Der Belling bringt sich mit dem Zeug noch mal um", flüsterte die Apothekerin ihr zu.

„Vielleicht plagen ihn nachts die Geister der Vergangenheit?", erwiderte die Frau schnippisch.

„Den doch nicht. Der betet sie im Gegenteil an." Die Apothekerin wandte sich um und schaute Sarah an, als würde sie sie jetzt erst bemerken.

„Was kann ich für Sie tun?"

Zerstreut schob Sarah ihr Rezept über den Tresen, das Gespräch, das sie eben mit angehört hatte, beschäftigte sie.

„Entschuldigen Sie, dieses Schlafmittel, das Sie an den Herrn vor mir ausgegeben haben, wie wirkt es in Verbindung mit Alkohol?"

Die Apothekerin runzelte unwillig die Stirn, offenbar verstieß Sarahs Frage gegen die gebotene Diskretion. Sie raffte sich aber dennoch zu einer Antwort auf. „Alkohol verstärkt die Wirkung", sagte sie. „Unter Umständen schlafen Sie dann so tief, dass Sie überhaupt nicht mehr aufwachen. Weil es zum Atemstillstand kommt."

Jan hielt ihr die Autotür auf, als er sie aus der Apotheke kommen sah. „Weißt du", sagte er, während sie sich anschnallte, „findest du nicht auch, dass bei uns langsam ein paar grundlegende Entscheidungen anstehen? Ich dachte mir ..."

„Warte mal Jan, ich muss dir unbedingt gleich was erzählen", unterbrach sie ihn. „Ich habe gerade den alten Belling, den Großvater von Finja Belling gesehen." Sie erzählte Jan von dem Gespräch, das sie mit angehört hatte. Er erfasste die Zusammenhänge sofort.

„Belling hat den Jugendlichen für die Mordnacht ein Alibi gegeben", sagte er. „Wenn er allerdings ein starkes Schlafmittel eingenommen hatte, dürfte er es kaum mitbekommen haben, wenn sie zwischendurch das Haus verlassen haben."

„Genau", stimmte Sarah ihm zu. „Außerdem hat er mir gegenüber erwähnt, dass er mit den jungen Leuten noch ein Glas Wein getrunken hätte. Das würde die Wirkung verstärkt haben."

„Aber das können wir nicht beweisen. Er hat behauptet, die ganze Nacht wach gewesen zu sein. Jedenfalls bis zu dem Zeitpunkt, als die Jugendlichen aufgebrochen sind."

„Da ist noch etwas", fuhr Sarah fort. „An dem Tag, als ich ihn aufgesucht habe, kam es zwischen ihm und seinem Sohn zu einem Streit. Belling junior hatte das Auto seines Vaters hinter dessen Rücken verschrotten lassen. Ich hatte dem nicht sofort eine Bedeutung beigemessen."

Jan pfiff durch die Zähne. „Das könnte allerdings wichtig sein. Wir suchen noch immer nach dem Wagen, mit dem der Täter Kim in die Nähe von Hamburg gefahren haben muss."

„Ich will mich da wirklich in nichts hineinsteigern", sagte Sarah, „wenn man keine konkrete Spur hat, fängt man an, überall Zusammenhänge zu sehen. Aber irgendetwas ist mit der Familie Belling definitiv nicht in

Ordnung. Die Kunstlehrerin Frau Uphaus hat auch so eine Andeutung gemacht. Es ging dabei um falsche Ideale und um Kumpanei zwischen den Jugendlichen. Vielleicht wissen sie ja etwas und decken jemanden."

„Einen Versuch ist es auf jeden Fall wert", stimmte Jan ihr zu.

Erst als sie zurück in der Dienststelle waren, fiel Sarah wieder ein, dass Jan eigentlich noch etwas anderes mit ihr besprechen wollte und sie ihn unterbrochen hatte. Jetzt war es wohl zu spät, um darauf zurückzukommen. Sie seufzte. Ihr Job war definitiv nicht gut für das Privatleben.

56.

Ellen Uphaus empfing Sarah wie eine alte Bekannte.

„Darf ich Ihnen zu Ihrem Ermittlungserfolg gratulieren?", fragte sie. „Sie haben den Täter ja schnell gefasst."

„Er hat bisher nicht gestanden", erwiderte Sarah vorsichtig.

„Wundert Sie das? Ein Doppelmord an zwei jungen, hoffnungsvollen Menschen, wer das tut, der darf nie wieder freikommen. Vermutlich ist ihm das klar, deshalb leugnet er. Aber Sie werden Beweise gegen ihn haben, sonst würden Sie ihn nicht verhaftet haben." Sie schaute Sarah lauernd an. Die hielt es für das Beste, rasch das Thema zu wechseln.

„Frau Uphaus, wir haben bisher keine Spur von Hanna Otting und sind darüber sehr beunruhigt. Das Mädchen hatte Probleme, könnte sich eventuell etwas angetan haben. Wissen Sie vielleicht irgendetwas, das uns weiterhelfen könnte?"

„Ich weiß nur das, was alle wissen. Sie ist in Marvin Eckel verschossen, der sie überhaupt nicht beachtet. Klar, dass sie darunter leidet, Liebeskummer kann in ihrem Alter sehr tief gehen. Sie findet auch sonst keinen rechten Anschluss."

„Marvin Eckel interessiert sich für Finja, nicht wahr?" Sarah nutzte die Erwähnung seines Namens, um behutsam zu dem Thema überzuleiten, das sie eigentlich interessierte.

„Interessieren ist gut, er ist ihr hörig." Ellen Uphaus stieß ein verächtliches Schnaufen aus. „Tanzt total nach ihrer Pfeife. Genauso wie Lasse Clerk, der ebenfalls ständig um sie herum ist."

„Wer gehört eigentlich noch zu dieser Clique? Kim und Jonas, soweit ich weiß. Sonst noch jemand?" Sarah versuchte, beiläufig zu klingen.

„Nico Haske gehörte früher auch mal dazu", erklärte Ellen Uphaus bereitwillig. „Er war anfangs genauso in Finja verschossen wie viele andere. Doch dann freundete er sich mit Kim an. Die beiden waren ein paar Monate zusammen, während dieser Zeit kamen sich auch Kim und Finja näher. Finja hatte bis dahin noch nie eine engere freundschaftliche Beziehung mit einem Mädchen gehabt, sie war immer nur von Jungen, meistens von älteren, umgeben gewesen. Als Nico sich dann Merle zuwandte, entfernte er sich von Finja und ihrem Tross."

„Verstehe, aber mit Kim hielt er doch weiterhin Kontakt?", fragte Sarah. „Schließlich sind sie gemeinsam zum Zelten gefahren."

Ellen Uphaus zuckte mit den Schultern. „Warum auch nicht. Sie sind noch jung, da werden sie die Dinge nicht so schwer nehmen."

Sarah nickte verständnisvoll. „Ich habe auch den Eindruck, dass die Jugendlichen von heute in vielen Dingen lockerer sind, als wir es waren. Manchmal frage ich mich, was sie überhaupt noch tiefer berührt. Sie hatten da mal etwas angedeutet von Idealen, die Finja durch ihren Großvater vermittelt werden."

Als Sarah den abweisenden Blick ihrer Gesprächspartnerin bemerkte, sprach sie schnell weiter.

„Verstehen Sie mich bitte nicht falsch, das ist keine Neugier, es könnte für unsere Ermittlungen von Bedeutung sein. Mir wurde da bereits von anderer Seite einiges zugetragen, was die Vergangenheit der Familie Belling betrifft." Sie verschwieg, dass es sich dabei lediglich um ein paar zufällig aufgeschnappte Gesprächsfetzen handelte.

„Na, dann sind Sie ja im Bilde. Viele wissen davon, doch man redet nicht gern darüber. Die Bellings haben gute Anwälte und reagieren sehr empfindlich, wenn es um ihren Ruf geht."

„Und was genau ist da passiert?", hakte Sarah nach.

„Man kann den Gerüchten ja nie hundertprozentig trauen."

„Dazu möchte ich lieber nichts sagen. Ich will keinen Ärger."

„Ich kann Ihnen versichern, dass alles, was wir hier besprechen, streng vertraulich bleibt."

„Na, schön." Es war Ellen Uphaus anzusehen, dass sie unter diesen Umständen nur zu gern reden wollte. „Ich weiß nicht, wie viel Sie schon wissen."

„Erzählen Sie einfach alles", sagte Sarah.

Frau Uphaus nickte. „Der alte Belling, also Finjas Großvater, war während seiner Studentenzeit in den Siebzigerjahren Mitglied einer schlagenden Verbindung, stramm rechts, wie schon sein Vater. Der hatte noch in den letzten Kriegstagen Deserteure hinrichten lassen, halbe Kinder, die nur nach Hause wollten. Aber der alte Belling lässt nichts auf seinen Vater kommen, für ihn ist er immer noch ein Vorbild. Kein Wunder, dass er sich in der Burschenschaft gut aufgehoben fühlte. Jedenfalls kam es dort zu einem schlimmen Vorfall, der gemeinschaftlichen Vergewaltigung eines jungen Mädchens während eines Saufgelages. Es gab eine Anzeige, aber keine einzige Verurteilung, denn die Burschen haben sich gegensei-

tig gedeckt und das Mädchen stand als Lügnerin und Schlampe da, die sich freiwillig mit allen möglichen Männern eingelassen hätte. Sie war erst sechzehn und sie hat sich anschließend umgebracht."
„Das ist schrecklich", sagte Sarah leise.
„Ja, das ist es. Belling hat nie das geringste Anzeichen von Reue gezeigt. Kurz nach dem Selbstmord des Mädchens hat er mit seinen Saufkumpanen ein Gartenfest gefeiert. Ihr Lachen und Grölen soll weithin zu hören gewesen sein. Sie haben sich unangreifbar gefühlt."
Sarah erinnerte sich an ihr Gespräch mit dem alten Belling und an das Unbehagen, das sie dabei empfunden hatte. Kameradschaftsgeist, Treue auf Gedeih und Verderb, gepaart mit dem Anspruch, sich über die Rechte anderer Menschen hinwegsetzen zu dürfen, das waren die Ideale, denen er huldigte und die schon einmal eine ganze Generation ins Verderben geführt hatten. Was davon war bei seiner Enkelin auf fruchtbaren Boden gefallen? Bei einem Mädchen, das mithilfe seiner Kumpane Diebstähle beging und einen Lehrer vermutlich zu Unrecht schwer belastet hatte?
Könnte sie für noch Schlimmeres verantwortlich sein?

57.

„Ich will mich da in nichts verrennen. Das Mädchen ist zweifellos ungünstigen Einflüssen ausgesetzt, sie klaut, sie lügt und sie intrigiert. Aber darf man sie deshalb mit einem Mord in Verbindung bringen? Selbst wenn ihr Alibi nicht stimmen sollte?"

Sarah lag auf ihrer Couch, den Kopf auf Jans Schoß. Er streichelte nachdenklich ihr Haar.

„Weshalb nicht? Weil sie ein fünfzehnjähriges Mädchen, fast noch ein Kind ist? Sie war an dem Abend nicht allein, drei Jungen waren bei ihr, neben Marvin und Lasse, die beide schon siebzehn sind, auch Jonas. Sie waren also eine Gruppe. Es gibt psychologische Untersuchungen darüber, wie schnell Gewalt in Gruppen eskalieren kann. Es reicht, wenn ein Mitglied, das einen gewissen Status besitzt, die anderen anstachelt. Dann kann die Stimmung ganz schnell kippen und in aggressives Verhalten umschlagen. Leider gibt es auch konkrete Fälle, in denen aus einer Gruppe Jugendlicher heraus der Impuls zu einem gemeinschaftlich begangenen Mord kam. So wurde zum Beispiel in einem Fall ein Obdachloser umgebracht und in einem anderen Fall eine Mitschülerin einer sogenannten Bestrafung unterzogen, an deren Folgen sie verstarb. In beiden Fällen waren Mädchen beteiligt und fielen sogar durch besonders brutales Vorgehen auf."

„Gut, es wäre also möglich. Während der Großvater, betäubt durch ein starkes Schlafmittel in Verbindung mit Alkohol nichts mitbekam, könnten die Jugendlichen mit seinem Auto zum See gefahren sein. Dort kam es zu einem Streit, aber nein ..." Sarah richtete sich auf. „Nein, das passt alles nicht. Kims Entführung, das Nachthemd, die Aufbahrung, das alles muss geplant gewesen sein. Und wie kommt Föge zu der Mordwaffe?"

„Es muss da noch jemanden geben, jemanden, der ihnen geholfen hat", sagte Jan. „Wir kennen die genauen Zusammenhänge nicht, doch wir können nicht mehr ausschließen, dass die Clique um Finja in der Mordnacht am See war und mehr weiß, als sie zugeben wollen. Wir sollten morgen in der Dienstbesprechung anregen, sie alle noch einmal genauer unter die Lupe zu nehmen."

Der erste Tagesordnungspunkt der morgendlichen Dienstbesprechung war schnell abgehandelt, zu schnell nach Sarahs Empfinden. Es ging um die Suche nach Hanna Otting, die bisher zu keinem Ergebnis geführt hatte.

„Wir haben alles getan, was in so einem Falle notwendig ist", schob Menk Sarahs diesbezügliche Bedenken beiseite. „Ich bin nach wie vor überzeugt, dass sie sich irgendwo versteckt hat und nicht gefunden werden will. Jedenfalls nicht sofort."

„Sie ist suizidgefährdet", insistierte Sarah.

„Das ändert auch nichts. Wir haben unsere Möglichkeiten ausgeschöpft und sollten uns nun um diejenigen kümmern, von denen wir mit Sicherheit wissen, dass sie tot sind."

Sarah hätte Menk für diese geschmacklose Bemerkung am liebsten geohrfeigt. Der schien ihre wütenden Blicke nicht zu bemerken, denn er hatte eine Neuigkeit mitzuteilen, die ihn regelrecht beflügelte.

„Wir sind einen entscheidenden Schritt weitergekommen", verkündete er. „Wir wissen jetzt, von wem das Haar stammt, das bei Föge zusammen mit der Tatwaffe gefunden wurde. Wenigstens in einem Falle hat der DNA-Abgleich einen Treffer ergeben."

Im Raum trat atemlose Stille ein, alle Blicke waren auf ihn gerichtet. Menk genoss seinen Auftritt sichtlich.

„Die junge Frau heißt Lea Roloff und war 21 Jahre alt. Angeblich ist sie vor Cuxhaven ertrunken."

„Was heißt angeblich?", fragte Volker. „Ist sie ertrunken oder nicht?"

„Ihr Freund Sven Kühne hat es behauptet", entgegnete Menk. „Mit ihm war sie vor vierzehn Tagen zu einer Wattwanderung aufgebrochen. Dabei verspäteten sie sich und wurden von der Flut überrascht. Sie fassten den verhängnisvollen Entschluss, einen Priel, der ihnen den Rückweg abschnitt, zu durchschwimmen. Der junge Mann, der ein erfahrener Schwimmer ist, schaffte es, doch die Frau wurde von der Strömung mitgerissen. Ihre Leiche wurde erst fünf Tage später weit draußen im Meer auf einer Sandbank gefunden."

Volker schüttelte resigniert den Kopf. Er kannte das Wattenmeer wie kein Zweiter und konnte sich endlos über das leichtfertige Verhalten vieler Touristen aufregen. Einen Priel zu durchschwimmen war einfach fahrlässig. Die Strömung dort war oft stark und tückisch, so manchem sorglosen Wattwanderer war sie schon zum Verhängnis geworden. Er wollte etwas sagen, doch Kriminalhauptkommissar Menk unterbrach ihn mit einem Handzeichen.

„Moment", sagte er. „Das ist lediglich die Version von Sven Kühne. Vermutlich hat sich die Geschichte aber ganz anders zugetragen. Die Obduktion der jungen Frau hat nämlich ergeben, dass sie keineswegs ertrunken ist, sondern infolge einer schweren Kopfverletzung starb. Als sie ins Wasser gelangte, war sie bereits tot."

„Haben wir es demnach mit dem Versuch, ein Tötungsdelikt zu verschleiern, zu tun?", fragte Jan.

„Ganz so sieht es aus", bestätigte Menk. „Sven Kühne hat seine Freundin umgebracht und dann die Geschichte mit dem Durchschwimmen des Priels erfunden, für die es natürlich keine Zeugen gab. Er hat die Leiche im Meer versenkt, wahrscheinlich von einem Boot aus. Das würde erklären, weshalb sie erst so spät und so weit draußen gefunden wurde."

„Moment mal", sagte Sarah. „Aber wie kommen ihre Haare in die Wohnung von Rick Föge?"

„Das ist die Eine-Million-Euro-Frage", verkündete Menk theatralisch. „Nun, wer ist in der Lage, sie ohne Joker zu beantworten?"

„Es muss eine Verbindung zwischen Föge und diesem Sven Kühne geben", sagte Eva. „Kühne, der die morbiden Vorlieben von Föge teilt, hat seine Freundin umgebracht, um sie für die entsprechenden Spielchen zur Verfügung zu stellen. Nachdem sie genug von ihr hatten, haben sie die Leiche im Meer entsorgt. Das Wasser hat mögliche Spuren, die sie an ihr hinterlassen hatten, getilgt. Nur war Föge so dumm, ein Souvenir aufzuheben, nämlich die Haarsträhne der Toten."

„Exzellent kombiniert, liebe Kollegin." Menk deutete eine leichte Verbeugung in Richtung der strahlenden Eva an.

„Und was das Beste ist: Wir haben sogar schon herausgefunden, worin diese Verbindung besteht. Föges Freund Wolf Kettler, der von den Kollegen Althöfer und Sandring als völlig unverdächtig befunden wurde, war gemeinsam mit Kühne beim Bund. Die beiden standen noch immer in Kontakt. Es wird höchste Zeit, den Leichenwagen von Kettler gründlich auf Spuren untersuchen zu lassen. Wir haben schon unnötig viel Zeit verloren. Und wir wissen, wem wir das zu verdanken haben."

Bei seinen letzten Worten fing Sarah einen schadenfrohen Blick von Eva auf.

„Althöfer, Sie fahren sofort zu Kettler und Sie nehmen die Kollegin Asmuss mit", bestimmte Menk. „Er ist sofort einzubestellen und das Fahrzeug zu beschlagnahmen."

Sarah biss sich auf die Unterlippe, ließ sich aber nichts anmerken. Wieso sollte auf einmal Eva mit Jan zu Kettler fahren? Wegen ihrer nachgewiesenen besseren Kombinationsgabe? Sarah war froh, noch nicht mit ihrem Verdacht gegen die Jugendlichen herausgerückt zu sein. Morgen war Samstag und sie würde gemeinsam mit Jan Holger besuchen, der wieder daheim war. Sie war gespannt auf seine Meinung zu den neusten Entwicklungen.

58.

Am Ausgang stieß Sarah fast mit Björn zusammen.

„Nanu, wo bist du denn mit deinen Gedanken?", fragte er lachend. „Hoffentlich bei etwas Schönem."

„Eher das Gegenteil", erwiderte Sarah.

„Was ist los? Stress?" Björn folgte ihr nach draußen, wo sein Man-Trailer-Hund Arko geduldig auf ihn wartete. Er tätschelte ihm den Kopf und legte ihm die Leine an.

„Die Zusammenarbeit mit Menk ist kein Vergnügen", sagte Sarah. „Aber wir sind schließlich auch nicht zu unserem Vergnügen hier, was soll es also."

„Hast du Zeit und Lust auf ein Bier mitzukommen? Oder wartet Jan auf dich?"

Sarah schüttelte den Kopf. „Der ist noch mit Eva unterwegs. Dienstlich."

„Was denn sonst, wenn nicht dienstlich?" Björn grinste sie an. „Jan dürfte gegen Evas Charme immun sein. Nur ihr selbst ist das anscheinend noch nicht aufgefallen. Kommst du also mit?"

Sarah stimmte gern zu. Das bot ihr auch die Gelegenheit, mit Björn über Hanna Otting zu reden. Schließlich war er an der Suche nach ihr maßgeblich beteiligt gewesen. Sie gingen in das kleine Lokal, das sie als ihre Stammkneipe bezeichneten, obwohl sie sich nur alle paar

Wochen mal dort einfanden. Arko, der dort ebenfalls bekannt und gern gesehen war, verzog sich sofort gehorsam unter den Tisch. Der aufmerksame Wirt brachte ihm einen Napf mit frischem Wasser.

„Magst du erzählen?", fragte Björn, nachdem sie ihre Bestellung aufgegeben hatten.

Sarah schüttelte den Kopf. „Ich möchte lieber, dass du mir etwas erzählst. Du warst doch gleich von Anfang an bei der Suche nach Hanna Otting dabei. Mich beunruhigt ehrlich gesagt, dass es bisher keine Spur von ihr gibt, und es macht mich wütend, wie beiläufig Menk das abtut."

Björn blies behutsam in den Schaum auf seinem Bier. Er wirkte sehr nachdenklich.

„Ehrlich gesagt bin ich auch beunruhigt", sagte er. „Arko hat sich noch nie geirrt. Eine ganz frische Spur von dem Mädchen konnte er in ihrem Zimmer ausmachen. Sie war dort gewesen und hatte offenbar in ihrem Bett gelegen. Ich wollte, dass er die Spur nach draußen verfolgt, doch er hat sich immer wieder im Kreis gedreht. Einige Kollegen meinten, er würde die Arbeit verweigern oder er wäre durch etwas abgelenkt. Aber ich kenne meinen Hund besser und weiß, dass er korrekt angezeigt hat. Hanna Otting hat das Zimmer nicht wieder verlassen, jedenfalls nicht auf ihren eigenen Füßen."

„Und das heißt?", fragte Sarah atemlos.

„Sie wurde entführt und hinausgetragen, vermutlich in eine Decke gewickelt. Unter Umständen war sie da schon nicht mehr am Leben", fügte er düster hinzu.

„Weshalb glaubst du, dass man ihr etwas angetan hat? Wegen des Anschlags auf Jonas Diemer? Siehst du da eine Verbindung?"

„Ich würde eine Verbindung nicht ausschließen, doch da ist noch etwas anderes, das mich nachdenklich stimmt. Über dem Zimmer von Hanna gibt es einen niedrigen Dachboden. Wir haben Anzeichen dafür gefunden, dass sie in der letzten Zeit regelmäßig dort geschlafen hat. Der Boden ist eng, staubig und alles andere als gemütlich. Hanna hatte sich mit einem Laken, einem Kissen und einer Decke ein notdürftiges Lager auf alten Säcken eingerichtet. Außerdem gibt es da oben eine alte Futterkiste, ein ziemlich schweres Teil. An den Schleifspuren auf dem Boden war zu erkennen, dass diese Kiste regelmäßig über die Luke geschoben worden war, um sie zu blockieren."

„Hanna hatte Angst, panische Angst", sagte Sarah leise. „Immer wieder wurden Zweifel an ihren Verlautbarungen auf ihrer Internetseite geäußert, wurden ihre Berichte über Verfolgung als Wichtigtuerei abgetan. Doch niemand verkriecht sich ohne Grund auf dem Boden. Sie muss sich furchtbar schutzlos gefühlt haben."

„Wer einmal lügt, dem glaubt man nicht." Björn zuckte mit den Schultern. „Das ist schon tragisch."

„Aber dem muss doch nachgegangen werden", sagte Sarah wütend. „Hanna Otting wurde verfolgt und bedroht. Vermutlich befindet sie sich in großer Gefahr."

„Das wäre die günstigere Variante. Ich glaube allerdings, dass sie tot ist."

Sarah hoffte, Björn möge sich in diesem Punkt irren.

59.

Hanna hatte quälenden Durst. Ab und zu gab der Entführer ihr zu trinken. Er hatte ihr die Flasche hingehalten und das meiste war an ihrem Mund vorbeigeflossen, weil ihre Hände gefesselt blieben. Er hatte sie nicht einmal losgebunden, als sie ihre Notdurft verrichten musste. Lange hatte sie die Beine zusammengekniffen und schließlich unter sich gemacht, wie eine hilflose Greisin, die ihre Körperfunktionen nicht mehr zu beherrschen vermochte. Merkwürdigerweise hatte die klebrige warme Masse, in der sie nun lag, etwas Tröstliches. Der Geruch störte sie nicht mehr und sie dachte sogar mit einiger Schadenfreude daran, wie ihr Bewacher darunter leiden musste. Vielleicht würde er sich so ekeln, dass er sie laufen ließ. Außerdem hatte er mit ihr die Falsche entführt, das musste ihm inzwischen klar geworden sein. Sie konnte ihm nicht geben, was er immer wieder von ihr verlangte. Dabei hätte sie ihm inzwischen alles gegeben, um aus diesem Loch wieder herauszukommen.

Waren ihre Entführer eigentlich hinter Kim her? Hanna nahm es an, anders konnte sie sich die Anspielung auf Jonas, die auf einem der Zettel gestanden hatte, über die man nach wie vor ausschließlich mit ihr kommunizierte, nicht erklären. Wie hatte es aber zu der Verwechselung kommen können? Kim war die Freundin von Jonas, und der hatte sich in den vergangenen Tagen des Öfteren mit ihr, mit Hanna, unterhalten. Aber nein, das war Unsinn. Niemand konnte sie aus diesem simplen Grund mit Kim verwechselt haben. Und was hatte der Anschlag auf Jonas zu bedeuten? Hanna hatte das Gefühl, als würden sich ihre Gehirnwindungen zu einem Geflecht unauflöslicher Knoten umeinander schlingen. Nichts ergab mehr einen Sinn, nur die Dunkelheit, die Angst und der Durst waren real.

Hanna hatte keine Ahnung, wie viel Zeit sie in diesem Loch verbrachte, es war so finster, dass sie Tag und Nacht kaum unterscheiden konnte. Außerdem war sie so geschwächt, dass sie immerzu eindöste und dann völlig desorientiert wieder erwachte. Schließlich wurden die Bedingungen etwas gelockert, sie bekam nun regelmäßig eine salzige Brühe zu trinken und etwas klebriges Weißbrot zu essen. Damit sie es zu sich nehmen konnte, wurde sogar ihre rechte Hand befreit. Daraus schöpfte sie die Hoffnung, dass man an ihrem Überleben interessiert war.

Doch schon bald kamen die Angst und die Panik zurück, denn seit einer ganzen Weile hatte sich Hannas Bewacher nicht blicken lassen. Was, wenn er überhaupt nicht wiederkäme? Dann würde sie hier unten elendig sterben, denn sie hatte keine Chance, sich selbst zu befreien. War er etwa schon fort, hatte beschlossen, sie hier zurückzulassen, da sie ihm nicht von Nutzen sein konnte?

Als sie leise Schritte hörte, glaubte sie im ersten Moment zu halluzinieren. Doch jemand kam näher, verborgen hinter dem grellen Strahl der Taschenlampe, vor dem sie geblendet die Augen schließen musste. Eine kühle Hand schlug ihr ins Gesicht, eine Hand, die in einem Lederhandschuh steckte. Es war das Signal, dass sie die Augen öffnen sollte. Die folgende Szene war ihr bereits vertraut: Da war der Zettel mit der in großen Druckbuchstaben verfassten Nachricht, auf den das Licht nun gerichtet war. *REDE ENDLICH ODER DU WIRST STERBEN!* Es gab nichts, worüber Hanna hätte reden können. Doch da war auf einmal ein Geruch, der ihr merkwürdig vertraut vorkam. Das war nicht der gleiche Mann, der gestern hier gewesen war, das war ein anderer. Bevor sie nachdenken konnte, hatte sie bereits den Namen ausgesprochen. Dumpf hallte er von den Wänden wieder. Sie sah seine Hand, die immer noch den Zettel hielt, zucken, sah den Schein der Taschenlampe kurz abschweifen. Einen Moment lang schien er danach wie erstarrt. Sie hatte sich nicht geirrt, doch sie hatte keine Ahnung, was es für sie bedeutete, ihn erkannt und ihm das verraten zu haben.

60.

Holger sah deutlich besser aus und seine Augen funkelten lebhaft, als er Sarah und Jan aufforderte, ihn auf den neusten Stand der Ermittlungen zu bringen. Er sollte auf Anraten seines Arztes eine Kur antreten, zeigte sich aber überhaupt nicht geneigt. Ihm passte es nicht einmal, dass er noch für die gesamte kommende Woche krankgeschrieben war.

„Du solltest dich wirklich noch schonen", sagte seine Frau Ulla, die selbst gebackenen Kuchen und Tee auftischte. „Was versäumst du denn, wenn du dir mal ein wenig Ruhe gönnst?"

„Wie es aussieht, versäume ich eine ganz Menge", erwiderte er. „Nun erzählt schon, dass Ulla mithören darf, wisst ihr ja bereits. Ist zwar gegen die Vorschrift, aber nach dreißig Ehejahren hat man keine Geheimnisse voreinander, auch keine dienstlichen."

Sarah bewunderte Holger und Ulla für ihre harmonische Partnerschaft. Ulla, die als Grundschullehrerin auch einen Vollzeitjob hatte, zeigte viel Verständnis für Holgers Beruf. Sie war für ihn ein Hort der Stabilität und es tat ihm mit Sicherheit gut, sich mit ihr über alles austauschen zu können.

„Also ich würde mal sagen, die Lage wird immer verworrener", fing Sarah an zu erzählen. „Rick Föge ist nach wie vor der Hauptverdächtige, doch obwohl die Tatwaffe bei ihm sichergestellt wurde und er kein Alibi hat, leugnet er hartnäckig, für die Morde verantwortlich zu sein. Jetzt konnte eine der beiden Haarsträhnen, die bei ihm gefunden wurden, einem Opfer zugeordnet werden. Die einundzwanzigjährige Lea Roloff wurde vermutlich von ihrem Freund Sven Kühne durch einen Schlag auf den Kopf getötet und anschließend ins Meer geworfen. Er wollte es wie einen Unfall bei einer Wattwanderung aussehen lassen, nach seinen Angaben war sie beim Durchschwimmen eines Priels von der Strömung mitgerissen worden und ertrunken."

„Und wie kommt Föge dann zu ihrem Haar?", fragte Holger verwundert.

„Das ist in der Tat merkwürdig", schaltete sich Jan ein. „Es gibt eine Verbindung zwischen Wolf Kettler, einem Freund von Föge, und diesem Sven Kühne. Sie waren gemeinsam beim Bund und sollen auch danach noch Kontakt gehalten haben. Damit wären wir wieder bei der Hypothese vom Zusammenschluss nekrophiler Psychopathen angekommen. Sie töten, um ihren perversen Vorlieben nachgehen zu können. Menk ist sich sicher, auf der richtigen Spur zu sein."

„Das wäre in der Tat ein einzigartiger Fall", sagte Holger. „Ich habe von einigen nekrophilen Tätern gehört, aber noch nie von einem organisierten Vorgehen mehrerer. So etwas findet man bei Kinderschändern, nicht aber bei Menschen, deren sexuelle Orientierung auf Leichen ausgerichtet ist."

„Mir kommt es auch sehr unwahrscheinlich vor", stimmte Jan ihm zu. „Aber die Fakten scheinen eine andere Sprache zu sprechen."

„Wenn die Fakten wenigstens zueinander passen würden", gab Sarah zu bedenken. „Was ist mit dem Anschlag auf Jonas Diemer? Wurde Hanna Otting entführt und wenn ja, von wem? Ich habe keine Zweifel daran, dass das Mädchen verfolgt und bedroht wurde. Aber weshalb? Haben sie und Jonas etwas beobachtet, was sie nicht sehen durften? Ich war ja drauf und dran, einen anderen Verdacht zu äußern, nur gut, dass ich es nicht getan habe. Jedenfalls nicht unserem aktuellen Vorgesetzten gegenüber."

„Und was für ein Verdacht ist das?", fragte Holger interessiert.

„Na ja, ich vermute, dass die Clique um Finja Belling mehr weiß, als sie zugeben. Das Alibi, das Finjas Großvater ihnen gegeben hat, steht auf ziemlich wackligen Füßen. Außerdem fand ich es verdächtig, dass Finjas Vater den Wagen des Großvaters verschrotten ließ, ohne das mit ihm abzusprechen. Und zwar kurz nachdem die Toten am See gefunden worden waren."

„Und was schlussfolgerst du daraus?" Holger schaute Sarah fest in die Augen, er führte die Teetasse zum Mund und erst als er trinken wollte, bemerkte er, dass sie leer war.

„Könnte es nicht sein, dass Kim an dem Abend am See ihre Freunde zur Hilfe gerufen hat? Dass die dann mit dem Wagen des Großvaters hingefahren sind und Kim ein Alibi verschafft haben?"

„Kims Handy wies keinen entsprechenden Anruf auf", gab Jan zu bedenken. „Sie hatte lediglich mit Föge telefoniert."

„Trotzdem wäre es möglich", sagte Holger. „Es könnte eine vorherige Absprache gegeben haben."

„Es ist natürlich ein ungeheuerlicher Verdacht, dass die Jugendlichen etwas mit dem Tod ihrer beiden Freunde zu tun haben könnten", fuhr Sarah fort. „Aber wir sollten auch in diese Richtung denken. Es gibt Beispiele dafür, dass Gewalt in einer Gruppe eskalieren kann. Und wir haben das Fahrzeug bisher nicht gefunden, in dem Kim weggebracht wurde. Wenn die Täter, die auch die beiden anderen umgebracht haben, in dem Fahrzeug waren, dann müssen sie Blutspuren darin hinterlassen haben. Alles andere ist angesichts des Massakers, das sie angerichtet haben, nicht denkbar."

„Ich verstehe, worauf du hinauswillst." Holger nickte Sarah zu. „Finjas Vater hat diese Spuren im Auto des Großvaters, das Finja und ihre Freunde in der Nacht heimlich benutzt hatten, entdeckt und er hat den Wagen verschrotten lassen, um seine Tochter zu schützen. Oder war er sogar selbst derjenige, der an dem Abend am See war, und seine Tochter weiß darüber Bescheid?"

„Wir haben allerdings kaum eine Chance, es herauszufinden. Schon deshalb nicht, weil Menk nicht will, dass wir der Familie Belling zu nahe treten." Sarah verzog resigniert das Gesicht.

Ulla schnaubte verächtlich durch die Nase. „Das wundert mich nun überhaupt nicht", sagte sie. „Euer Kriminalhauptkommissar Menk und Dr. Curd Belling sind gute Freunde. Von Bellings politischem Aufstieg erhofft sich Menk einen Karriereschub. Ich weiß das vom Vater einer Schülerin, der mit den beiden im gleichen Golfclub ist."

Sarah horchte bei dieser Mitteilung auf, sie warf Jan einen bedeutungsvollen Blick zu. Der aber war abgelenkt, weil er gerade eine Nachricht auf seinem Handy las. Als er aufschaute, wirkte er sehr ernst.

„Es sieht so aus, als würde Menk die Protektion gar nicht mehr nötig haben, denn er scheint in unserm Fall tatsächlich auf der richtigen Spur zu sein", sagte er. „Eva und ich haben Kettler gestern nicht angetroffen. Erst sah es so aus, als wäre er einfach zu einem Wochenendtrip aufgebrochen; doch jetzt steht fest, dass er untergetaucht ist. Die Fahndung nach ihm läuft bereits. Sein Leichenwagen scheint nun doch das gesuchte Transportfahrzeug gewesen zu sein. Menk wird uns einen Kopf kürzer machen, weil wir Kettler bei der ersten Befragung nicht ausreichend gegrillt haben."

Sarah merkte, dass ihr Kopf heftig zu schmerzen begann.

61.

Jan war in die Polizeidirektion gefahren, um sich mit dem Stand der Fahndung nach Wolf Kettler vertraut zu machen. Er hatte Sarah nach Hause fahren wollen, doch sie hatte ihn gebeten, sie vorher abzusetzen. Sie verspürte das dringende Bedürfnis, noch ein paar Schritte zu laufen. Die neuesten Entwicklungen verunsicherten sie, offenbar hatte sie sich mit ihren Vermutungen über die Verwicklung der Jugendlichen in den Fall verrannt. War sie nicht mehr objektiv? Hatte sie sich von ihrer unterschwelligen Abneigung gegen den Belling-Clan beeinflussen lassen? Der Großvater war ein Rechter, der seinen Nazi-Vater verehrte und dessen Werte hochhielt, der Vater war ein Karrierist und die Tochter ein verlogenes Luder, das Diebstähle beging.

Ein lautes Klingeln ertönte hinter Sarah, ein Radfahrer bremste scharf ab. „Hallo, sind Sie taub?"

Er schien schon eine ganze Weile geklingelt zu haben, doch sie hatte einfach nicht darauf geachtet. Es passierte ihr in letzter Zeit des Öfteren, dass sie unkonzentriert war. Neulich erst war sie fast vor einen Krankenwagen gelaufen.

Sarah blieb abrupt stehen. Ihr Gefühl sagte ihr, dass sie sich gerade an etwas Wichtiges erinnert hatte. Sie war aus der Rechtsmedizin gekommen und hatte etwas beobachtet, das sie abgelenkt hatte. Was war das bloß gewesen? Sie hatte jemanden gesehen ... Auf einmal stand ihr die Szene wieder klar vor Augen. Eine dunkelhaarige Frau war an ihr vorbeigegangen, eine sehr attraktive Frau, die ihr bekannt vorgekommen war. Sarah hatte sie zuvor nur einmal gesehen, doch ihr Anblick hatte einen bleibenden Eindruck hinterlassen. Das war Gloria van Ries gewesen, die aktuelle Lebensgefährtin von Dr. Curd Belling.

Sie wollte nicht warten, bis sie zu Hause war, Sarah zückte ihr Handy und rief Jan an.

„Alles in Ordnung bei dir?", meldete er sich besorgt.

„Ja, alles in Ordnung, aber ich muss wissen, wo die Tote aus dem Watt untersucht wurde, die, von der das Haar stammt, das bei Föge gefunden wurde."

„Ich glaube in Kiel, aber warte, ich schaue noch mal nach. Ja, in Kiel", bestätigte er nach einer kurzen Pause, „weshalb willst du das wissen?"

„Das erkläre ich dir später", sagte sie und hatte es plötzlich sehr eilig. Erst als sie das Gespräch beendet hatte, fiel ihr ein, dass sie sich gar nicht nach dem Stand der Fahndung nach Kettler erkundigt hatte. Auf einmal kam ihr das allerdings auch nicht mehr so wichtig vor. Sie musste jetzt dringend etwas klären.

62.

Hanna wurde vom grellen Sonnenlicht derart geblendet, dass sie die Augen schließen musste. Sofort geriet sie ins Wanken, drohte zu stürzen. Ihre Beine waren steif, ihr ganzer Körper schmerzte. Vier Tage lang war sie gefangen gehalten worden, doch es kam ihr wie eine Ewigkeit vor. Sie konnte immer noch nicht glauben, dass sie entkommen war. Das heißt, wirklich in Sicherheit wäre sie erst, wenn sie Hilfe fand. So lange sie allein durch die Gegend irrte, konnte ihr Peiniger sie finden und zurückholen. Sie kämpfte sich durch lichtes Gestrüpp zur Straße vor, Autos rauschten an ihr vorüber. Hanna versuchte mit Handzeichen einen Wagen zum Anhalten zu bewegen, doch die ersten drei fuhren an ihr vorüber. Kein Wunder, sie sah aus wie eine Landstreicherin.

Plötzlich vernahm sie hinter sich ein leises Knacken. Er war ihr auf der Spur, er kam sie holen! In Panik stürzte sie sich vor das nächste herannahende Auto, der Fahrer des roten Golf wich ihr im letzten Moment aus und bremste dann scharf. Die Fahrertür wurde aufgerissen und ein hochgewachsener Mann um die vierzig kam mit wutverzerrtem Gesicht auf sie zu.

„Bist du wahnsinnig? Willst du dich umbringen?" Er packte Hanna an den Schultern und schüttelte sie, ließ jedoch gleich wieder von ihr ab und wich angewidert zurück. Ihr wurde bewusst, dass sie stank wie eine Kloake. Inzwischen war auch eine Frau aus dem Auto ausgestiegen, angesichts ihrer gepflegten Erscheinung fühlte sich Hanna gleich noch elender.

„Bitte helfen Sie mir", stammelte sie. „Ich wurde entführt und eingesperrt. Er ist hinter mir her."

„Bist du etwa das Mädchen, nach dem gesucht wird? Bist du Hanna Otting?" Die Frau riss erstaunt die Augen auf und Hanna konnte nur nicken.

„Mein Gott, wie furchtbar." Die blonde Frau in dem hellen Sommerkleid wurde ganz eifrig. „Natürlich helfen wir dir. Wir bringen dich zur Polizei, oder nein", korrigierte sie sich, „wohl besser in das nächste Krankenhaus."

Sie griff nach Hannas Arm und wollte sie zum Auto hinüberführen, zauderte dann aber.

„Warte mal", sagte sie, nahm eine Decke aus dem Kofferraum und brachte sie Hanna. „So, wir wickeln dich ein bisschen ein. Deine Sachen sind ziemlich ramponiert."

Ihr Mann runzelte die Stirn. „Die Decke bekommst du nicht wieder sauber, die kannst du hinterher wegwerfen", sagte er.

„Das ist doch wohl völlig unwichtig", schnauzte seine Frau ihn an, während sie Hanna half, sich auf den Rücksitz zu setzen und anzuschnallen. „Fahr jetzt endlich."

Auf dem Rücksitz schloss Hanna die Augen. Sie war einstweilen gerettet, doch sie durfte jetzt keinen Fehler machen.

63.

Sarah erreichte Dr. Mangold nicht, sie war gerade bei einer Obduktion.

Unmittelbar darauf rief Jan an. „Sarah, Hanna Otting ist wieder aufgetaucht. Sie lebt", sagte er.

„Das ist ja mal eine gute Nachricht. Weißt du schon Näheres? Wie geht es ihr?"

„Sie ist im Krankenhaus in Itzehoe, wurde von einem Ehepaar, das sie um Hilfe gebeten hatte, dort abgeliefert. Es soll ihr den Umständen entsprechend gut gehen. Angeblich wurde sie entführt und in einem Keller gefangen gehalten. Die Ärzte haben grünes Licht gegeben, dass wir sofort mit ihr reden dürfen. Ich hole dich in einer Viertelstunde ab und dann fahren wir zu ihr."

Hanna lebte! Sarahs Erleichterung war groß, ihr wurde erst jetzt bewusst, wie sehr sie um das Mädchen gebangt hatte. Nur gut, dass Hanna vernehmungsfähig war, es war wichtig, mit ihr zu reden, bevor die ersten Eindrücke bei ihr zu verblassen begannen.

Jan war pünktlich und ließ Sarah einsteigen. „Ich weiß noch nicht viel, nur das, was mir die behandelnde Ärztin am Telefon mitgeteilt hat. Aber mit Sicherheit war von einer Entführung die Rede. Natürlich kann das Mädchen das auch vorgetäuscht haben."

„Nun warte doch erst mal ab." Sarah hatte das Gefühl, Hanna verteidigen zu müssen. Es enttäuschte sie, dass Jan Zweifel an Hannas Angaben äußerte, obwohl sie noch nicht mit ihr gesprochen hatten.

Die Ärztin, mit der sie nach ihrer Ankunft im Krankenhaus zuerst sprachen, war eine Frau kurz vor dem Eintritt ins Rentenalter mit herben Zügen und müden Augen.

„Ich habe keine Zweifel daran, dass das Mädchen gewaltsam festgehalten wurde", sagte sie. „Sie hat Spuren einer Fesselung an den Handgelenken und an den Fußgelenken. Ihre Kleidung war mit Urin und Kot beschmutzt, weil sie sich offenbar nicht bewegen konnte und unter sich gemacht hatte. Außerdem war sie dehydriert."

„Hat sie sonst noch irgendwelche Verletzungen?", fragte Sarah.

Die Ärztin zögerte. „Keine frischen, falls Sie das meinen."

„Aber ältere?"

„Ja, allerdings. Wie es aussieht, hat sie sich regelmäßig geritzt, und zwar an den Oberschenkeln. Es gibt relativ neue mit frischem Schorf bedeckte Schnitte sowie ältere Narben. Das deutet auf psychische Probleme hin."

Sarah nickte, das mit den psychischen Problemen war ihr nicht neu.

„Können wir zu ihr?", fragte sie. „Wird sie mit uns reden können?"

„Ich denke schon", erwiderte die Ärztin. „Sie wirkt allerdings sehr verängstigt. Wir haben ihr Flüssigkeit über einen Tropf zugeführt, mehr konnten wir erst einmal nicht für sie tun."

Hanna lag in einem Einzelzimmer, sie zuckte zusammen, als Sarah und Jan eintraten. Sarah zog einen Stuhl an das Bett und ließ sich darauf nieder, Jan platzierte sich ein Stück entfernt auf dem zweiten Stuhl, der an einem kleinen Tisch direkt vor dem Fenster stand.

„Hallo Hanna, wie geht es dir?", fragte Sarah. Das Mädchen trug eins der üblichen Krankenhausnachthemden und ihr Haar lag feucht am Kopf an, was sie jünger und sehr verletzlich aussehen ließ. Offenbar hatte man sie geduscht, keine gute Voraussetzung um mögliche Spuren an ihrem Körper zu sichern. Sarah warf einen Blick auf die Handgelenke des Mädchens und erkannte deutliche rote Striemen, die tatsächlich von Fesseln zu stammen schienen. Sie würden einen Polizeifotografen bestellen und das dokumentieren lassen. Aber erst einmal wollte sie mit Hanna reden, die bisher den Mund noch nicht aufgemacht hatte.

„Hanna, kannst du mit uns reden?", fragte sie.

Hanna nickte leicht. „Ich habe Angst", flüsterte sie. „Werden Sie bei mir bleiben und aufpassen?"

„Wir müssen erst einmal genau wissen, was mit dir passiert ist", erwiderte Sarah. „Am besten erzählst du es uns der Reihe nach. Weißt du, welcher Tag heute ist?"

„Ja, Freitag."

„Das ist richtig. Vermisst wirst du seit Montag. Erinnerst du dich an den Montag? Kannst du erzählen, wie der Tag verlaufen ist?"

„Ich war früh in der Schule. Auf dem Nachhauseweg ist mir schlecht geworden. Ich musste mich kurz auf eine Bank setzen und habe dadurch den Bus verpasst."

„Wie bist du dann nach Hause gekommen?"

„Ein Auto hat mich mitgenommen. Ein großes schwarzes Auto, es sah aus wie ein Leichenwagen. Ich wollte erst gar nicht einsteigen, aber ich wusste nicht, wie ich sonst nach Hause kommen sollte. Der Fahrer war nett, er hat gesagt, wenn mir schlecht ist, dann kommt das bestimmt von der Wärme und ich soll erst mal was trinken. Er hat mir Tee aus einer Thermosflasche angeboten, nachdem ich den getrunken hatte, muss ich eingeschlafen sein. Als ich wieder aufgewacht bin, lag ich in einem Keller und war gefesselt."

Sarah hörte, wie Jan sich räusperte, und warf ihm einen warnenden Blick zu. Doch er hatte nicht die Absicht, Hanna zu unterbrechen, im stummen Einverständnis mit Sarah wollte er sich ihre Version der Geschichte zu Ende anhören.

„Also ich lag da und es war so dunkel, dass ich kaum erkennen konnte, ob Tag oder Nacht war. Der Mann hat mir ein paar Mal was zu trinken gebracht, aber er hat nie meine Fesseln aufgemacht. Nur manchmal hat er meine rechte Hand befreit, damit ich etwas essen konnte. Er hat nicht gesprochen und ich wusste nicht, was er von mir wollte. Ich hatte schreckliche Angst, dass er mich umbringen wird. Immer wenn er nicht da war, habe ich versucht, meine Fesseln zu lockern. Es hat lange gedauert, aber am Ende habe ich es geschafft. Erst habe ich die eine Hand freibekommen, er hatte sie, nachdem ich gegessen hatte, nicht wieder richtig festgebunden. Dadurch konnte ich auch meine andere Hand und meine Füße losbinden. Ich habe mich aus dem Keller geschlichen, die Tür war nicht verschlossen. Dann bin ich ein Stück gelaufen, bis ich an eine Straße gekommen bin und ein Auto angehalten habe. Die Leute haben mich hierher ins Krankenhaus gebracht."

„Gut Hanna, wir sind sehr froh, dass du dich befreien konntest. Aber ein paar Fragen habe ich schon noch. Wo genau bist du in das schwarze Auto eingestiegen?"

„Das war ein Stück hinter der Bushaltestelle. Der Fahrer des Autos muss mitbekommen haben, dass ich den Bus verpasst hatte."

„Kannst du den Mann beschreiben?"

Hanna wirkte unsicher. „Der sah ganz normal aus."

„Wie alt war er deiner Meinung nach?"

„So zwischen vierzig und fünfzig könnte er gewesen sein."

„Was für eine Haarfarbe hatte er? Sind dir irgendwelche besonderen Merkmale wie Narben oder Tätowierungen aufgefallen?"

„Seine Haarfarbe konnte ich nicht erkennen, er hatte ein Basecap auf. Narben oder so habe ich nicht gesehen."

„Würdest du ihn wiedererkennen? Könntest du sein Gesicht so gut beschreiben, dass wir ein Phantombild anfertigen lassen können?"

„Nein, ich habe ihn kaum angeschaut. Er hat mir ja, gleich nachdem ich eingestiegen war, dieses Getränk gegeben, danach kann ich mich nicht mehr erinnern."

„Aber den Weg zu dem Haus, in dem du gefangen gehalten wurdest, den kannst du uns doch beschreiben?" Sarah ließ nicht locker.

Hanna drehte den Kopf unwirsch zur Seite. „Mir ist schwindlig", sagte sie. „Können wir aufhören zu reden?"

„Hanna, wir wollen dich auf keinen Fall zu sehr anstrengen", erwiderte Sarah sanft. „Aber du willst doch auch, dass derjenige, der dir das angetan hat, gefasst wird. Deshalb brauchen wir deine Aussage. Schließlich läuft der Täter immer noch frei herum."

Sarah entging nicht, dass Hanna bei ihrem letzten Satz zusammenzuckte. *Sie hat Angst,* dachte sie.

„Könntest du uns also wenigstens ungefähr sagen, wo sich das Haus mit dem Keller befindet?"

„Nein, kann ich nicht. Ich kannte die Gegend nicht. Nachdem ich zur Straße gelaufen war, habe ich das Auto angehalten und während der Fahrt habe ich nicht nach draußen geschaut."

Na schön, Sarah wollte sie nicht weiter bedrängen. Sie würde auch so herausfinden, wo sich das Haus befand, denn das Paar, das Hanna ins Krankenhaus gebracht hatte, würde Angaben zu dem Ort machen können, an dem sie das Mädchen aufgelesen hatten. Was sie beunruhigte, war Hannas offensichtlicher Widerstand gegen die Befragung.

Jan, der sich bisher völlig zurückgehalten hatte, stellte nun auch eine Frage.

„Wenn ich es richtig verstanden habe, bist du gleich nach der Schule entführt worden. Wie kommt es dann aber, dass deine Schultasche zu Hause in deinem Zimmer war?"

Hannas Gesicht verschloss sich noch mehr. „Die hatte ich an dem Tag nicht mit. Eigentlich wollte ich gar nicht am Unterricht teilnehmen, sondern mich nur entschuldigen, weil es mir nicht gut ging. Aber dann bin ich doch geblieben."

„Und weshalb hast du dein Handy auch zu Hause gelassen?"

Sarah warf Jan einen warnenden Blick zu. Es machte keinen Sinn, weiter in das Mädchen zu dringen, auch so war offensichtlich, dass sie die ganze Zeit log.

Eine Schwester betrat mit einem Tablett mit Medikamenten das Zimmer. Sofort setzte Hanna eine leidende Miene auf.

„Ich habe Kopfschmerzen, können Sie mich jetzt in Ruhe lassen."

„Natürlich Hanna, wir wollten sowieso gerade gehen. Weiterhin gute Besserung und wenn dir noch etwas einfallen sollte, kannst du dich jederzeit bei uns melden."

Sie legte ihre Karte auf den Nachttisch und nickte der Schwester freundlich zu, bevor sie mit Jan das Zimmer verließ.

„Wir sollten sie überwachen lassen", sagte er, kaum dass sie die Tür hinter sich geschlossen hatten.

„Du glaubst also auch, dass sie in Gefahr ist?", fragte Sarah.

„Ich will vor allem wissen, ob jemand versucht, Kontakt mit ihr aufzunehmen", erwiderte Jan.

64.

Kriminalhauptkommissar Menk war weniger beglückt über das unversehrte Auftauchen von Hanna Otting, als darüber, seine Theorie untermauert zu sehen.

„Der Leichenwagen, mit dem sie entführt wurde, weist eindeutig auf Wolf Kettler hin. Das bestätigt meine Hypothese, bei ihm könnte es sich um den gesuchten Komplizen von Föge handeln, endgültig. Wenn er gefasst ist, wird er uns zu weiteren Mitgliedern dieses Rings von Perversen führen können. Dass er sich auf der Flucht befindet, bedeutet, dass er anfängt Nerven zu zeigen. Er wird nicht so hartnäckig schweigen wie Föge, ihn kochen wir ganz schnell weich."

„So eindeutig liegt der Fall nicht." Jan ignorierte Menks wütenden Blick, der es so gar nicht zu schätzen wusste, dass man ihm seinen Triumph schmälern wollte.

„Hanna Otting hat gelogen, die ganze Geschichte, die sie uns aufgetischt hat, klang von A bis Z erfunden."

„Es gibt doch aber wohl eindeutige Anzeichen dafür, dass sie wirklich entführt und gefangen gehalten wurde. Sie wird sich kaum selbst in den Zustand gebracht haben, in dem sie aufgegriffen wurde", bemerkte Eva spitz. Die Sitzordnung im Besprechungsraum spiegelte die Fronten wider, die sich während der Bearbeitung des Falles aufgetan hatten. Auf der einen Seite des Tisches saßen Menk und Eva, auf der anderen Jan und Sarah. Volker, der hoffnungsvoll seiner baldigen Pensionierung entgegensah, hatte sich seitlich platziert, ebenso Till, der auf eine steile Karriere in der Mordkommission hoffte und nicht anzuecken versuchte. Sarah wurde schmerzlich bewusst, wie sehr Holger und seine ruhige, sachliche Art, die Probleme anzugehen, fehlte.

Jan ließ sich nicht aus dem Konzept bringen. „Ich behaupte nicht, dass sie die Entführung erfunden hat, im Gegenteil. Was ich allerdings bezweifle, sind die Umstände, die dazu geführt haben. Wir wissen mit ziemlicher Sicherheit, dass sie an dem besagten Tag zunächst von der Schule nach Hause gekommen ist. Sie behauptet dagegen, direkt nach dem Unterricht in der Nähe der Bushaltestelle entführt worden zu sein. Sie konnte weder den Fahrer des Wagens beschreiben noch die ungefähre Lage des Hauses, in dem man sie gefangen gehalten hatte."

„Kann das nicht eine Folge der ausgestandenen Angst sein? Es soll doch vorkommen, dass Menschen, die einen Schock erlitten haben, sich nicht genau erinnern können."

Der Einwurf von Eva löste bei Menk beifälliges Kopfnicken aus, für das sie ihm mit einem kleinen Lächeln dankte.

„Nein", sprang Sarah Jan bei, „es war ganz auffällig, dass Hanna unseren Fragen auszuweichen versuchte. Ich denke, sie deckt jemanden."

„Weshalb sollte sie jemanden decken, der sie in einen Keller gesperrt und in Todesangst versetzt hat?", fragte Menk ungehalten. „Vor allem aber kann sie sich das Detail mit dem Leichenwagen nicht ausgedacht haben. Davon ist der Öffentlichkeit nichts bekannt."

Sarah musste sich eingestehen, dass dieser Punkt an Menk ging. Die Fahndung nach Kettler war nicht öffentlich gewesen. Allerdings wussten innerhalb der Polizei eine Menge Leute davon und undichte Stellen gab es immer. Doch wie sollte so eine Information ausgerechnet zu Hanna Otting gelangt sein?

Die Tür ging auf und ein uniformierter Beamter kam herein. „Entschuldigung, wenn ich störe", sagte er, „aber wir haben eine Meldung bekommen, dass die Feuerwehr gerade den Brand eines leer stehenden Hauses bei Nortorf bekämpft. Es soll sich eindeutig um Brandstiftung handeln."

„Und was haben wir damit zu tun?" Menk sprach wieder in dem Kasernenhofton, den Sarah so hasste.

Jan ignorierte ihn einfach. „Danke Kollege, gut dass Sie uns gleich informiert haben", sagte er zu dem leicht verlegenen Beamten. Dann erhob er sich von seinem Platz.

„Wir sollten uns sofort auf den Weg machen, bevor sämtliche Spuren vernichtet sind", setzte er an die Kollegen gewandt hinzu. „Dieses Haus dürfte der Ort sein, an dem Hanna gefangen gehalten wurde. Es hat in unseren Ermittlungen schon einmal eine Rolle gespielt. Und in der Nähe von Nortorf wurde Hanna von dem Ehepaar aufgegriffen, das sie in die Klinik gebracht hatte. Das haben sie mir gerade telefonisch mitgeteilt."

65.

Auf der Fahrt nach Nortorf ließ sich Menk alles über die Durchsuchung des leer stehenden Hauses, die vor seiner Übernahme des Falles stattgefunden hatte, berichten. Zwar hatte er das bereits den Akten entnehmen können, doch im Gegensatz zu Jan hatte er nicht sofort geschlussfolgert, dass dieses Haus bei Hannas Entführung eine Rolle gespielt haben könnte. Nun versuchte, er seine Verärgerung darüber durch einen langen Monolog zu überspielen.

„Das Haus war also eine der Wirkungsstätten von Föge, hier lebte er seine morbiden Fantasien aus. Interessant, dass wir im Laufe unserer Ermittlungen immer wieder auf ihn stoßen. Das kann ja wohl kein Zufall sein."

Der scharfe Brandgeruch war schon aus einiger Entfernung wahrzunehmen. Als Jan, Sarah, Eva und Menk aus den Autos stiegen, reizte er ihre Augen und Atemwege. Mehrere Löschfahrzeuge versperrten ihnen den Weg zum Haus, doch Flammen waren nicht mehr zu sehen, nur eine dünne Rauchfahne bahnte sich ihren Weg in den wolkenlosen Sommerhimmel. Ein Mann in Feuerwehruniform kam ihnen entgegen.

„Kriminalpolizei?", fragte er. „Ihr seid ja fast so schnell wie wir. Das hier war eindeutig Brandstiftung, die Täter haben sogar die leeren Benzinkanister liegen gelassen. Von dem Haus ist nicht mehr viel übrig, nur der Keller ist noch vorhanden. Zum Glück können wir ausschließen, dass Personen zu Schaden gekommen sind. In diesem Haus hatten sich schon mal Obdachlose einquartiert, hätte gerade noch gefehlt, dass irgendein Idiot versucht hätte, sie auszuräuchern."

Zwei Männer mit Atemschutzgerät kamen auf sie zu.

„Alles gecheckt?", fragte der Mann, der die Kriminalisten angesprochen hatte. Inzwischen wussten sie, dass er der Einsatzleiter war. Die Männer zogen sich die Schutzmasken vom Gesicht und schauten einander an.

„In dem Keller ...", begann der eine unsicher.

„Was ist in dem Keller? Etwa doch eine Leiche?", fragte der Einsatzleiter ungeduldig.

„Nein, aber da steht ein altes Metallbett. Am Fußende und am Kopfende kann man die Reste von verkohlten Gurten erkennen und in der Mitte hängt eine Kette."

„Verdammt, ich hab es geahnt", murmelte Jan.

„Althöfer, Sie leiten hier die Ermittlungen vor Ort", bestimmte Menk. „Sorgen Sie für eine weiträumige Absperrung des Tatortes und benachrichtigen Sie die Kollegen von der Spurensicherung. Ich erwarte bis heute Abend Ihren Bericht."

Jan schaute ihm verdutzt nach, als der Kriminalhauptkommissar in seinen Wagen stieg und davonfuhr. Er musste etwas Wichtiges vorhaben und das bereits vorhin gewusst haben. Deshalb hatte er darauf bestanden, mit zwei Wagen zum Brandort zu fahren, obwohl das eigentlich nicht nötig gewesen wäre.

Die Feuerwehr ließ nur einen Mann als Brandwache zurück und Jan atmete auf, als die anderen den Tatort verließen. Vermutlich hatten die Löscharbeiten eine Menge Spuren zerstört. Die Kollegen von der Spurensicherung, die in ihren weißen Schutzanzügen bald das Bild des Tatortes prägten, grummelten entsprechend vor sich hin. Menk hätte Jan nicht darauf hinweisen müssen, den Tatort möglichst weiträumig abzusperren. Er wusste aus Erfahrung, dass Täter unvorsichtiger wurden, je weiter sie sich vom unmittelbaren Ort des Geschehens entfernten. Dann wurden mit der Tat in Verbindung stehende Gegenstände entsorgt oder einfach auch mal ein Papiertaschentuch oder eine Zigarettenkippe weggeworfen. Er wies die Kollegen an, alles gewissenhaft einzusammeln.

„Auf welchem Wege könnte hier jemand gekommen und gegangen sein?", fragte er laut.

„Auf dem gleichen wie wir, vermute ich mal", sagte Eva. „Andere Möglichkeiten gibt es schließlich kaum. Gleich hinter dem Haus beginnt das Moor, rechts und links ist alles dicht zugewuchert. Da kommt kein Fahrzeug durch."

Jan runzelte die Stirn. „Wenn Hanna in dem Punkt die Wahrheit gesagt hat, wurde sie mit einem Fahrzeug hierher gebracht. Aber danach hat der Täter mehrmals nach ihr geschaut und ihr zu essen und zu trinken gebracht. Er wird sich kaum die ganze Zeit hier aufgehalten haben. Mehrmals hin- und herfahren, das wäre aber auch riskant gewesen. Das Fahrzeug hätte jemandem auffallen können."

„Glaubst du, er wäre zu Fuß gegangen?" Eva musterte ihn ungläubig. Jan antwortete nicht und trat nach rechts in das dichte Gestrüpp. Schon nach wenigen Schritten kam er nicht weiter. Er ging den Weg zurück und wandte sich nach links.

„Hier ist ein Weg", rief er triumphierend, nachdem er eine Baumgruppe umrundet hatte. „Und er scheint kürzlich benutzt worden zu sein." Jan folgte dem Weg und nach ein paar Metern hörten sie ihn rufen. „Ich hab hier was, kann sich das mal jemand von der Spurensicherung ansehen?"

Jans Fund erwies sich als eine Abschürfung an der Rinde eines Baumes, darunter waren einzelne Spiegelscherben und blaue Lacksplitter zu erkennen.

„Die dürften von einem Motorradspiegel stammen", stellte Jan fest. Mit Motorrädern kannte er sich bestens aus. „Wenn wir Glück haben, dann war es Hannas Entführer, der sich hier den Spiegel abgefahren hat. Das könnte uns auf seine Spur bringen."

Ein Kollege von der Spurensicherung war inzwischen dabei, Lacksplitter und Scherben sorgfältig in eine Tüte zu sammeln.

Langsam versank die Sonne hinter den Bäumen und färbte den Himmel rot, der neue Tag würde wieder schönes Wetter bringen.

„Was hat dich eigentlich sofort auf den Gedanken gebracht, dass dies das Haus sein könnte, in dem Hanna gefangen gehalten wurde?", fragte Sarah Jan.

„Es war die Tatsache, dass Kim dieses Haus kannte", antwortete er.

„Dann glaubst du also immer noch, dass die Jugendlichen in die Sache verwickelt sind?", fragte Sarah überrascht. Nachdem sich der Verdacht gegen Kettler erhärtet hatte, war sie sich dessen nicht mehr so sicher.

„Irgendwie hängen sie alle mit drin, Kim, Finja und die ganze Clique. Wir wissen nur noch nicht genau wie. Wer von denen fährt eigentlich ein Motorrad?" Jan schaute Sarah fragend an.

„Soweit ich weiß nur Marvin Eckel."

„Dann sollten wir uns die Maschine mal zeigen lassen. Am besten noch heute."

„Ohne Menk zu informieren? Der häutet uns, wenn sich die Eltern des Jüngelchens beschweren."

„Wir dürfen keine Zeit verlieren. Zunächst mal werden wir so tun, als wollten wir lediglich eine Auskunft über Hanna einholen. Kommst du mit? Hier können wir erst morgen früh weitermachen, in Dunkeln macht es wenig Sinn."

66.

Marvin Eckel war nicht daheim, doch seine Eltern gaben sich äußerst zuvorkommend.

„Hanna Otting wurde gefunden, sagen Sie? Und sie lebt? Das ist wirklich eine gute Nachricht. Es ist so viel Schreckliches passiert in der letzten Zeit, und immer hat es Schüler des Gymnasiums getroffen, das auch Marvin besucht. Erst der schreckliche Doppelmord am See und die Entführung von Kim Colmann, dann der merkwürdige Unfall von Jonas Diemer und schließlich die Entführung von Hanna Otting."

Marvins Mutter, eine gepflegte Brünette mit großen braunen Augen, deren Blick sie ein wenig einfältig wirken ließ, rang die Hände.

„Wir haben Angst um unseren Sohn, wollten ihn sogar schon von der Schule nehmen. Da haben es doch irgendwelche Irren auf unsere Kinder abgesehen."

Sarah erkannte ihre Chance. „Frau Eckel", sagte sie, „wir wollen Sie auf keinen Fall noch zusätzlich beunruhigen, aber hat Ihr Sohn in der letzten Zeit irgendetwas Ungewöhnliches berichtet? Wurde er verfolgt oder belästigt, hatte er einen Unfall, vielleicht nur eine Kleinigkeit …"

„Ja, genau", unterbrach Marvins Mutter sie lebhaft. Hektische rote Flecken zeichneten sich auf ihren Wangen ab. „Er hatte vorgestern einen Unfall mit dem Motorrad. Ein Auto hat ihn geschnitten und ihm den Spiegel abgefahren. Aber denken sie, der Kerl hätte angehalten? Einfach weitergefahren ist der! Dabei hätte Marvin ernsthaft verletzt werden können."

„Unter Umständen lag das sogar in der Absicht des Fahrers und Ihr Sohn hat nur unglaubliches Glück gehabt. Hat er Anzeige erstattet?"

„Nein, hat er dummerweise nicht", mischte sich Marvins Vater ein. Er war ein eher unscheinbarer kahlköpfiger Mann mit einer ungesunden Gesichtsfarbe. „Es war ihm peinlich, dass er überhaupt keine Angaben zu dem Auto machen konnte. Der Wagen kam von hinten und als er ihn streifte, war er völlig geschockt und nur darauf konzentriert, nicht zu stürzen. Zum Glück ist es ihm tatsächlich gelungen, das Gleichgewicht zu halten. Aber da war das Auto schon weg, er ist sich nicht mal hinsichtlich der Farbe sicher, geschweige denn was Typ und Kennzeichen betrifft."

„Na, dann ist es ja gut, dass wir jetzt hier sind. Auf jeden Fall werden wir der Sache gründlich nachgehen." Sarah war es fast ein wenig peinlich, wie dankbar die ahnungslosen Eltern ihre Worte aufnahmen. Sie waren auch sofort bereit, ihnen das Motorrad zu zeigen. Die Garage hatte die Ausmaße einer durchschnittlichen Dreizimmerwohnung. Darin standen ein Mercedes der S-Klasse, ein BMW-Cabriolet, zwei sehr gepflegte Oldtimer und ein BMW-Motorrad mit Beiwagen. Jan stieß Sarah leicht an, als sie daran vorbeikamen, und sie verstand sofort. In so einem Beiwagen ließ sich ein Entführungsopfer gut verstecken. Ganz in der Ecke stand das Motorrad von Marvin, das deutliche Blessuren aufwies.

„Ist es recht, wenn wir das Motorrad noch heute abholen lassen?", fragte Jan. „Die Spurensicherung wird es sich gründlich vornehmen und wir sind sehr optimistisch, brauchbare Spuren finden zu können."

Auch dafür gab es sofort lebhafte Zustimmung von Marvins Vater. Angesichts seiner Dankbarkeit kam sich Sarah fast ein wenig schäbig vor. Hätte er geahnt, in welchem Verdacht sein Sohn stand, wäre er vermutlich nicht so kooperativ gewesen.

„Wir müssen uns beeilen", sagte Jan, als er und Sarah wieder draußen waren. „Schließlich wollen wir auch noch den Beiwagen untersuchen lassen. Ich verwette meinen Hintern darauf, dass wir darin DNA von Hanna Otting finden werden."

67.

Die KTU arbeitete schnell und effizient. Schon am nächsten Tag gab es keinen Zweifel mehr daran, dass die Beschädigungen an Marvin Eckels Motorrad davon stammten, dass er in der Nähe des verlassenen Hauses bei Nortorf einen Baum gestreift hatte. Er wurde daraufhin zur Befragung einbestellt ebenso wie Hanna Otting, die das Krankenhaus inzwischen verlassen hatte. Sie erschien allein, ihre Eltern hatten darauf verzichtet, bei der Befragung anwesend zu sein. Menk hatte Hanna selbst befragen wollen und es kostete Sarah und Jan eine Menge Überredungskunst, ihn davon zu überzeugen, dass Sarah dafür die geeignetere Person war.

„Das Mädchen hat Sie schließlich dreist belogen, glauben Sie wirklich, das würde Sie besonders für diese Rolle qualifizieren?", fragte Menk giftig.

Sarah zwang sich zur Ruhe. „Es gibt mir die Möglichkeit, sie mit den Widersprüchen zwischen ihrer Aussage und unseren neuesten Erkenntnissen zu konfrontieren", entgegnete sie. Menk gab schließlich mürrisch seine Zustimmung, behielt sich aber vor, dem Gespräch beizuwohnen. Dagegen konnte Sarah nichts einwenden.

Wie Hanna zusammengesunken und bleich auf ihrem Stuhl hockte, machte sie einen höchst angegriffenen

Eindruck. Sarah erkundigte sich zuerst nach ihrem Befinden und bot ihr etwas zu trinken an. Hanna entschied sich für Wasser, sie umklammerte das Glas, als müsste sie sich daran festhalten. Ihr struppiges Haar hatte sie nach hinten gerafft und mit einem Gummi zusammengebunden. Ihre dunklen Augen und ihre hohen Wangenknochen kamen dadurch besser zur Geltung. Sarah war einen Moment lang versucht, ihr zu sagen, wie gut ihr das stand, doch die Anwesenheit ihres Vorgesetzten hemmte sie.

„Hanna", begann sie das Gespräch, „du hast mir und meinem Kollegen bereits im Krankenhaus erzählt, woran du dich erinnerst. Ist dir inzwischen noch etwas eingefallen?"

Das Mädchen schüttelte stumm den Kopf.

„Wir waren inzwischen natürlich nicht untätig und haben einiges herausgefunden", fuhr Sarah fort. „Das Ehepaar, das dich mitgenommen hat, konnte uns beschreiben, wo du ihr Auto angehalten hast. In der Nähe haben wir das Haus ausfindig gemacht, in dem du offenbar gefangen gehalten wurdest. Und wir haben Spuren gefunden, die uns verraten haben, dass jemand bei dir war. Jemand, den du gut kennst."

Die Hand, die das Glas hielt, begann zu zittern, Hanna öffnete den Mund, gab jedoch keinen Laut von sich.

„Wir wissen, dass Marvin Eckel bei dir war. Welche Rolle hat er bei der Entführung gespielt? Du musst uns jetzt die Wahrheit sagen."

Eine Träne stahl sich aus Hannas Augenwinkel und lief über ihr Gesicht. Sie wischte sie nicht fort, schien es nicht einmal zu bemerken.

„Er hat mich gerettet", flüsterte sie. „Ich habe versprochen, ihn nicht zu verraten."

„Das verstehe ich nicht, Hanna. Wenn er dich gerettet hat, ist das doch eine heldenhafte Tat. Warum sollst du ihn nicht verraten?" Sarah beugte sich näher zu Hanna, die so leise sprach, dass sie kaum zu verstehen war.

„Weil er Angst hat, sie würden sich dafür an ihm rächen. Es ist so viel passiert mit Nico und Merle, mit Jonas und mit mir. Es ist noch nicht zu Ende."

„Wer sind *sie,* Hanna?"

Sie schluchzte laut auf. „Ich weiß es doch nicht, niemand weiß das genau."

„Kennst du einen Mann namens Wolf Kettler? Bist du ihm mal begegnet?" Kriminalhauptkommissar Menk hatte sich halb von dem Stuhl, auf dem er bisher im Hintergrund gesessen hatte, erhoben und schoss seine Frage wie eine Kanonenkugel auf Hanna ab. Die zuckte sichtbar zusammen.

„Ich kenne seinen Nachnamen nicht", stammelte Hanna. „Aber ein Mann, der sich Wolf nannte, hat mich mal angesprochen. Er wollte, dass ich Kim etwas ausrichte."

„Und was war das, was du ausrichten solltest?" Menk kam noch näher heran.

„Nur, dass sie sich bei ihm melden sollte."

„Weiter nichts?", drängte Menk.

„Nein, ich bin auch schnell weg. Ich hatte Angst, er war unheimlich. Er fuhr so ein merkwürdiges Auto, es sah aus wie ein Leichenwagen." Hannas Augen weiteten sich erschrocken, als wäre ihr eben erst eine Erkenntnis gekommen. Eine Erkenntnis, die sie ängstigte.

„Hast du den Mann dann wiedererkannt? War er derjenige, der dich entführt hat?"

Sarah war fassungslos darüber, dass Menk sich derart unsensibel in die Befragung einmischte. Und zu allem Überfluss auch noch Suggestivfragen stellte.

„Nein, ich habe ihn nicht erkannt", flüsterte Hanna.

Bevor ihr Vorgesetzter weiter in das Mädchen dringen konnte, mischte Sarah sich ein.

„Sie haben es gehört. Ich würde jetzt gern ohne weitere Unterbrechungen fortfahren", wies sie ihn scharf zurecht. Verdutzt ließ er sich auf den Stuhl zurückfallen, hielt nun aber immerhin den Mund.

„Hanna, ich würde vorschlagen, dass wir die ganze Entführung noch einmal von Anfang an durchgehen", sagte Sarah sanft. „Es ist nicht schlimm, wenn du uns beim ersten Mal etwas Unrichtiges erzählt hast. Manchmal tut man das, um jemand anderen oder sich selbst zu schützen. Aber für den Schutz sind nun mal wir zuständig. Um ihn effektiv ausüben zu können, müssen wir unbedingt die Wahrheit wissen. Also beginnen wir noch mal von vorn?"

Hanna nickte stumm.

„Wo genau wurdest du an dem Tag entführt?"

„Ich kann mich wirklich nicht richtig erinnern. Ich war am Morgen in der Schule, aber es ging mir schlecht. Hinterher, auf dem Weg zum Bus, wäre ich beinahe umgekippt. Marvin hat mich mit dem Motorrad nach Hause gefahren."

„Wie kam es, dass ausgerechnet Marvin dir geholfen hat?", fragte Sarah. „Seid ihr näher befreundet?"

„Nein, das war Zufall. Er hat mich aufgefangen, als ich weggeklappt bin. Weil er gemerkt hat, dass es mir noch immer mies ging und weil der Bus weg war, hat er mir angeboten, mich nach Hause zu fahren. Ich habe mich danach ins Bett gelegt und wollte schlafen, weil ich furchtbar müde war. Aber plötzlich war da jemand am Fenster." Hanna zitterte bei der Erinnerung daran.

„Hast du ihn erkannt?", fragte Sarah.

Das Mädchen schüttelte den Kopf. „Er war ganz schwarz gekleidet. Und er hatte eine schwarze Maske vor dem Gesicht, wie ein Bankräuber. Es ging furchtbar schnell. Das Fenster flog auf, er war neben mir und hat mir was auf das Gesicht gedrückt. Danach kann ich mich nicht mehr erinnern. Aufgewacht bin ich erst wieder in dem Keller. Das ist die Wahrheit, wirklich." Ihr Ton klang flehentlich.

„Wo war Marvin zu dem Zeitpunkt, als der Fremde ins Zimmer kam?"

„Er war schon weg, ich habe ihn wegfahren gehört."

„Was passierte dann in dem Keller?"

„Ich war gefesselt und die meiste Zeit allein. Ab und zu kam ein vermummter Mann, ich konnte sein Gesicht nicht sehen. Er hat nie mit mir gesprochen, immer nur einen Zettel mit einer Frage hingehalten. Und mit Drohungen." Sie schluchzte wieder.

„In Ordnung, ganz ruhig. Kannst du dich erinnern, was auf den Zetteln stand?"

„Immer das Gleiche. Was Jonas mir gegeben hätte und wo es jetzt ist. Ich hatte keine Ahnung, was das sollte. Jonas hat mir nichts gegeben, ehrlich nicht. Und dann stand da, ich müsste hier unten sterben, wenn ich es nicht verraten würde. Ich dachte, ich komme da nie mehr lebend raus." Ihre Hände flatterten wie zwei gefangene Vögel.

„Möchtest du, dass wir eine Pause machen?", fragte Sarah, doch Hanna schüttelte den Kopf. Sie schien es hinter sich bringen zu wollen.

„Wie kam es dann zu deiner Befreiung?", fuhr Sarah fort.

„Ich habe die ganze Zeit versucht, die Fesseln irgendwie zu lockern, aber das ging nicht, sie saßen viel zu fest. Und da war auch noch die Kette um meinen Bauch. Dann kam wieder ein vermummter Mann, ich dachte, es ist der gleiche wie immer, doch diesmal war es Marvin. Ich habe ihn erkannt und angesprochen."

„Moment, er war doch vermummt und es war dunkel im Keller. Wie hast du ihn erkannt?"

Über Hannas bleiches Gesicht huschte plötzlich eine dunkle Röte. „Na ja, er roch so besonders. Als ich hinter ihm auf dem Motorrad saß, da hatte ich die ganze Zeit diesen Geruch nach seinem Rasierwasser in der Nase. Den habe ich wiedererkannt. Ich habe ihn angesprochen."

„Und dann?"

„Dann hat er mir die Hand auf den Mund gelegt und gesagt, dass ich ganz leise sein muss, er würde wiederkommen. Er ist rausgegangen und nach einer Weile tatsächlich zurückgekommen. Dann hat er mich befreit."

„Woher wusste er, wo du bist? Wieso war er ebenfalls maskiert?"

„Er hatte den Verdacht, ich könnte von den gleichen Leuten entführt worden sein, die damals auch Kim verschleppt hatten. Kim hat ihm erzählt, an welchen Orten sie ihre Rollenspiele abgehalten haben, und er hat sie alle abgesucht. Als er dann zu dem Haus kam, hat er einen vermummten Mann beobachtet, der rein und raus ging. Zur Tarnung hat er sich ebenfalls vermummt und ist reingegangen, als er sicher war, dass die Luft rein ist. Dann hat er mich befreit und zur Straße begleitet. Ich habe gewartet, bis er außer Sichtweite war, bevor ich ein Auto angehalten habe."

„Du sagst, er hatte Angst, jemand könnte sich für deine Befreiung an ihm rächen?"

Hanna nickte heftig. „Deshalb sollte ich nicht mal erzählen, dass er mich an dem Tag nach Hause gefahren hatte. Er hat mir vorgeschlagen zu sagen, ich wäre von einem großen schwarzen Auto an der Bushaltestelle mitgenommen worden. Von einer Art Leichenwagen. Ich meine, es macht doch keinen Unterschied, ob ich von zu Hause oder gleich von der Schule aus entführt wurde, oder?"

Sarah dachte bei sich, dass es allerdings einen gewaltigen Unterschied machte. Zwei wichtige Erkenntnisse nahm sie aus dem Gespräch mit. Marvin Eckel musste von Wolf Kettler und seinem Leichenwagen gewusst haben. Und Liebe machte tatsächlich blind, besonders wenn man erst fünfzehn Jahre alt war wie Hanna und der Angebetete ein glutäugiger Beau wie Marvin.

68.

Sarahs Erwartung, Marvin mit den Details, die Hanna preisgegeben hatte, verunsichern und in die Enge treiben zu können, sollte sich nicht erfüllen. In seiner Befragung, die Jan parallel zu der von Hanna durchgeführt hatte, umschiffte er elegant alle Klippen. Er gab sofort zu, Hanna an dem fraglichen Tag nach der Schule nach Hause gebracht zu haben.

„Warum haben Sie das nicht gleich gesagt?", wollte Jan wissen.

Marvin grinste überheblich. „Ach wissen Sie, ich wollte kein Gequatsche. Das Mädchen ist nicht gerade mein Typ, aber sie ist hinter mir her. Ich konnte sie nicht einfach auf der Straße stehen lassen, da es ihr wirklich nicht gut ging. Aber ich wollte das auf keinen Fall in der Schule zum Gesprächsthema machen."

Den weiteren Verlauf schilderte er so, dass er weggefahren sei und daher nicht wissen könne, wie die Entführung abgelaufen sei. Doch auf dem Rückweg von Hanna sei ihm ein Leichenwagen entgegengekommen.

„Und was hat Sie auf die Idee gebracht, dieser Wagen könnte etwas mit Hanna zu tun haben?", fragte Jan.

Marvin strich sich lässig eine widerspenstige schwarze Locke aus der Stirn. „Da draußen ist doch weiter nichts, nur der Hof der Ottings. Ich habe mich deshalb gefragt, wo der wohl hin will. Als ich dann hörte, dass Hanna verschwunden ist, da habe ich mir meinen Teil gedacht."

„Wieso haben Sie Ihre Gedanken nicht unverzüglich der Polizei mitgeteilt?"

„Ich war mir überhaupt nicht sicher, es war nur so eine Idee", erwiderte Marvin lebhaft. „Ehrlich gesagt habe ich zuerst geglaubt, dass Hanna sich versteckt hat und mal wieder Aufmerksamkeit erregen will. Da wollte ich mich mit meinen vagen Vermutungen nicht lächerlich machen."

„Und wie wurde aus diesen Vermutungen Gewissheit?" Jan musterte den jungen Mann aufmerksam, der voll in seiner einstudierten Rolle aufging und sich keine Blöße gab.

„Ich habe einfach logisch kombiniert. Ein Verein von Nekrophilen, ein Leichenwagen und ein weiteres entführtes Mädchen, das passte alles zueinander." Marvin setzte eine überlegene Miene auf. „Also habe ich Kim gefragt, an welchen Orten der Föge, der ja als einer der Täter bereits feststeht, seine Spiele veranstaltet hat. Die habe ich dann mit dem Motorrad abgeklappert und bei dem verlassenen Haus wurde ich fündig. Ich konnte Hanna befreien, bevor der Kerl zurückgekommen ist."

„Wenn Sie uns spätestens jetzt informiert hätten, dann wäre uns vielleicht eine Festnahme gelungen."

Marvin beantwortete Jans Einwurf mit einem unverschämten Grinsen. „Für mich hatten das Leben und die Sicherheit von Hanna ganz einfach Vorrang. Tut mir leid, wenn ich Sie dadurch um Ihren Erfolg gebracht habe."

Jan verkniff sich eine heftige Erwiderung. „Wieso waren Sie dann so bescheiden, Ihre Heldentat nicht publik machen zu wollen?", fragte er stattdessen. „Und haben Hanna dann auch noch genötigt, einen ganz anderen Tathergang zu erzählen?"

„Ach wissen Sie, die Leute, denen ich da ins Handwerk gepfuscht habe, scheinen nicht ungefährlich zu sein. Da es Ihnen und Ihren Kollegen einfach nicht gelingt, sie dingfest zu machen, hielt ich es für sicherer, nicht groß in Erscheinung zu treten."

„Wenn Sie tatsächlich solche Angst vor den Tätern hätten, wie Sie uns glauben machen wollen, dann wären Sie mit Sicherheit an deren Verhaftung interessiert gewesen", entgegnete Jan wütend. „Allerdings scheinen Sie ganz andere Befürchtungen zu haben, und das völlig zu Recht." Jan freute sich, die arroganten Gesichtszüge von Marvin Eckel entgleisen zu sehen.

„Okay, fassen wir zusammen." Die Kollegen des K1 hatten sich am nächsten Morgen zu einer Besprechung versammelt, bei der Jan als Erster seine Eindrücke wiedergab. „Hanna Otting ist naiv und verblendet, doch ihre Aussage erscheint glaubwürdig. Marvin Eckel dagegen lügt. Er gibt nur das zu, was wir ihm zweifelsfrei nachweisen können. Nachdem ihm klar war, dass wir genau wissen, wo sich der Unfall mit seinem Motorrad ereignet hat, blieb ihm nichts anderes übrig, als mit Teilen der Wahrheit herauszurücken. Er hat das geschickt gemacht, das muss man ihm lassen. Hat sogar den Leichenwagen eingebaut, den er Hanna als Entführungsfahrzeug eingeredet hatte. Fragt sich nur, wie er von dem Wagen wissen konnte?"

„Was ist das denn für eine merkwürdige Frage?", mischte sich Kriminalhauptkommissar Menk ein. „Er hat doch erklärt, dass er den Wagen auf dem Weg zu den Ottings gesehen hat."

„Was ich ihm nicht glaube", erwiderte Jan. „Marvin Eckel war die letzte Person, mit der Hanna Kontakt hatte, bevor sie entführt wurde. Sie hat zwar angegeben, sie hätte ihn wegfahren gehört, doch das kann ein Täuschungsmanöver gewesen sein. Er hätte durchaus die Gelegenheit gehabt, sie zu betäuben und zu entführen."

„So sehe ich das auch", stimmte Sarah zu. „Marvin hat Hanna stets mit Nichtachtung gestraft, aber plötzlich fährt er sie nach Hause und macht sich nach ihrem Verschwinden ganz allein auf die Suche nach ihr. Das passt doch vorn und hinten nicht!"

„Wollen Sie damit andeuten, er hätte sie selbst entführt? Wie hätte er das betäubte Mädchen transportieren sollen? Auf seinem Motorrad? Das wäre ja wohl aufgefallen." Menk war verärgert, weil er in Bezug auf die Täterschaft Kettlers nun doch noch nicht den endgültigen Beweis in den Händen hielt.

„Die Frage werden wir vermutlich beantworten können, indem wir den Beiwagen der zweiten Maschine untersuchen, die in der Garage der Eckels steht", sagte Jan.

Im gleichen Moment ging die Tür auf und Kriminalhauptkommissar Holger Hansen trat ein. Alle Köpfe wandten sich ihm zu.

„Entschuldigt die Verspätung", sagte er. „Ich melde mich zum Dienst zurück, nur hat die Betriebsärztin zuvor noch auf einem kurzen Gespräch mit mir bestanden."

„Mit welchem Ergebnis?", fragte Menk mit säuerlicher Miene.

„Alles bestens, ich bin wieder voll einsatzfähig." Holger lächelte, als er die strahlenden Mienen seiner Kollegen wahrnahm.

„Nun, lieber Kollege, unser Fall ist allerdings so gut wie gelöst. Ich denke, ich werde die Leitung bis zum endgültigen Abschluss behalten." Menk funkelte Holger angriffslustig an. Der winkte lässig ab.

„Selbstverständlich, dagegen habe ich nichts einzuwenden. Ich werde lediglich nach besten Kräften mitarbeiten. Es tut mir leid, dass ich die Beratung gestört habe. Ich hoffe, dadurch keine wichtigen Gedankengänge unterbrochen zu haben."

„Wir wissen noch, wo wir stehen geblieben waren", beruhigte Jan ihn. „Die Untersuchung der Beiwagenmaschine von Eckels steht an."

„Die steht eben nicht an." Menk klang äußerst gereizt. „Ihre Verdächtigungen gegen den Jungen sind völlig haltlos. Er hat uns einen wichtigen Hinweis auf den Leichenwagen gegeben. Seine Beobachtung ist nicht anzuzweifeln und es liegt auf der Hand, dass der untergetauchte Kettler der Komplize von Föge ist. Wieso sperren Sie sich eigentlich gegen die offensichtlichen Hinweise darauf, Althöfer? Und Sie auch, Sandring? Weil Sie beide unbedingt Ihr eigenes Süppchen kochen wollen? Wenn sich das nicht ändert, werde ich Sie von den weiteren Ermittlungen abziehen."

„Ich muss hier raus, sonst platze ich gleich", flüsterte Sarah Jan zu.

69.

In Sarahs Wohnung blinkte die Taste des Anrufbeantworters. Zerstreut hörte sie die in ihrer Abwesenheit eingegangenen Nachrichten ab und merkte erst auf, als sie die Stimme von Dr. Mangold, der Rechtsmedizinerin, erkannte.

„Hallo Frau Sandring, Sie hatten versucht, mich zu erreichen. Ich bin heute noch bis 20 Uhr im Institut. Falls es wichtig ist, können Sie hier anrufen."

Und ob es wichtig war! Sarah schaute auf die Uhr, die Viertel vor acht zeigte. Wahrscheinlich war Dr. Mangold bereits im Aufbruch begriffen, doch mit etwas Glück würde sie sie noch erreichen. Tatsächlich meldete sie sich gleich nach dem zweiten Klingeln.

„Entschuldigen Sie, dass es so spät geworden ist, aber es ist wirklich wichtig. Und vertraulich." Sarah räusperte sich.

Die Ärztin lachte leise auf. „In unserem Job ist doch alles vertraulich, also was liegt an?"

„Zunächst einmal möchte ich wissen, ob Sie eine Gloria van Ries kennen."

„Das möchte wohl sein", erwiderte Dr. Mangold. „Sie arbeitet hier schließlich als Sektionsassistentin. Was ist mit ihr?"

Sarah sog scharf die Luft ein. „Das kann ich noch nicht genau sagen, es ist nur eine Vermutung. Ich müsste erst noch etwas wissen. Sie haben doch die Leiche von Lea Roloff untersucht, der Frau, die im Wattenmeer gefunden wurde."

„Allerdings. Sie war bereits tot, als sie ins Wasser geworfen wurde. Aber das habe ich bereits mitgeteilt."

„Darum geht es mir im Moment auch nicht. Ich interessiere mich für die Haarsträhne, die wir zum DNA-Abgleich eingeschickt hatten. Lässt sich sagen, ob sie der Toten abgeschnitten wurde, bevor oder nachdem sie ins Wasser geworfen wurde?"

„Natürlich lässt sich das feststellen. Moment mal, ich suche die Unterlagen raus. Ich habe den Abgleich nicht vorgenommen, das war ein Kollege. So, da wäre es schon. Das Haar wurde der Toten ausgerissen, nicht unbedingt besonders gewaltsam, die Verwesung war so weit fortgeschritten, dass es sich von selbst von der Kopfhaut gelöst haben muss. Daher ließen sich auch die nach dem Tod auftretenden Veränderungen an den Haarwurzeln sehr gut nachweisen. Weiterhin gibt es Hinweise auf anhaftende Mikroorganismen, die darauf hinweisen, dass die Leiche bereits längere Zeit im Wasser lag. Ist Ihre Frage damit hinreichend beantwortet?"

Sarahs Mund war trocken, sie quetschte mühsam ein „ja danke" heraus.

Am anderen Ende der Leitung wurde es plötzlich sehr still. Dann hörte Sarah die Ärztin tief einatmen. „Frau Sandring, mir geht so langsam der Sinn Ihrer Fragen auf. Wenn das stimmt, was Sie offensichtlich vermuten, das wäre ungeheuerlich."

„Ich muss Sie dringend bitten, absolutes Stillschweigen über unser Gespräch zu wahren", sagte Sarah.

„Darauf können Sie sich verlassen."

Sarah saß auf der Couch und dachte noch immer über das Gespräch nach, als es an der Tür klingelte. Ihr war, als würde sie aus einem Traum erwachen. Erst jetzt wurde ihr bewusst, dass sie mit Jan verabredet und überhaupt noch nicht umgezogen war. Dabei wollten sie ins Theater. Jan, der mit seinem gestreiften Hemd und dem lässigen Blazer umwerfend gut aussah und dezent nach einem teuren Rasierwasser duftete, erfasste die Situation sofort.

„Ist dir heute nicht nach Ausgehen zumute? Das macht nichts, wir können auch hierbleiben und es uns gemütlich machen. Der heutige Tag war wirklich unerfreulich, vielleicht sollten wir ihn ganz ruhig ausklingen lassen."

Sarah war ihm für sein Verständnis dankbar. „Es wäre mir wirklich lieber, wenn wir hierbleiben könnten. Ich muss auch was mit dir besprechen, etwas, das mit unserem aktuellen Fall zu tun hat." „Augen auf bei der Berufswahl", sagte Jan resigniert, „manchmal wäre ich gern Bademeister. Dann würde mich die Arbeit nicht bis ins heimische Wohnzimmer verfolgen können. Aber Spaß beiseite, gibt es etwas Neues?"

„Das kannst du laut sagen." Sarah berichtete ihm von dem Gespräch mit Dr. Mangold. „Ihre Untersuchungsergebnisse lassen nur einen Schluss zu: Lea Roloff wurde die Haarsträhne ausgerissen, nachdem man sie aus dem Meer geborgen hatte. Und wer hatte von da an Zugang zu der Leiche? Föge und Kettler jedenfalls nicht und auch der Freund von Lea Roloff nicht, der sie vermutlich im Streit und nicht wegen nekrophiler Neigungen getötet hat."

„Damit bricht Menks ganze schöne Konstruktion zusammen", sagte Jan nachdenklich.

„Es kommt noch besser", fuhr Sarah fort. „Nachdem man die Tote geborgen hatte, wurde sie in die Rechtsmedizin gebracht. Dort arbeitet Gloria van Ries, die aktuelle

Lebensgefährtin von Dr. Belling, als Sektionsassistentin. Sie bereitet die Leichen nicht nur für die Obduktion vor, sie ist auch diejenige, die sie anschließend für den Bestatter zurechtmacht."

„Die ideale Gelegenheit, eine Haarsträhne an sich zu bringen. Wenn das hinterher geschickt kaschiert wird, dürfte es kaum jemandem auffallen. Und wer Föge die Haarsträhne untergeschoben hat, der hatte auch die Tatwaffe. Weißt du, dass das der absolute Durchbruch und die ganz große Wende in unserm Mordfall ist?"

„Ich werde deinen Enthusiasmus erst teilen, wenn wir auch Menk davon überzeugen konnten", erwiderte Sarah skeptisch.

70.

Kriminalhauptkommissar Menk wirkte am Morgen bei der Dienstbesprechung übernächtigt und ausgesprochen schlecht gelaunt. Seinen ersten Beitrag hielt er in einem Ton, als wäre er persönlich beleidigt worden, und wollte nun eine Duellforderung überbringen. An wen die gerichtet war, ließ sich an seiner Blickrichtung unschwer ablesen. Sarah schaute ihm unerschrocken in die Augen, konnte aber ihre Verblüffung über das, was er von sich gab, nicht verbergen.

„Ich lasse mir nicht nachsagen, dass ich nicht jeder Spur nachgehen würde", verkündete er. „Deshalb habe ich mich bei Studienrat Eckel nach der Beiwagenmaschine erkundigt. Sein Sohn kann sie an dem Tag, an dem Hanna Otting entführt wurde, unmöglich benutzt haben. Er hatte sie für ein paar Tage verliehen, und zwar an einen Freund von Dr. Belling. Damit erübrigt sich eine kriminaltechnische Untersuchung."

Sarah wollte etwas erwidern, doch Jan stieß sie unter dem Tisch leicht an und warf ihr einen warnenden Blick zu. Es war ausgerechnet Volker, von dem man es am wenigsten erwartet hätte, der sich dazu äußerte.

„Warum ist das nicht den offiziellen Weg gegangen?", fragte er verwundert.

„Weil ich es nicht für sinnvoll erachte, wenn Leute reihenweise vor den Kopf gestoßen werden und wir damit letztendlich nur unsere Inkompetenz offenbaren", gab Menk bissig zurück.

Plötzlich bemerkte Sarah, dass Holger ihr ein Zeichen zu geben versuchte. Bevor sie es deuten konnte, ging die Tür auf und ein junger Polizist trat ein. „Wolf Kettler ist aufgetaucht", sprudelte er aufgeregt heraus. „Er ist schon auf dem Wege hierher."

„Na endlich!" Menks Laune hob sich sichtbar. „Damit dürften wir kurz vor dem Durchbruch stehen. Ich werde ihn persönlich vernehmen und bis dahin vertagen wir uns." Ohne ein weiteres Wort verließ er den Raum.

Kriminalhauptkommissar Holger Hansen erhob sich ebenfalls. „Sarah, Jan und Volker, ich möchte euch kurz in meinem Büro sprechen", sagte er. Als sie eingetreten waren, schloss er sorgfältig die Tür hinter ihnen.

„Wir haben ein ernsthaftes Problem", sagte er. „Ich halte Menk nicht nur für befangen, ich habe ihn auch im Verdacht, interne Ermittlungsergebnisse an Dritte weitergegeben zu haben."

Sarah atmete auf. „Du siehst das also genauso. Ich dachte schon, ich werde paranoid."

„Wirst du die Einleitung eines Ermittlungsverfahrens gegen ihn beantragen?", fragte Jan. „Es würde uns die Arbeit erleichtern, wenn er schleunigst suspendiert würde."

Holger schüttelte den Kopf. „Würde es nicht. Das spräche sich sofort herum und die Täter würden gewarnt. So nah, wie wir schon an ihnen dran sind, wäre das der denkbar ungünstigste Zeitpunkt. Aus diesem Grunde rede ich auch nur mit euch. Und natürlich mit der Staatsanwältin, die mein Vorgehen billigt. Von ihr habe ich übrigens auch einen Beschluss erwirkt, mit dem wir den Beiwagen untersuchen lassen können. Die Bellings und die Eckels stecken unter einer Decke. Und Menk hat sie noch gestern Abend über den neuesten Stand informiert, weil er sich von Dr. Bellings künftiger Protektion eine Menge verspricht."

„Diese Protektion dürfte bald nicht mehr viel wert sein", sagte Jan. „Sarah hat nämlich etwas herausgefunden, was ihn in arge Bedrängnis bringen dürfte."

Holger Hansen und Volker hörten gebannt zu, als Sarah von ihrem Telefonat mit der Rechtsmedizinerin berichtete.

„Wenn Gloria van Ries die Haarsträhne besorgt hat, dann kann das nur im Auftrag von Dr. Belling geschehen sein. Was wiederum bedeutet, dass er alles daran gesetzt hat, Föge zu belasten", schlussfolgerte Holger.

„Was bedeutet, dass er selbst ganz tief drinsteckt", setzte Volker hinzu.

Sie waren so in ihre Diskussion vertieft, dass sie das Klopfen an der Tür zunächst überhörten. Eva steckte den Kopf herein.

„Hallo, ihr Verschwörer", sagte sie pikiert, „die Besprechung geht weiter, der Chef ist zurück." Es war nicht zu erkennen, ob sie das mit dem Chef ironisch oder respektvoll meinte. Sarah tippte auf zweiteres, weil es einfach besser zu ihrer Neigung, sich bei Vorgesetzten anzubiedern, passte.

Wenn Menk am Morgen gewirkt hatte, als wäre ihm eine Laus über die Leber gelaufen, dann erweckte er jetzt den Eindruck, als hätte ein Elefant darauf herumgetrampelt. Die Worte seines Berichtes presste er zwischen den Zähnen hervor, als würde ihm das Reden körperliche Schmerzen bereiten. Schnell wurde auch klar, weshalb. Wolf Kettler war keineswegs untergetaucht, sondern mit Freunden auf einer längeren Tour zum Hochseeangeln unterwegs gewesen. Gleich acht Leute konnten das bezeugen. Sein Leichenwagen hatte die ganze Zeit über in einer verschlossenen Garage in Hafennähe gestanden. Damit schied er als Verdächtiger für die Entführung von Hanna definitiv aus. Auch für seinen Versuch, Kim zu kontaktieren, hatte er eine Erklärung gehabt. Föge hätte ihm noch Geld für Ersatzteile geschuldet, weshalb er Kim bitten wollte, ihn bei Gelegenheit daran zu erinnern. Er vermutete, dass sie noch Kontakt zu ihm hatte. Dass es dabei vermutlich nicht um Ersatzteile, sondern um Drogen gegangen war, hatte für den Mordfall keine Bedeutung.

Nachdem Menk das Dienstgebäude kommentarlos und ohne weitere Anweisungen zu geben verlassen hatte, konnten Holger, Sarah, Jan und Volker ihre unterbrochene Beratung fortsetzen.

„Wo der wohl hinwill?", fragte Volker beunruhigt. „Ob er Eckel und Belling mitteilen wird, dass sein Hauptverdächtiger entlastet ist?"

„Das ist leider zu befürchten. Deshalb müssen wir jetzt schnell handeln. Gloria van Ries muss umgehend vernommen werden. Danach Dr. Belling. Und die Beiwagenmaschine ist zu beschlagnahmen." Holger war wieder völlig in seinem Element. Er verteilte die Aufgaben und schon zwei Stunden später saß Sarah einer völlig aufgelösten Gloria van Ries gegenüber, die zunächst die Aussage verweigerte, das aber nicht lange durchhielt. Ihr olivfarbener Teint wirkte vor Angst ganz fahl.

„Ich habe so etwas noch nie gemacht", schluchzte sie. „Zu meinem Beruf gehört es, die Toten respektvoll zu behandeln. Als ich die Frau aus dem Watt nach der Obduktion für den Bestatter hergerichtet habe, hat sich eine Haarsträhne ganz von allein gelöst. Ich habe sie beiseitegelegt, wollte sie später entsorgen. Aber dann kam Curd, um mich abzuholen, und er kam rein zu mir. Das hat er manchmal gemacht, wenn ich allein war. Ich fand es gut, dass er keine Berührungsängste hatte. Früher hatten sich schon Männer wegen meiner Tätigkeit von mir abgewandt. So nach dem Motto: Was, du fasst Leichen an? Curd ist anders, reifer, erwachsener."

„Haben Sie ihm die Haarsträhne gegeben? Mit welcher Begründung?"

„Nein, er hat sie unbemerkt an sich genommen. Ich habe mich hinterher gewundert, als ich sie nicht mehr gesehen habe. Erst beim zweiten Mal, da hat er mich gebeten ..."

„Was hat er gesagt?"

„Dass ich ihm vertrauen soll. Es wäre wichtig und er könne mir den Grund nicht sagen. Aber als dann in den Artikeln über den Rick Föge einiges durchsickerte, da fing ich an, etwas zu ahnen."

„Haben Sie Ihren Lebensgefährten zur Rede gestellt?"

„Ja, natürlich." Gloria van Ries schniefte heftig, Sarah bot ihr ein Zellstofftaschentuch an, das sie dankbar entgegennahm.

„Er hat gesagt, der Föge wäre ein ganz gefährlicher Verbrecher und mehrfacher Mörder. Er wüsste einiges über ihn, könne aber nicht gegen ihn aussagen, weil er dann selbst in große Gefahr geraten würde. Deshalb habe er für die Polizei eine Spur gelegt, damit die auf ihn aufmerksam wird."

„Und das haben Sie geglaubt?", fragte Sarah.

„Ja, das war doch einleuchtend. Es ist gefährlich, gegen Verbrecher auszusagen, die jede Menge Verbindungen haben. Manche Zeugen müssen deshalb schließlich ihr ganzes bisheriges Leben aufgeben und unter neuem Namen in ständiger Angst leben. Das wäre Curd nicht zuzumuten gewesen. Er hat einen klugen Weg gewählt. Schließlich wurde der Föge doch tatsächlich verhaftet."

Ihr schönes Gesicht war einen Moment lang vor Bewunderung wie verklärt. Sarah konnte sich gut vorstellen, dass diese bildschöne und hoffnungslos naive Frau für eine bestimmte Sorte von Männern das absolute Ideal verkörperte.

„Aber", fuhr sie fort, „ich hatte natürlich auch Angst. Ich wusste ja, dass man versuchen würde zu ermitteln, von wem die Haare stammen. Curd wollte mich beruhigen, er meinte, die Frauen wären dann längst beigesetzt, niemand würde darauf kommen. Doch dann stellte sich heraus, dass die eine ermordet worden war, dadurch kam es anders. Welche Strafe droht mir jetzt?", setzte sie ängstlich hinzu.

„Das kann ich im Detail noch nicht sagen. Auf jeden Fall wird man Ihnen Ihre Aussage zugutehalten. Wenn Sie sich bitte alles noch einmal gründlich durchlesen und das Protokoll unterschreiben würden?"

Als auch das geschafft war, atmete Sarah auf. Diese Aussage seiner Lebensgefährtin belastete Dr. Belling schwer, er würde sich nicht herauswinden können.

71.

„Wie gehen wir jetzt weiter vor?", fragte Jan, nachdem er die Aussage von Gloria van Ries gelesen hatte. „Dr. Belling muss im Besitz der Mordwaffe gewesen sein und er hat sie Föge zusammen mit den Haaren der toten Frauen untergeschoben, so viel dürfte feststehen. Doch aus welchem Grunde sollte er die Jugendlichen ermordet haben? Ist es nicht viel naheliegender, dass er jemanden schützen will? Und was hat das alles mit der Entführung von Hanna Otting zu tun? Was wollte der Entführer von ihr?"

„Es war etwas, das Jonas ihr gegeben haben soll." Sarah schaute auf die ruhig dahingleitenden Fische in Holgers Aquarium, als könnten sie ihr eine Antwort auf ihre Fragen geben. „Es muss sich um ein Beweisstück gehandelt haben. Etwas, das dem Täter gefährlich werden konnte."

„Von dem Täter sollten wir wohl besser in der Mehrzahl sprechen. Unsere ursprüngliche Vermutung, dass die Clique um Finja da mit drin hängt, scheint sich zu bewahrheiten. Also, wen sollen wir uns zuerst vornehmen?" Jan, der bis dahin lässig an Holgers Schreibtisch gelehnt hatte, richtete sich auf, um seine Entschlossenheit zu bekunden.

„Wir beginnen mit Jonas Diemer", schlug Holger vor. „Er scheint der Labilste der Gruppe zu sein. Sarah sollte das Gespräch mit ihm führen."

„Und was ist mit Dr. Belling?", fragte Jan. „Sollten wir den nicht zuerst vorladen?"

Holger erhob sich und schüttelte den Kopf. „Nein, den laden wir nicht vor, den nehmen wir unverzüglich fest. Wegen Verdunkelungsgefahr."

Während sich Jan und Holger auf den Weg zu Dr. Belling machten, fuhr Sarah zum Haus der Diemers. Die Mutter von Jonas öffnete ihr die Tür, und sie wirkte durchaus nicht mehr so ruhig, wie Sarah sie von ihrem ersten Besuch her in Erinnerung hatte.

„Was wollen Sie denn schon wieder hier?", fauchte sie Sarah an. „Der Junge ist auch so schon völlig durch den Wind, er isst und schläft kaum noch."

„Frau Diemer, ich glaube nicht, dass unsere Ermittlungen die Ursache dafür sind. Eher im Gegenteil. Es könnte Ihrem Sohn helfen, endlich offen mit mir zu reden."

„Wollen Sie behaupten, er wäre bisher nicht offen gewesen? Er hätte gelogen? Das muss ich mir nicht anhören. Jonas ist minderjährig und er ist krank, ich lasse nicht zu, dass Sie ihn aufregen. Gehen Sie bitte!"

Sarah hörte, wie oben im Haus eine Tür geöffnet wurde, Schritte kamen die Treppe herunter. Dann sah sie Jonas, geisterhaft blass und mit einem grünen Shirt und einer ausgewaschenen Jeans bekleidet, beides schlotterte an ihm herum. Seine Augen waren geschwollen, als hätte er geweint.

„Mutti lass, ich will mit ihr reden", sagte er.

„Das musst du nicht", begehrte seine Mutter auf.

„Ich will aber." Obwohl er leise sprach, klang es sehr bestimmt. Unsicher geworden gab seine Mutter die Tür frei und ließ Sarah eintreten. Sie wurde in das Wohnzimmer geführt, das sie bereits kannte.

„Ich möchte allein mit ihr reden", sagte Jonas an seine Mutter gewandt, was die nun überhaupt nicht einsehen wollte.

„Als deine Mutter habe ich das Recht ...", begann sie, wurde aber von Sarah unterbrochen, die behutsam ihren Arm berührte.

„Natürlich haben Sie dieses Recht, Frau Diemer", sagte sie. „Aber manchmal ist es für Jugendliche einfacher zu reden, wenn die Eltern nicht dabei sind. Sie wollen es Ihrem Sohn doch nicht unnötig schwer machen."

Diesem Argument konnte die Mutter nichts entgegensetzen. Stumm verließ sie das Zimmer und schloss vernehmlich die Tür hinter sich. Sarah war überzeugt, dass sie lauschte.

„Also Jonas", begann sie, „darf ich weiterhin Jonas und du sagen?"

Er nickte schweigend.

„Jonas, ich will ganz ehrlich zu dir sein. Wir wissen inzwischen so einiges. Dass Hanna Otting glücklicherweise wieder da ist, wirst du erfahren haben. Was uns Kopfschmerzen bereitet, ist, dass es da einen Zusammenhang zwischen dir und dieser Entführung zu geben scheint."

Jonas hob ruckartig den Kopf. „Das war ich nicht. Ich habe Hanna nichts getan", sagte er.

„Das wollte ich damit auch nicht sagen. Aber Hanna hat berichtet, ihre Entführer hätten etwas von ihr haben wollen. Etwas, das du ihr gegeben hättest. Kannst du dir denken, um was es sich dabei handelt?"

Sarah rechnete nicht mit einer Antwort, doch sie sollte sich getäuscht haben. Jonas war sichtlich am Ende seiner Kraft, er konnte und wollte das Geheimnis nicht länger mit sich herumtragen.

„Das Messer, sie haben das Messer gesucht", schluchzte er. „Das Messer, mit dem ..." Er konnte nicht weitersprechen.

„Das Messer, mit dem Nico und Merle erstochen wurden, nicht wahr?", ergänzte Sarah.

Der Junge nickte und Tränen rannen ihm über die Wangen. „Ich hatte das Messer nicht. Ich habe das alles nicht gewollt, ich wollte nur ..., nur mit den anderen zusammen sein. Mit Finja."

Sarah wartete, bis er sich ein wenig beruhigt hatte. „Okay Jonas, ich schlage vor, du erzählst mir jetzt alles der Reihe nach. Ganz ruhig."

Wieder nickte er. „Ich hätte nie gedacht, dass Finja sich für mich interessieren könnte. Aber auf einmal sprach sie mich immer öfter an, sie war richtig nett. Und dann hat sie mich um einen Gefallen gebeten. Ich sollte so tun, als wäre ich mit Kim zusammen, um Nico zu ärgern."

„Warum war das Finja so wichtig? Und wieso sollte Nico sich darüber ärgern, er war doch schließlich derjenige gewesen, der nichts mehr von Kim wissen wollte und mit Merle zusammen war?", fragte Sarah.

„Ich habe das zuerst auch nicht richtig verstanden. Aber das gehörte alles schon zum Plan. Mich hatten sie nicht eingeweiht, ich habe erst nach und nach erfahren, was sie vorhatten."

„Jonas, können wir das mal ein wenig sortieren? Wer sind *sie?* Wer gehörte alles zu denen, die etwas planten?"

„Also Finja, Kim, Lasse und Marvin. Die haben so eine Art geheimen Club gebildet, haben sich geschworen, immer füreinander einzustehen. Sie hatten sogar ein Zeichen, eine blaue Rose, die sie sich unter die Achsel tätowiert hatten. Die stand für unverbrüchliche Treue."

Sarah kam eine höchst unangenehme Assoziation, auf die sie sich allerdings nicht weiter konzentrieren wollte.

Sie interessierte etwas anderes, ihr fiel ein, dass auch Nico diese Tätowierung gehabt hatte.

„Hat Nico auch zu diesem Club gehört?", fragte sie.

„Früher mal, aber dann hat er sich von ihnen abgewandt. Deshalb war die Finja ja so wütend auf ihn. Sie hat gesagt, er wäre ein Verräter. Als er mit Kim Schluss gemacht hat, da hat sich Finja mit Kim angefreundet. Sie hat das nur gemacht, weil Kim auch wütend auf Nico war. Sie hat Kim noch zusätzlich richtig aufgestachelt, hat gesagt, sie wäre dem Nico nicht gut genug gewesen. Dabei stimmte das überhaupt nicht. Nico war kein bisschen eingebildet."

„Wie ging es dann weiter? Ich nehme an, sie wollten Nico einen Denkzettel verpassen?"

Jonas kamen schon wieder die Tränen. „Ja, aber doch nicht so! Es sollte ein Streich sein, eher harmlos. Na ja, oder fast. Sie wollten ihm ein Tattoo verpassen, was richtig Peinliches. Dazu musste er natürlich betrunken oder betäubt sein."

Von dieser Art Streich hatte Sarah schon des Öfteren gehört. Es war schon so mancher nach einer ausgedehnten Sauftour mit einem unschönen Andenken auf der Haut aus seinem Rausch erwacht. Eine auf die Nase tätowierte Brille gehörte dabei noch zu den harmloseren Einfällen.

„Verstehe", sagte sie. „Mit Tätowierungen hatten ja alle Erfahrungen und das nötige Werkzeug wohl auch. Wie sollte der Streich nun ablaufen?"

„Wir brauchten erst mal eine Gelegenheit. Da erzählte Kim von dem geplanten Wochenende am See. Sie hatte Merle gegenüber die ganze Zeit so getan, als wäre sie noch immer ihre beste Freundin. Deshalb haben sie das auch gemeinsam geplant. Wir sollten zu viert fahren, Nico und Merle, Kim und ich."

„Du bist dann aber nicht mitgefahren. Weshalb nicht? Hattest du Bedenken?"

„Nein, da noch nicht." Dieses Eingeständnis schien Jonas nicht leichtzufallen. „Es hörte sich ja alles noch ziemlich harmlos an. Kim wollte aber nicht in Verdacht geraten, daran beteiligt zu sein. Es sollte so aussehen, als wären Fremde am Werk gewesen und sie hätte überhaupt nichts mit der Sache zu tun."

„Gar nicht so einfach hinzubekommen", sagte Sarah nachdenklich.

„Das stimmt, wir haben lange diskutiert. Zuerst sollten Kim und ich ganz kurzfristig absagen. Aber dann hätten Nico und Merle vielleicht auch ihre Pläne geändert. Schließlich wurde beschlossen, dass nur Kim mitfährt. Sie wollte Nico und Merle am Abend heimlich die K.-o.-Tropfen in ein Getränk mischen. Wenn beide fest schlafen, sollte sie uns Bescheid geben, damit wir auftauchen und den Rest erledigen können."

„Moment mal, woher hatte Kim die Tropfen?"

Jonas zuckte mit den Schultern. „Sie hat sie von Finja bekommen. Aber besorgt hat sie wohl Lasse, seine Eltern haben eine Apotheke."

„Ihr hattet also geplant, Merle und Nico zu betäuben und Nico dann ein peinliches Tattoo zu verpassen. Aber was hatte es mit der Aufbahrung von Kim in der alten Pathologie auf sich? Habt ihr das auch geplant?"

An der Tür war ein Geräusch zu hören, Jonas drehte sich unwillig um. Auch ihm war wohl bewusst, dass seine Mutter dort lauschte. Sarah fürchtete schon, er würde den Faden verlieren, doch er sprach weiter.

„Kim hat rumgezickt. Sie hat gesagt, Nico würde sofort darauf kommen, dass sie die Hände im Spiel hatte. Dann würden seine Eltern einen Aufstand machen und sie würde vielleicht sogar von der Schule fliegen. Finja wollte abwiegeln, sie hat gesagt, es würde ihm so peinlich sein, dass er schön den Mund halten würde. Aber Kim wollte ganz sichergehen und es haben alle hin und her diskutiert, wie man es so drehen könnte, dass kein Verdacht auf sie fällt. Lasse war es wohl, der die Idee mit der Entführung hatte. Wenn Kim viele Kilometer entfernt vom Zeltplatz gefunden würde, dann könnte man ihr nichts nachweisen, hatte er gemeint."

„Und wer hatte die Idee mit der alten Pathologie und dem Totenhemd?", fragte Sarah.

„Das war Kim. Sie hatte ja öfter bei LARPs mitgemacht, sie kannte den Ort und hatte das Hemd noch von einer früheren Gelegenheit. Alle fanden ihren Einfall genial, sie haben das in den kommenden Tagen richtig ausgeschmückt. Da fing es dann auch an." Den letzten Satz hatte er fast geflüstert.

„Was fing an, Jonas?"

„Dieses komische Gerede. Der Plan wäre so genial, er würde sich sogar eignen, um den perfekten Mord zu begehen. Ich hatte doch keine Ahnung, dass sie das ernst meinten, wirklich nicht." Er schaute Sarah flehentlich an.

„Schon gut Jonas, ich glaube dir. Wie ging es dann weiter?"

„Als es so weit war, musste ich kurzfristig absagen, es wäre sonst zu kompliziert geworden. Wir haben uns an dem Samstagabend alle bei Finja getroffen, also Marvin, Lasse und ich. Mit ihrem Opa haben wir noch ein Glas Wein getrunken und Finja hat ihm ein Schlafmittel reingemixt, zusätzlich zu dem, das er ohnehin schon nahm. So gegen neun Uhr abends sind wir dann mit dem Auto des Opas losgefahren."

„Wer ist gefahren?"

„Lasse, der hat das schon öfter gemacht, obwohl er noch keinen Führerschein hat. Wir haben das Auto ein Stück entfernt vom See in einer ruhigen Straße geparkt und sind dann nacheinander zum See gegangen, weil Finja meinte, als Gruppe würden wir stärker auffallen."

Sarah musste an die Aussage der alten Dame denken. Die dunklen Gestalten, die sich einzeln vom Auto wegbewegt hatten, sie waren nicht nur ihrer Fantasie entsprungen.

„Kim kam uns entgegen", fuhr Jonas fort. „Sie flüsterte uns zu, die beiden würden fest schlafen. Finja drückte ihr etwas in die Hand. Ich habe mich gewundert und überlegt, ob Kim jetzt das Tattoo allein stechen sollte. Es wäre doch kaum möglich gewesen, ganz ohne Hilfe und bei Dunkelheit. Ich wollte näher rangehen, doch Marvin hat mich zurückgehalten. Kim hat das Zelt geöffnet und einen Moment sah es aus, als würde sie zögern. Da hat Finja gezischt: ‚Mach es Kim, stich zu, du musst zustechen!' Ich habe überhaupt nicht kapiert, was da abgeht. Ich sah nur, wie sich Kims Arm immer hektischer bewegte, sie wütete regelrecht. Erst als sie wieder zu uns zurückkam, da habe ich das Messer in ihrer Hand gesehen. Da habe ich begriffen, dass das mit dem perfekten Mord keine Spinnerei gewesen war."

Die Tür flog auf und die Mutter von Jonas kam hereingestürmt. Sie stürzte auf ihren Sohn zu, packte ihn bei den Schultern und schüttelte ihn. „Was redest du da? Sag, dass das nicht wahr ist!"

Jonas weinte nur stumm und Sarah gelang es, die aufgelöste Frau von ihrem Sohn wegzuziehen. Sie führte sie zu einem Sessel, in den sie sich schwer atmend fallen ließ. Dann wandte sich Sarah wieder dem Jungen zu.

„Jonas, was ist danach passiert? Wie kam es zu deinem Unfall und was war mit Hanna?" Sarah wollte nicht gehen, bevor sie nicht das komplette Rätsel gelöst hatte. Es dauerte eine Weile, bis Jonas sich so weit gefangen hatte, um weitersprechen zu können.

„Sie hatten überhaupt kein schlechtes Gewissen, sie waren total aufgedreht", flüsterte er. „Sie haben über die

Polizei gelacht und über den Artikel, in dem von Nekro..."

„Nekrophilie meinst du?", half Sarah ihm.

„Ja, genau. Über diesen Artikel haben sie sich halb tot gelacht. Wenn wir unter uns waren, dann haben sich Marvin und Lasse mit 'Na, heute schon eine Leiche geknutscht?' begrüßt. Ich wollte nichts mehr mit ihnen zu tun haben, aber sie haben mich nicht gelassen. Sie haben gesagt, ich würde genauso mit drin hängen."

„Was war mit Hanna?", hakte Sarah nach.

„Sie waren nach ihrer falschen Aussage einfach wütend auf sie. Weil sie es gewagt hatte, an ihrem Ruhm teilhaben zu wollen."

Ruhm, dachte Sarah, und es lief ihr kalt über den Rücken.

„Jedenfalls haben sie wohl angefangen, sie zu verfolgen und zu schikanieren. Als wenn sie noch nicht genug angerichtet hatten und unbedingt weitermachen wollten", fuhr Jonas fort. „Hanna tat mir leid, ich hatte sogar Angst um sie. Aber ich konnte ihr unmöglich verraten, wer dahintersteckte."

„Weshalb dann die Entführung? Was wollten sie von ihr?" Obwohl der entscheidende Beweis noch fehlte, hatte Sarah jetzt keine Zweifel mehr daran, dass die Gruppe auch das inszeniert hatte.

„Das Messer, sie dachten, sie hätte das Messer. Zuerst haben sie es bei mir vermutet, aber dann dachten sie, ich hätte es ihr gegeben."

„Meinst du die Tatwaffe?"

Jonas nickte. „Finja muss es gehabt haben, in ihrem persönlichen Versteck. Zufällig kannte ich dieses Versteck, es war im Keller, eine Klappe hinter der Heizung."

„Und woher kanntest du es?"

„Ich bin ihr mal hinterhergegangen, einfach so, weil ich mit ihr allein sein wollte. Da habe ich gesehen, wie sie die

Klappe geöffnet hat. Ich habe mir erst nichts dabei gedacht, doch sie wurde furchtbar wütend. Sie muss es da versteckt gehabt haben, denn auf einmal sind an einem Nachmittag alle, also Finja, Lasse und Marvin, über mich hergefallen und wollten wissen, wo ich es habe."

„Kim war nicht dabei?"

„Nein, sie nicht."

Natürlich nicht, dachte Sarah. Kim ahnte vermutlich nicht einmal etwas von der Rückversicherung, die sich Finja und ihre Freunde mit der Aufbewahrung der Tatwaffe mit Kims Fingerabdrücken darauf verschafft hatten.

„Sie wurden immer wütender und Lasse hat mich in den Schwitzkasten genommen. Als das nichts nützte, hat Finja gedroht, sie würden zur Polizei gehen und sagen, ich allein hätte die Morde begangen. Man würde dann bei mir die Tatwaffe finden. Mir war das egal, ich hatte sie schließlich nicht. Ich habe ihnen gesagt, dass sie mir überhaupt nichts könnten, und ich würde selbst zur Polizei gehen und alles sagen. Da sind sie auf einmal ganz ruhig geworden und haben mich laufen lassen. Natürlich hatte ich das nicht ernst gemeint."

„Aber sie haben es offenbar ernst genommen", sagte Sarah. „Wann hattest du den Unfall?"

„Am Tag darauf", erwiderte Jonas leise.

„Mein Gott Junge, warum hast du mir nichts gesagt", schrie seine Mutter jetzt auf. „Wir wären gemeinsam zur Polizei gegangen."

„Das konnte ich nicht", weinte Jonas. „Niemand hätte mir geglaubt, die hätten es so gedreht, dass ich am Ende als der Schuldige dagestanden hätte. Finjas Vater ist Oberstaatsanwalt, sie gibt immer mit seinen Beziehungen an."

„Diese Beziehungen werden ihr in diesem Falle nichts nützen", sagte Sarah. *Und Dr. Belling auch nicht,* setzte sie in Gedanken hinzu.

72.

Dr. Belling hatte extrem ungehalten auf seine Festnahme reagiert und verlangt, sofort mit Kriminalhauptkommissar Menk sprechen zu dürfen. Erst als Holger ihm erklärt hatte, dass er jetzt wieder die Ermittlungen leiten würde, war Belling ziemlich kleinlaut geworden und hatte nach seinem Anwalt verlangt. Mit dem hatten längere Beratungen stattgefunden und danach war Dr. Belling bereit, eine Erklärung abzugeben.

„Meine Tochter hat einen Fehler gemacht, doch sie hat aus falsch verstandener Freundschaft heraus gehandelt. Sie wissen sicher, welche Bedeutung Gruppen und Freundschaften für Jugendliche dieses Alters haben." An dieser Stelle versuchte er ein anbiederndes Lächeln, das Holger ignorierte.

„Diese Kim ist Finja sehr wichtig, sie war ihre erste richtige Freundin", fuhr Belling fort. „Ich habe daran, dass sie sich derart an dieses Mädchen klammerte, natürlich eine gewisse Mitschuld. Durch mein berufliches Engagement war ich nicht in der Lage, ihr die Wärme und Geborgenheit zu geben, nach der sich Finja offenbar sehnte." Er räusperte sich.

„Jedenfalls rief diese Kim Finja am Abend des 25. Mai an und war völlig panisch. Sie sagte, es wäre etwas passiert und sie würde Finjas Hilfe brauchen, sie müsste sofort zum See kommen. Finja hatte mit ein paar Freunden gerade einen Filmabend veranstaltet, aber als sie hörte, dass Kim ihre Hilfe brauchen würde, war sie sofort bereit aufzubrechen. Lasse, Marvin und Jonas wollten sie nicht allein lassen. Gemeinsam sind sie mit dem Wagen meines Vaters zum See aufgebrochen, gefahren ist wohl Lasse. Am See haben sie ein schreckliches Szenario vorgefunden. Kim hatte die beiden anderen Jugendlichen im Streit erstochen."

Holger verzog keine Miene und wies Belling nicht darauf hin, dass Nico und Merle betäubt worden waren.

„Kim hat die anderen dann überredet, ihr zu helfen, sie vom See fortzubringen. Sie hatte sich das ganze Szenario bereits überlegt. Es war ein Fehler von Finja, sie dabei zu unterstützen. Aber sie ist fast noch ein Kind, sie hat in dem Moment und unter dem Schock, den die Situation bei ihr ausgelöst hatte, nicht über die Folgen nachgedacht. Finja ist da reingezogen worden."

Holger konnte und wollte nicht länger an sich halten. „Selbst wenn es so gewesen wäre, was ich Ihnen allerdings nicht abnehme, sind Sie mir immer noch eine Erklärung schuldig, was Sie bewogen hat, sich ebenfalls da hineinziehen zu lassen. Sie haben die Tatwaffe im Haus von Föge versteckt, zusammen mit dem Haar zweier toter Frauen, das Sie sich von Ihrer Lebensgefährtin besorgen ließen. Was haben Sie sich dabei gedacht? Ist Ihnen klar, dass der Besitz der Tatwaffe Sie und Ihre Tochter in den Fokus der Ermittlungen rückt?"

Dr. Belling wurde um einen Schein blasser. „Haben Sie Kinder, Herr Kommissar?"

Holger blieb ihm die Antwort schuldig und sah ihn nur an.

„Ich wollte meiner Tochter helfen, können Sie das nicht verstehen?", fuhr Belling daraufhin fort. „In ihrer Naivität hatte sie das Messer mitgenommen und bei uns zu Hause versteckt. Allein dadurch hätte sie in große Schwierigkeiten kommen können."

„Und deshalb hielten Sie es für angeraten, das Messer einem Unschuldigen unterzuschieben?"

„Föge ist kein Unschuldiger. Er ist ein Krimineller und ein Drogendealer, der sich in der Nähe der Schule herumtreibt und Jugendlichen Stoff anbietet. Es ist ein Gewinn für die Gesellschaft, wenn so einer weggesperrt wird. Meine Tochter dagegen ist ein hoffnungsvoller junger Mensch."

„Wieso haben Sie Ihre Tochter nicht zur Rede gestellt? Wieso haben Sie die ganze Aktion ohne ihr Wissen durchgezogen?"

Belling starrte Holger einen Moment lang an, als würde er fürchten, dass der Kommissar über hellseherische Fähigkeiten verfügte.

„Sie wusste nicht, dass ich ihr geheimes Versteck kannte", sagte er dann leise. „Ich habe sie auf die Art immer ein wenig kontrolliert. Sie hat das nie herausgefunden, denn sie hätte es mir nie verziehen. In diesen Dingen kann Finja ungeheuer stur sein. Deshalb habe ich ihr auch nichts davon gesagt, dass ich das Messer gefunden hatte. Ich dachte nicht, dass sie sein Verschwinden so schnell bemerken würde. Natürlich konnte ich sie in mein Vorhaben nicht einweihen."

„Wissen Sie eigentlich, was Sie dadurch ausgelöst haben? Beinahe wären zwei weitere Menschen gestorben. Ihre Tochter und ihre Freunde haben die Schuldigen an der falschen Stelle gesucht, sie haben einen Mordversuch und eine Entführung begangen."

„Daran war Finja mit Sicherheit nicht beteiligt", begehrte Belling auf.

„Das muss sich erst noch herausstellen. Langsam setzt sich das Puzzle zusammen. Während wir hier reden, sitzt nebenan Marvin Eckel, begleitet von seinem Vater und einem Anwalt. Er ist bereit eine Aussage zu machen. Die anderen werden sicher bald folgen. Es wäre das Klügste, wenn auch Ihre Tochter mit uns reden würde."

Die Tür ging auf und Sarah gab Holger einen Wink. Er verließ für einen Moment den Raum und als er zurückkam, war er sehr ernst.

„Herr Belling, wo ist Ihre Tochter? Meine Kollegen haben sie nicht zu Hause angetroffen und in der Schule war sie auch nicht."

73.

Nicht nur Finja, auch Kim war verschwunden. „Es kann sein, dass die Mädchen Panik bekommen und sich irgendwo versteckt haben", vermutete Jan.

Sarah kaute nervös auf ihrer Unterlippe herum. Sie waren schnell gewesen, aber nicht schnell genug. Die Festnahme von Dr. Belling hatte sich natürlich herumgesprochen, genauso wie die Tatsache, dass die Entführung Hannas kurz vor der Aufklärung stand. Marvin und nach ihm auch Lasse hatten die Konsequenzen daraus gezogen und waren in Begleitung ihrer Eltern und flankiert von Anwälten freiwillig zur Aussage erschienen. Sie hatten zugegeben, die Entführung von Hanna gemeinsam bewerkstelligt zu haben. Es war Lasse gewesen, der die Beiwagenmaschine gefahren hatte. Anhand der Spuren hätte man ihm das vermutlich ohnehin nachweisen können. Damit war ein weiterer Aspekt dieses verwirrenden Falles aufgeklärt, nur die Mädchen blieben unauffindbar.

„Wir müssen überlegen, wo sie sein könnten", sagte Sarah. „Kim könnte einen der verlassenen Orte, die sie von den LARPs her kennt, als Versteck gewählt haben."

„Aber wohl kaum einen, der auch uns bekannt ist", meinte Jan. „Die Klinik bei Hamburg dürfte nicht infrage kommen und das Haus bei Nortorf ist abgebrannt."

„Es gibt aber noch einen Ort, der bei den LARPs eine Rolle gespielt hat", sagte Holger. „Der Moorteufelbunker. Kim kann nicht wissen, dass wir mit Föge darüber gesprochen haben."

„Einen Versuch ist es wert. Fahren wir hin?", schlug Jan vor.

Sie fuhren zu dritt, Sarah, Holger und Jan. „Wir hätten Gummistiefel mitnehmen sollen", sagte Jan, nachdem sie eine Weile schweigend gefahren waren.

Holger lachte leise. „Das fällt dir jetzt erst ein? Ich habe welche im Kofferraum, und Watthosen ebenfalls." Natürlich, Holger war als passionierter Angler bestens ausgerüstet.

Er kannte auch die Zufahrt zu der alten Bunkeranlage. Links und rechts weideten Rinder auf einer Wiese, dann sahen sie eine Baracke, die wie ein baufälliger Schuppen wirkte. Daneben ragten Belüftungsrohre aus dem Boden.

„Sieht unspektakulär aus", meinte Sarah, die noch nie zuvor in der Gegend gewesen war.

„Nur hier oben", sagte Holger. „Warte ab, bis wir in die Unterwelt abgetaucht sind. Die Bunkeranlage ist riesig."

Der Eingang war allerdings beengt, eine schmale Holztreppe führte hinab in die Tiefe. Bereits an ihrem Fuße stand das Wasser knöcheltief. Sarah war Holger dankbar für seine Weitsicht, auch wenn ihr die zugewiesenen Stiefel um einige Nummern zu groß waren.

„Das geht hier mehrere Stockwerke runter", sagte Holger. „Aber da unten steht alles komplett unter Wasser. Wenn sich hier jemand versteckt hält, dann nur auf dieser Ebene." Er ging voran und beleuchtete den Weg mit einer leistungsstarken Taschenlampe. Die Brühe zu ihren Füßen war trüb, von den Wänden bröckelte der Putz, hier und da ragten rostige Drähte und Kabel daraus hervor.

Sarah fühlte eine leichte Beklemmung in sich aufsteigen. Wie sich wohl Jan in dieser Umgebung fühlen mochte? Nach einem früheren Vorfall im Dienst hatte er zeitweise unter Klaustrophobie und Panikattacken gelitten, war deswegen sogar in therapeutischer Behandlung gewesen. Sie schaute zu ihm hin und sah, dass er plötzlich sehr angespannt wirkte und abrupt stehen blieb. Bevor sie ihn etwas fragen konnte, legte er den Finger auf die Lippen. Auch Holger war stehen geblieben, Sarah folgte seinem Beispiel. Nun, da die plätschernden Geräusche, die sie bei jedem Schritt verursacht hatten, verstummt waren, hörte sie es auch: Ein Wispern, Zischen und leises Wimmern, das nur menschlichen Ursprungs sein konnte.

Holger wies stumm nach rechts, dann machte er ein paar schnelle Schritte auf die nächste Abzweigung zu, Sarah und Jan folgten ihm. Im Lichtkegel der Taschenlampe sahen sie Kim und Finja auf einer Art Betonsockel hocken. Das Wimmern kam von Finja, ihr Hals war gestreckt, ihre Augen angstvoll geweitet. An ihrer entblößten Kehle blitzte die Klinge eines Messers, dessen Griff Kim fest umklammert hielt.

Sarah fasste sich zuerst. „Kim, leg bitte das Messer weg, lass uns reden", sagte sie so ruhig wie möglich.

„Ich denke nicht dran", fauchte Kim. „Die Schlampe hier soll erst die Wahrheit sagen. Sie will nämlich mir die ganze Schuld zuschieben. Aber ihre Idee ist das alles gewesen, sie hat das Messer mitgenommen und es mir in die Hand gedrückt. ‚*Mach, stich zu!*', hat sie immer wieder gesagt. Und jetzt will sie von all dem nichts gewusst haben. Ich habe mitbekommen, wie sie Marvin und Lasse gesteckt hat, was die aussagen sollen."

„Kim, wir sind sehr wohl in der Lage, die Wahrheit herauszufinden", sagte Sarah. „Wir haben inzwischen die Aussage von Jonas und können uns ein Bild davon machen, was wirklich passiert ist. Auch dich werden wir in Ruhe anhören."

„Ach ja?", fragte Kim höhnisch. „Aber glauben werden sie doch denen, die die teuersten Anwälte bezahlen können und die besten Beziehungen haben. Oder gleich einen Oberstaatsanwalt als Vater. Einen, der es fertigbringt, sogar Unschuldige verhaften zu lassen." Sie drückte das Messer fester gegen den Hals ihres Opfers, ein dünner Blutfaden rann herab und Finja begann zu röcheln.

„Verdammt noch mal Mädchen, lass das Messer fallen. Gib denen doch nicht noch nachträglich recht mit allem, was sie über dich sagen." Jan hatte laut gesprochen und Sarah fürchtete, die Situation würde weiter eskalieren. Doch zu ihrer Verwunderung ließ Kim die Hand mit dem Messer tatsächlich sinken. Mit einem Satz war Holger bei ihr und entwand es ihr. Finja fiel vornüber und wurde von Sarah aufgefangen. Die Wunde an ihrem Hals war nur ein Kratzer, doch sie war am Rande einer Ohnmacht. Jan nahm sie Sarah ab, um sie aus dem Bunker zu tragen.

„Alles klar?", fragte er Sarah. Sie nickte, froh, dass er den richtigen Ton getroffen und die Situation dadurch gerettet hatte. Es wäre nicht auszudenken gewesen, wenn es ein weiteres Opfer gegeben hätte.

74.

„Eigentlich sollte es doch immer heißen: Der Fall ist gelöst und die Welt wieder ein Stück besser", sagte Volker. „Aber irgendwie will mir das nicht über die Lippen. Eine Welt, in der so etwas geschieht, macht mir Angst."

Die Kollegen des K1 saßen im Besprechungsraum beieinander, die SOKO „Zelt" war aufgelöst worden.

„Immerhin können wir doch froh sein, dass wir es nicht tatsächlich mit Nekrophilen zu tun hatten", meinte Till leichthin.

„Wäre das wirklich so viel schlimmer gewesen? Ich habe da meine Zweifel." Jan kratzte sich nachdenklich am Kinn. „Derartige Fälle sind so selten wie Schwalben im Winter. Doch was hier tatsächlich geschehen ist, das kann immer wieder geschehen. Materiell übersättigte Kinder, die ohne Wärme aufgewachsen sind, entwickeln auch selbst keine Empathie. Sie geraten in Gefahr, falschen Idealen nachzueifern und sich in Allmachtsfantasien hineinzusteigern. Da kann sogar der perfekte Mord zum erstrebenswerten Ziel werden, aus Rache oder auch aus purer Langeweile."

„Fest steht inzwischen wohl, dass Finja die treibende Kraft hinter all dem war", bemerkte Eva. „Für eine Fünfzehnjährige hat sie eine beachtliche Energie bewiesen."

„Kriminelle Energie", murmelte Volker.

„Es wurde ihr leicht gemacht, weil Marvin und Lasse um ihre Gunst rivalisierten und sich dadurch in einen regelrechten Wettbewerb hineinsteigerten, wer von ihnen der Coolere und Härtere ist", warf Jan ein. „Nur Nico ist ihr nicht auf den Leim gekrochen, und das wurde ihm zum Verhängnis. Anfangs war er wohl auch von ihr fasziniert und fand die Idee des geheimen Bundes genauso anziehend, wie er sich von dem Mädchen selbst angezogen fühlte. Doch als die Gruppe in kriminelle Aktivitäten abzudriften begann, war er ernüchtert und wandte sich ab. Nach Aussage von Lasse soll er Finja sogar gedroht haben, ihre Intrige gegen den Lehrer auffliegen zu lassen. Sie hatte ursprünglich auch ihn zu einer falschen Aussage überreden wollen."

„Hätte er sich nur jemandem anvertraut, dann könnten er und Merle noch am Leben sein", sagte Sarah. „Aber irgendwie ist es auch verständlich, dass er geschwiegen hat. Die Gruppe um Finja war stark, andere hätten sich vermutlich auf ihre Seite geschlagen, weil sie ebenfalls dazugehören wollten. Nico hat eventuell befürchtet, gemobbt zu werden."

„Finja muss eine ungeheure Wut auf Nico gehabt haben", fuhr Jan fort. „Aber sie hat abgewartet. Als er sich von Kim trennte, um mit deren bester Freundin anzubandeln, da sah Finja ihre Chance gekommen. Sie zog Kim an sich heran, überhäufte sie mit Geschenken und Freundschaftsbeweisen und schürte ihre Wut auf Nico und Merle. Erst ging es dabei vermutlich tatsächlich nur darum, den beiden einen fiesen Streich zu spielen, doch nach und nach nahm die Idee vom perfekten Mord Gestalt an. Sie müssen sich regelrecht daran berauscht haben."

„Apropos berauscht." Holger hatte bis zu diesem Punkt schweigend zugehört. „Die Verteidigungsstrategie von Kims Anwalt wird darauf hinauslaufen, ihr eine verminderte Schuldfähigkeit wegen Drogeneinfluss zu attestieren. Sie hatte die K.-o.-Tropfen ebenfalls eingenommen, um ihren Status als Opfer glaubwürdig machen zu können. Angeblich hat das bei ihr zu einer Bewusstseinstrübung und zu einem unkontrollierten Aggressionsrausch geführt. An die Tat will sie nicht die geringste Erinnerung haben. Sie könnte damit durchkommen."

„Und die anderen werden sich darauf berufen, dass sie nichts damit zu tun hatten und nach wie vor von einem harmlosen Streich ausgegangen wären. Mehr als die Vertuschung einer Straftat wird man ihnen nicht vorwerfen können." Volker schüttelte resigniert den Kopf.

„Wir müssen abwarten, wie die Richter das sehen werden. Auf jeden Fall wird das kein einfacher Prozess werden", sagte Holger. „Und da sind schließlich auch noch der Anschlag auf Jonas und die Entführung von Hanna, die Marvin und Lasse inzwischen gestanden haben. Für seine Rolle dabei wird Dr. Belling zur Verantwortung gezogen werden. Dadurch, dass er die Tatwaffe an sich genommen und sie Föge untergeschoben hat, löste er die weiteren Ereignisse erst aus. Finja war überzeugt, Jonas müsste das Messer an sich genommen haben, weil er ihr Versteck im Keller kannte. Später kam sie zu der Überzeugung, er hätte es an Hanna weitergegeben."

„Wie geht es Hanna überhaupt?", fragte Volker.

„Erstaunlich gut." Sarah lächelte. „Sie ist jetzt eng mit Jonas befreundet und wirkt viel selbstbewusster."

„Eines ist für mich völlig unverständlich. Wieso hat Belling seiner Tochter nichts vom Fund des Messers gesagt? Verstehst du das?" Eva schaute Jan an.

„Ich denke schon", sagte der. „Es ist gerade in disfunktionalen Familien nicht unüblich, dass über heikle Fragen einfach nicht geredet wird. Nach dem Motto: Was nicht ausgesprochen wird, ist nie passiert. Belling muss zunächst gedacht haben, seine Tochter hätte die beiden eigenhändig erstochen. Er glaubte, wenn Föge als mutmaßlicher Täter verhaftet wird, ist die Sache erledigt. Finja würde erleichtert reagieren und niemals auf die Ereignisse am See zu sprechen kommen. Weshalb auch? Sie hatte ein Alibi. Aber es wurde nie öffentlich gemacht, dass man die Tatwaffe bei Föge gefunden hatte. So konnte sich Finja nicht sicher fühlen und das brachte die weiteren Ereignisse ins Rollen."

„Bellings Karriere dürfte damit beendet sein, und die von Kriminalhauptkommissar Menk, der sich von dessen künftiger Protektion viel versprochen hatte, auch. Immerhin hat er Belling mit internen Informationen versorgt und die Ermittlungen in einigen Punkten direkt behindert." Holger sagte es in dem für ihn typischen neutralen Ton und ohne den geringsten Anflug von Genugtuung.

„Sarah hatte schon früh den richtigen Einfall. Hätten wir diese Spur konsequent weiterverfolgt, wären wir den Jugendlichen schon früher auf die Schliche gekommen." Jan seufzte. „Aber nach dem Auffinden der Tatwaffe bei Föge war auch ich unsicher geworden."

Es wurde spät an diesem Tag, als Sarah und Jan schließlich Hand in Hand das Dienstgebäude verließen, dämmerte es bereits. Draußen wartete Björn auf sie.

„Kommt ihr noch mit auf ein Bier?", fragte er. Sarah hatte den Eindruck, dass Björn etwas auf dem Herzen hatte und stimmte sofort zu. Als sie in ihrer Stammkneipe saßen, rückte Björn mit seinem Anliegen heraus.

„Habt ihr am Wochenende schon was vor?"

„Bisher ist nichts geplant, wir konnten schließlich nicht wissen, ob wir unseren Fall bis dahin zum Abschluss bringen würden. Weshalb fragst du?" Jan griff nach seinem Glas und nahm einen herzhaften Schluck.

Björn spielte ein wenig verlegen mit seinem Bierglas, schaute die beiden dann aber mit einem schelmischen Grinsen an. „Ich wollte euch einladen, bei einem LARP mitzuspielen", sagte er.

„Das ist jetzt nicht dein Ernst, oder?" Jan lehnte sich auf seinem Stuhl zurück und verzog das Gesicht.

„Doch, das ist mir total ernst und ihr würdet mir damit einen Gefallen tun. Bei unserem Mittelalter-LARP am Wochenende ist eine wichtige Mitspielerin kurzfristig ausgefallen. Ich dachte, Sarah könnte die Rolle der schönen Tochter des Burggrafen übernehmen, die während eines Turniers entführt werden soll. Die Aufgabe der Spieler wird es sein, das zu verhindern."

„Klingt ja nach einer Menge Spaß." Jans Tonfall war nicht anzumerken, ob er es ernst meinte. „Und was wäre meine Rolle dabei?"

„Du kannst dich unter die Spieler mischen, die Sarahs Entführung vereiteln wollen. Ist doch eine gute Übung für das wahre Leben, es gibt sicher eine Menge Männer, die eine Frau wie Sarah gern an ihrer Seite wüssten."

Einen Augenblick lang war die Stimmung am Tisch leicht angespannt. Dann hob Sarah ihr Glas. „Also ich bin dabei. Abgemacht?"

„Abgemacht", sagte Jan zögernd und stieß mit seinem leicht gegen Sarahs und dann auch gegen Björns Glas.

„Ich wusste es doch, auf euch ist Verlass", sagte Björn strahlend.

ENDE

Lust auf mehr?

Alles über die Autorin und ihre Bücher im Internet auf *http://fiona-limar.de* oder auf Facebook unter *https://facebook.com/limar.fiona*

Kriminalinspektorin Alva Claesson und Psychologe Birger Nyberg ermitteln – Die Schweden-Thriller von Fiona Limar

Luciablut – Fast jedes Mädchen in Schweden träumt davon, einmal die Lucia zu sein. Für zwei von ihnen wird daraus jedoch ein Albtraum, aus dem es kein Erwachen gibt.

Brennender Hass – Ihre Eltern verschwanden spurlos, ihre Schwester kam unter mysteriösen Umständen ums Leben. Sarah, die einzige Hinterbliebene, leidet unter Panikattacken und albtraumhaften Visionen.

Verdammtes Blut – Der lange Schatten des "Henkers von Gotland" verdunkelt das Leben zweier junger Frauen. Während Amanda sich der Verfolgung durch einen unheimlichen Mann ausgesetzt sieht, sucht Elodie nach ihren familiären Wurzeln. Keine der beiden ahnt, in welcher Gefahr sie schweben.

Team Mord-Nord ermittelt! – Die Brandenburg-Krimis von Fiona Limar

Als Polizeikommissarin Marie Liebig sich von Berlin nach Brandenburg versetzen lässt, ahnt sie noch nicht, dass das Leben in der Provinz alles andere als beschaulich ist …

Schwesternblut – Drei ungleiche Schwestern geraten in einen Strudel von Gewalt und Tod. Die eine entkommt jahrelanger Gefangenschaft und Folter, aber der Schrecken ist noch nicht vorbei…

Spiegel der Angst – Ein Mord, ein Mordversuch – und die Opfer sehen sich zum Verwechseln ähnlich. Ein Zufall? Eine mysteriöse Internetseite und ein alter Aberglauben scheinen in diesem Fall eine Rolle zu spielen.

Der Tod der schwarzen Schwäne – Zwei Frauen werden tot mit Bisswunden an den Hälsen aufgefunden. Beide waren sie „schwarze Schwäne", sie ließen andere Menschen freiwillig ihr Blut trinken. Die Ermittlungen führen in eine bizarre Subkultur.

Im Dunkel des Grabes – Die psychisch gestörte Doppelmörderin scheint ein klarer Fall zu sein – oder steckt doch mehr hinter ihren Hirngespinsten?

Blau wie der Tod – Eine Lehrerin verschwindet auf einem Schulausflug. Es sieht nach einem tragischen Unfall aus, doch dann tauchen makaber arrangierte Leichenteile auf...

Grabesschatten – Eine blutige Mordserie erschüttert das kleine Dorf Lanzbeck. Der Täter will seine Opfer leiden sehen. Die Dorfbewohner schweigen eisern... aber wie lange noch?

Wenn Liebe mordet – Um eine Serie von fingierten Suiziden aufzuklären geht Marie Liebig Undercover in eine Selbsthilfegruppe für Frauen, die verheiratete Männer lieben. Sie ahnt nicht, wie riskant dieses Unterfangen ist.

Die Spur der Verlorenen – Die Flucht vor gewaltigen Partnern endet für mehrere Frauen mit dem Tod, denn ein perfider Täter macht sich ihre Not zunutze...

Deiche, Moore, Morde! – Die Schleswig-Holstein-Krimis von Fiona Limar

Sarah liebt ihre Arbeit als Kommissarin bei der Kriminalpolizei. Und der Norden ist alles andere als langweilig…

Das Schweigen der Mörder – Im kleinen Dorf Geistmoor geschieht ein Mord und zwei Mädchen verschwinden spurlos. Die Verbindung zu einem älteren Vermisstenfall drängt sich auf, doch die Dorfgemeinschaft schweigt beharrlich…

Böser Ort – Als am Elberadweg junge Frauen verschwinden, steht die Polizei unter gewaltigem Druck. Ist hier ein Serientäter am Werk?

Die Toten vom See – Ein Tag am See endet mit einem entsetzlichen Verbrechen. Eine Schülerin entkommt den Tätern, doch die Umstände sind rätselhaft. Die Spur führt in eine Welt voll abartiger Fantasien.

Die Psychologie des Bösen – eine Psychologin auf den Spuren des Verbrechens.

Einige Fälle, mit denen es die Psychologin Iris Forster in ihrer Praxis zu tun bekommt, entpuppen sich als wahre Abgründe der menschlichen Seele.

Eine tödliche Erinnerung – Eine ihrer Patientinnen wird mehrerer Morde beschuldigt – hat sie sie wirklich begangen?

Henkersbraut – Ein mysteriöser Mord in einem Kurort weist eine rätselhafte Verbindung zu einem 400 Jahre zurückliegenden Hexenprozess auf.

Mörderblut – Der „Dornröschenmörder" verbreitet Angst und Schrecken und Iris muss befürchten, dass es sich bei dem Gesuchten um einen ihrer Patienten handelt.

Ohne Erbarmen – Patienten einer Klinik geraten Jahre später ins Visier skrupelloser Mörder.

Psychologin Iris Forster geht für ihre Patienten bis an die Grenze – für alle Leser, die tiefgründige und spannende Unterhaltung lieben!

Mordflüsterer – *Als sie das Zeichen sahen, war es schon zu spät, denn es bedeutete, dass sie gleich sterben würden.*

Die beiden Morde, die sich kurz hintereinander ereignen, sind völlig unverständlich, doch noch unerklärlicher ist das Verhalten der bald darauf ermittelten Täter. Sie weisen die Gemeinsamkeit auf, dass sie kurz zuvor bei der gleichen Psychotherapeutin in Behandlung waren. Liegt dort die Ursache für ihre Taten verborgen? Bald stellen sich die Ermittler die Frage, ob man einen Menschen so manipulieren kann, dass er zum Mörder wird. Aber wie soll das funktionieren? Und vor allem: Welches Interesse könnte dahinterstecken? Während sich immer neue Fragen auftun, beginnt sich das Netz bereits um die nächsten Opfer zuzuziehen.

Fiona Limar

Schicksals Mord

Schicksalsmord – Die attraktive Lydia hält sich für eine geniale Lenkerin der Geschicke anderer Menschen. Höchst raffiniert und immer auf den eigenen Vorteil bedacht zieht sie die Fäden, an denen die sie umgebenden Personen wie Marionetten tanzen. Ihre Eltern, zwei Ehemänner, einige Liebhaber, Freundinnen und Kolleginnen und nicht zuletzt ihre gutgläubige, sanftmütige Schwester Ulrike werden zu Opfern ihrer Manipulationen. In der Wahl ihrer Mittel ist Lydia dabei durchaus nicht zimperlich: Verleumdung, Rufmord und sogar Mord gehören zu ihrem Repertoire. Doch irgendwann beginnen ihr die Fäden zu entgleiten und sich zu einem Gespinst zu verknüpfen, in dem sie sich immer mehr verfängt. Sie wird des Mordes an ihrem Ehemann bezichtigt, und die Ermittlungen bringen immer neue Indizien und peinliche Enthüllungen ans Licht. In die Enge getrieben sieht Lydia nur noch einen Ausweg: Sie muss Ruf und Leben ihrer Schwester zerstören, um sich selbst zu retten. Doch der teuflische Plan birgt seine Risiken.

Der Teufel von Heiligendamm – Ostseethriller

Unheil braut sich im Ostseebad Heiligendamm zusammen. Niemand vermochte die Spuren am Körper einer Frau, die eines Morgens ermordet in der Brandung lag, zu deuten. Sie schienen weder tierischen noch menschlichen Ursprungs zu sein. Der Täter konnte nicht gefunden werden. Bald steht ein Haus an der Steilküste im Mittelpunkt unheimlicher Gerüchte, da sich hier bereits mehrere mysteriöse Todesfälle ereigneten. All das hält Lara, eine junge Frau, die an der Küste ein neues Leben beginnen will, nicht vom Einzug in dieses Haus ab. Doch bald häufen sich dort beängstigende Vorfälle. Und plötzlich geschieht ein weiterer Mord.

Schattenmord – *Wenn dein schönster Traum zum Alptraum wird. Wenn sich Abgründe auftun, die dich zu verschlingen drohen ...*

Nach einem mysteriösen Überfall gerät Julias Leben aus den Fugen. Sie hat Gedächtnislücken, fühlt sich verfolgt und leidet unter düsteren Visionen von toten Frauen. Auch ihr Mann Alexander, mit dem sie zuvor sehr glücklich war, scheint ihr einiges zu verschweigen. Doch im Hintergrund zieht ein anderer die Fäden, an denen Julias Leben hängt.

Printed in Poland
by Amazon Fulfillment
Poland Sp. z o.o., Wrocław

20976652R00181